L'ALCHIMISTE

Les secrets de l'immortel

NICOLAS FLAMEL

L'auteur

Michael Scott vit à Dublin. Spécialiste de mythologie et de folklore, il a déjà écrit de nombreux textes de fantasy, d'horreur ou de science-fiction, qui ont remporté un tel succès qu'il est considéré en Irlande comme « le roi de la Fantasy » (*Irish Times*).

Du même auteur

Les secrets de l'immortel Nicolas Flamel :
Livre I. L'Alchimiste
Livre II. Le Magicien
Livre III. L'Ensorceleuse
Livre IV. Le Nécromancien
Livre V. Le traître
Livre VI. L'enchanteresse

Michael Scott

L'ALCHIMISTE

Les secrets de l'immortel NICOLAS FLAMEL

LIVRE I

Traduit de l'anglais par Frédérique Fraisse

POCKET JEUNESSE
PKJ·

Directeur de collection :
Xavier d'ALMEIDA

Titre original :
The Alchemyst
The Secrets of the Immortal Nicholas Flamel

Publié pour la première fois en 2006
par Delacorte Press
an imprint of Random House Children's Books
a division of Random House, Inc.
New York

Loi n° 49 956 du 16 juillet 1949 sur les publications destinées à la jeunesse : janvier 2011.

ISBN : 978-2-266-28369-4

À Claudette, bien entendu
iamque opus exegi

Je suis une légende.

La mort n'a aucun droit sur moi, la maladie aucune emprise. Si vous pouviez me voir, vous auriez des difficultés à me donner un âge ; et pourtant, je suis né en l'an de grâce 1330, il y a presque six cent quatre-vingts ans.

J'ai exercé de nombreux métiers : médecin, cuisinier, libraire, soldat, professeur de langues et de chimie, homme de loi et voleur.

Mais, avant tout, j'étais alchimiste. J'étais l'Alchimiste.

Considéré comme le plus grand de tous les temps, j'ai été pourchassé par des rois et des princes, des empereurs, et même le pape. J'ai transformé des métaux ordinaires en or, j'ai changé de banals cailloux en pierres précieuses. Plus remarquable encore, j'ai découvert le secret de la vie éternelle enfoui dans les pages d'un vieux livre de magie.

Il y a quelques jours, ma femme, Pernelle, a été enlevée et le manuscrit volé.

L'Alchimiste

Sans lui, Pernelle et moi vieillissons. Lorsque la lune aura achevé son cycle, nous dépérirons, et nous mourrons. À notre mort, le mal que nous avons si longtemps combattu triomphera. La race des Aînés reconquerra la Terre et effacera toute trace d'humanité de sa surface.

Mais je ne partirai pas sans me battre.

Foi de Nicolas Flamel, l'immortel.

Extrait du Journal de Nicolas Flamel, alchimiste
Rédigé en ce jeudi 31 mai,
à San Francisco, ma ville d'adoption

JEUDI

31 Mai

CHAPITRE PREMIER

– Qui peut bien porter un pardessus à San Francisco en plein été ? s'exclama Sophie Newman, deux doigts appuyés contre son oreillette bluetooth.

À l'autre bout du continent, en parfaite victime de la mode, son amie Ella lui demanda de lui décrire le vêtement.

Tout en s'essuyant les mains sur le torchon coincé dans son tablier, Sophie contourna le comptoir du salon de thé vide et s'approcha de la baie vitrée. Sur le trottoir d'en face, des hommes sortaient d'une voiture.

– D'épais manteaux noirs en laine. Ils ont aussi un chapeau et des gants noirs. Et des lunettes de soleil.

Elle colla son nez contre la vitre :

– Même pour cette ville, c'est trop bizarre.

– Et s'il s'agissait de croque-morts ? suggéra Ella, dont la voix grésillait dans le portable.

Une musique assourdissante et lugubre résonnait à l'autre bout du fil – Lacrimosa peut-être, ou Amorphis. Ella n'en avait pas terminé avec sa phase gothique.

– Ouais..., répondit Sophie, absolument pas convaincue.

Elle discutait avec son amie quand, quelques instants plus tôt, elle avait repéré une voiture étrange – longue, luisante, tout droit sortie d'un vieux film en noir et blanc. Lorsque la berline était passée devant le salon de thé, le reflet des rayons du soleil sur les vitres teintées avait brièvement illuminé l'intérieur tout en aveuglant la jeune fille. Tandis qu'elle battait des paupières pour chasser les points noirs qui dansaient devant ses yeux, la voiture avait tourné en bas de la colline et était revenue lentement. Sans clignoter, elle s'était garée en face de *La Petite Librairie*, de l'autre côté de la rue.

– Ou bien de la mafia..., avança Ella. Mon père connaît un mafioso. Il roule en Prius.

– Non, ce n'est pas une Toyota, dit Sophie.

Elle examina la voiture et les deux colosses engoncés dans leur gros manteau, avec leur chapeau, leurs gants et leurs grandes lunettes de soleil.

– Ils ont peut-être froid ? poursuivit Ella. Il paraît que le temps se rafraîchit à San Francisco.

Sophie Newman jeta un œil sur la pendule et sur le thermomètre accrochés au mur derrière le comptoir.

– Il est deux heures et demie, et il fait... vingt-sept degrés. Crois-moi, ils n'ont pas froid. Ils doivent mourir de chaud... Attends ! Il se passe quelque chose.

La portière arrière s'ouvrit, et un autre homme, encore

plus grand que les deux premiers, sortit lentement de la voiture. Quand il ferma la porte, le soleil effleura son visage, et Sophie entraperçut un teint terreux et morbide. Elle ajusta son oreillette.

– Si tu voyais le type qui vient de sortir de la voiture ! Immense, la peau grise. Oui, grise. Ceci explique peut-être cela…

– Ça me rappelle un reportage du *National Geographic* sur une tribu qui ne supportait pas la lumière du soleil…, commença Ella.

Mais Sophie ne l'écoutait plus.

Une quatrième silhouette avait émergé de la voiture.

Petit, élégant, l'homme portait un costume trois-pièces impeccable, gris anthracite. Bien que la coupe fût passée de mode, on voyait qu'il avait été taillé sur mesure. Le visage anguleux, ses cheveux gris attachés en une queue-de-cheval, il arborait une barbe triangulaire noire parsemée de gris qui lui masquait la bouche et le menton. Il s'avança sous le store rayé qui protégeait les bacs de livres. Quand il sélectionna un poche aux couleurs criardes, Sophie remarqua ses gants gris. Une perle brillait au poignet.

– Ils entrent dans la libraire, commenta-t-elle.

– Celle où travaille Josh ? demanda Ella.

Sophie ignora le soudain intérêt dans sa voix. Elle ne s'habituait pas à l'idée que sa meilleure amie fût amoureuse de son frère jumeau.

– Oui ! Je lui téléphone pour savoir ce qui se passe. Je te rappelle juste après, OK ?

Sophie raccrocha, ôta son oreillette et machinalement

frotta son oreille rougie pendant qu'elle observait, fascinée, le petit homme. Il dégageait quelque chose… d'étrange. Peut-être était-il styliste, producteur ou auteur. Certains écrivains aiment revêtir des tenues sortant de l'ordinaire. Elle décida de lui laisser quelques minutes pour entrer dans le magasin avant d'appeler son jumeau.

Sophie allait regagner son comptoir quand l'homme gris fit tout à coup volte-face et sembla la fixer. Bien qu'il fût sous le store, le visage dans l'ombre, ses yeux brillèrent un bref instant.

Sophie savait qu'il lui était physiquement impossible de la voir, car elle se tenait de l'autre côté de la rue, derrière une baie vitrée sur laquelle se réfléchissait le soleil au zénith. Elle était invisible dans la pénombre.

Et pourtant…

À l'instant où leurs regards se croisèrent, Sophie eut la chair de poule ; un courant d'air froid lui passa dans le cou. Elle redressa les épaules et secoua la tête. Ses longues mèches blondes lui frôlèrent la joue. Au bout d'une seconde l'homme détourna le regard, mais Sophie eut l'impression que le contact avait duré une éternité.

Au moment où l'homme gris et ses trois comparses disparurent à l'intérieur de la librairie, Sophie décréta qu'elle n'aimait pas cet homme.

***

Menthe poivrée.

Et œufs pourris.

– Ouah ! Ça pue !

Jeudi 31 Mai

Dans les sous-sols de la librairie, Josh Newman huma l'air ambiant. D'où venait cette odeur immonde ? Il jeta un coup d'œil sur les étagères qui croulaient sous les livres en se demandant s'il n'y avait pas de souris morte derrière l'une d'elles. Ces relents de pourriture ne pouvaient venir d'autre part. D'habitude, la minuscule cave sentait le papier desséché et les riches arômes des vieilles reliures en cuir ainsi que les toiles d'araignée poussiéreuses. Il adorait cette odeur, chaude et réconfortante, comme les parfums de cannelle et d'épices qui évoquaient Noël.

Menthe poivrée.

Nette et sans ambiguïté, l'odeur tranchait avec l'atmosphère de l'étroite cave. L'odeur de dentifrice ou de la tisane que servait sa sœur dans le salon de thé sur le trottoir d'en face se frayait un chemin parmi les senteurs plus lourdes de cuir et de papier et lui chatouillait les narines, au point de lui donner envie d'éternuer. Il ôta vite les écouteurs de son iPod, de peur que ses oreilles ne se bouchent.

Œufs.

Il reconnut également les relents sulfurés, infects et nauséabonds, des œufs pourris. Ils masquaient l'odeur de menthe… Josh en aurait vomi. L'effluve pesait sur sa langue et ses lèvres, son cuir chevelu commençait à le démanger, comme assailli par des bestioles immondes. Josh passa la main dans ses cheveux blonds ébouriffés et frissonna. « Les égouts doivent refouler », songea-t-il.

Les oreillettes pendant autour du cou, il parcourut la liste d'ouvrages qu'il avait à la main et examina de nouveau les rayons. *Les œuvres complètes de Charles Dickens* en vingt-sept volumes, reliure en cuir rouge. Où se cachaient-ils ?

Alors qu'il travaillait à la librairie depuis deux mois environ, Josh ne parvenait toujours pas à se repérer. Il n'y avait aucun système de classement digne de ce nom. Le seul qui existât avait été établi par Nick et Perry Fleming, les propriétaires de *La Petite Librairie*. Eux seuls parvenaient à mettre la main sur le livre désiré en une poignée de minutes, que ce fût dans la boutique ou au sous-sol.

L'odeur de menthe poivrée, accompagnée des relents d'œufs pourris, s'accentua. Les larmes aux yeux, Josh se mit à tousser. C'était insupportable ! Il fourra la liste dans une poche de son jean et ses écouteurs dans une autre avant de se faufiler entre les piles de livres et les cartons jusqu'à l'escalier. Pas question de rester une minute de plus en bas ! Le cœur au bord des lèvres, il se frotta les yeux. La main sur la rambarde, il gravit quelques marches. Étrangement, plus il s'élevait, plus l'odeur empirait.

Du haut des dernières marches, il risqua un regard dans la boutique.

Et là, Josh Newman comprit que le monde ne serait jamais plus le même.

CHAPITRE DEUX

Tapi en haut de l'escalier, les yeux enflammés par le soufre et la menthe, Josh constata qu'il y avait foule dans la librairie habituellement calme. Quatre hommes faisaient face à Nick Fleming, son patron – trois d'entre eux étaient imposants et baraqués : le quatrième, plus petit, avait l'air sinistre. Josh pensa aussitôt à un hold-up.

Nick se tenait au milieu de la pièce. D'allure banale, de taille et de poids moyens, il ne possédait qu'un signe distinctif : des yeux d'une pâleur telle qu'ils paraissaient incolores. Ses cheveux noirs étaient coupés très court et il arborait une barbe de plusieurs jours. Il portait son habituel jean noir, un T-shirt large, noir également, acheté à un concert vingt-cinq ans plus tôt, et une paire de bottes de cow-boy usées. Il avait une montre bon marché au poignet gauche et une gourmette en argent au droit, ainsi que deux bracelets brésiliens défraîchis.

Il toisait le petit homme gris en costume italien.

Aucun des deux ne parlait, mais Josh voyait qu'il se passait quelque chose d'étrange entre eux. Les bras près du corps, les coudes rentrés, les paumes ouvertes, ils ne bougeaient pas. Le visiteur était près de la porte, ses trois acolytes autour de lui. Bizarrement, leurs doigts remuaient, se contractaient, dansaient, le pouce frottant l'index, l'auriculaire touchant le pouce, le majeur et l'annulaire tendus. Soudain, des volutes vertes apparurent dans les paumes de Fleming, dessinèrent des spirales avant de plonger vers le sol, où elles se tordirent comme des serpents. Une fumée âcre et jaunâtre s'échappa des mains gantées de l'homme gris et s'écoula sur le plancher tel un liquide sale.

Les relents épaississaient l'atmosphère, la chargeaient de menthe poivrée et de soufre. Dégoûté par l'odeur redoublée d'œuf pourri, Josh déglutit plusieurs fois pour ne pas vomir.

Les volutes vertes et jaunes sinuaient entre les deux hommes, et quand elles se touchèrent, des étincelles jaillirent. Lorsque Fleming remua les doigts, un long ruban de fumée verte apparut dans sa paume. Il souffla dessus, si bien que le ruban s'éleva dans les airs, où il virevolta au niveau de leurs têtes. Les doigts boudinés de son adversaire pianotèrent. Un instant plus tard, une boule d'énergie jaune apparaissait au creux de sa main. Aussitôt, elle percuta le ruban vert, qui s'enroula autour d'elle avec un claquement sec. L'explosion invisible renversa les deux hommes qui volèrent à travers la pièce avant de s'écraser sur des tables chargées de livres. Les ampoules éclatèrent, les néons se brisèrent. Il pleuvait de la poudre de verre dans toute la librairie. Deux fenêtres explosèrent ; les carreaux des autres se fissurèrent à la manière des toiles d'araignée.

Nick Fleming s'écroula sur le sol, près de l'entrée de la cave. Il faillit atterrir sur Josh, pétrifié sur la dernière marche, les yeux écarquillés, choqué et horrifié. Le libraire se releva et repoussa Josh.

– Reste en bas. Quoi qu'il arrive, reste en bas, chuchota-t-il avec un léger accent que le jeune homme ne lui connaissait pas.

Dès qu'il se redressa, il porta sa paume droite à ses lèvres et souffla. Puis il fit un geste vers le centre de la pièce, comme s'il lançait une balle.

Josh tendit le cou pour suivre le mouvement. Mais il n'y avait rien à voir… Soudain, on aurait dit qu'une tornade traversait la boutique : les livres volèrent des étagères, s'entassèrent au milieu, les cadres furent arrachés des murs, un épais tapis en laine s'enroula et rejoignit les livres.

Et, tout à coup, le tas explosa.

Deux des colosses furent frappés de plein fouet. Sous les yeux ébahis de Josh, des ouvrages tourbillonnèrent autour d'eux tels des oiseaux en colère. Il grimaça quand un dictionnaire s'aplatit sur le nez d'un des hommes, faisant voler chapeau et lunettes de soleil et révélant une peau terreuse et macabre, des yeux semblables à deux pierres noires polies. L'étagère des romans à l'eau de rose s'abattit sur son compagnon et brisa ses lunettes de pacotille en deux. Ses yeux aussi ressemblaient à de l'onyx.

Stupéfait, Josh réalisa qu'il s'agissait bien de pierres !

Il poussa un cri étouffé. Son patron le foudroya du regard :

– Je t'avais dit de rester en bas ! Il est venu avec des golems.

Fleming s'accroupit : l'homme gris venait d'expédier dans sa direction deux lances chargées d'énergie jaune. Elles transpercèrent les livres avant de se planter dans le plancher. Tout ce qu'elles avaient frôlé sur leur passage se mit à se dégrader. Les reliures en cuir se craquelèrent, le papier noircit, le plancher en bois et les étagères séchèrent d'un coup avant de tomber en poussière.

Fleming lança une autre sphère invisible dans un coin de la pièce. Josh suivit des yeux sa trajectoire. Pendant son voyage dans les airs, elle fut frappée par un rayon de soleil et, un instant, il put admirer la boule vert émeraude. Puis elle disparut. Quand elle heurta le sol, les conséquences furent encore plus terribles. Il n'y eut aucun bruit, mais le bâtiment tout entier trembla. Les présentoirs de livres de poche se transformèrent en copeaux de bois, des confettis remplirent la pièce. Deux golems furent plaqués contre les étagères et assommés par les livres qui ne cessaient de tomber. Le troisième, le plus impressionnant, fut poussé si fort contre la porte qu'il s'écrasa avec sur le trottoir.

Le silence qui s'ensuivit fut rompu par un bruit de mains gantées en train d'applaudir.

– Je vois que tu as amélioré ta technique, Nicolas, déclara l'homme gris avec une certaine lenteur.

– Je me suis entraîné, John, répliqua Nick Fleming. Il s'approcha de la porte coulissante menant à la cave et repoussa Josh du pied.

– Je savais que tu finirais par me retrouver.

– Nous te cherchons depuis très longtemps, Nicolas. Tu as quelque chose qui nous appartient. Et nous voulons le récupérer.

Une légère fumée jaune tournoya au-dessus des têtes de Josh et de Nick. Une pluie de morceaux de plâtre noirci et boursouflé tomba du plafond.

– Je l'ai brûlé, affirma Fleming. Il y a des années de cela.

Il rejoignit Josh dans l'escalier et ferma la porte derrière eux.

– Ne pose pas de questions, recommanda Nick dont les yeux pâles luisaient dans la pénombre. Pas maintenant.

Il prit Josh par le bras et l'entraîna dans le coin le plus sombre de la remise. Puis il attrapa une étagère à deux mains et la tira vers lui. Un cliquetis retentit, et l'étagère pivota. Une volée de marches apparut. Fleming poussa Josh dans l'obscurité.

– Vite ! Et pas un bruit !

Il suivit Josh par l'ouverture et remit l'étagère à sa place au moment où la porte coulissante de la cave se transformait en un liquide noir et nauséabond. Accompagnée d'une insupportable odeur de soufre, la poix dévala les marches.

– Monte ! chuchota la voix de Nick à l'oreille de Josh. L'escalier donne sur le pressing vide à côté de la librairie. Nous devons nous dépêcher. Il ne faudra que quelques minutes à Dee pour comprendre.

Josh Newman hocha la tête. Une centaine de questions lui brûlaient les lèvres, et aucune des réponses qui lui venaient à l'esprit ne le satisfaisait parce que la plupart contenaient un mot terrifiant : magie. Il avait vu de ses propres yeux deux hommes se jeter à la figure des boules et des lances de… d'énergie. Et les dégâts provoqués par ces phénomènes étaient considérables.

Oui, Josh avait été le témoin d'un combat de magiciens.

Et pourtant, tout le monde savait que la magie n'existait pas.

CHAPITRE TROIS

Quelle odeur répugnante !

Les narines de Sophie Newman se dilatèrent – elle venait de respirer une odeur infecte. Elle se pencha au-dessus d'un bocal rempli de feuilles de thé noir et prit une profonde inspiration.

Elle travaillait à *La Tasse de Café* depuis leur arrivée à San Francisco, au début de l'été. Bien que correct, ce job n'avait rien d'extraordinaire. La majorité des clients étaient sympathiques, les horaires et le salaire lui convenaient, on lui laissait des pourboires, et le salon avait l'avantage de se trouver en face du lieu de travail de son frère jumeau. Ils avaient eu quinze ans en décembre et économisaient pour s'offrir une voiture. Selon leurs estimations, il leur faudrait au moins deux ans (sans s'acheter de CD, de DVD, de jeux, d'habits et de chaussures – la grande faiblesse de Sophie) avant de l'acquérir.

Des deux autres personnes qui travaillaient avec elle, l'une s'était fait porter pâle le matin même, et Fiona, la propriétaire du salon, était partie chez le grossiste pour s'approvisionner en thé et café. Elle lui avait promis de revenir dans l'heure, mais Sophie savait qu'elle en passerait au moins deux à faire ses emplettes.

Au fil de l'été, elle avait appris à différencier les dizaines de thés et de cafés exotiques en vente au salon. Elle distinguait l'Earl Grey du Darjeeling, connaissait la différence entre le café javanais et kényan. Elle aimait l'odeur du café, alors qu'elle détestait son amertume. Par contre, elle adorait le thé. Depuis deux semaines environ, elle les goûtait les uns après les autres, sa préférence allant aux tisanes aux saveurs fruitées et aux arômes incongrus.

Mais là, ça puait l'œuf pourri à plein nez.

Sophie s'empara d'une boîte de thé en vrac et huma à pleins poumons. L'odeur forte de l'Assam la prit à la gorge. Non, la puanteur ne venait pas de là.

– En principe, tu es censée le boire, et non l'inhaler.

Sophie se retourna : Perry Fleming venait d'entrer dans le salon. Grande, élégante, Perry pouvait avoir quarante ans comme soixante. À en juger par son allure actuelle, elle avait dû être très belle dans sa jeunesse. Ses yeux étaient du vert le plus clair et le plus pur que Sophie ait jamais vu. Pendant longtemps, elle s'était demandé si Perry ne portait pas des lentilles de couleur. Ses cheveux de jais émaillés de mèches argentées étaient réunis en une longue queue-de-cheval qui lui descendait jusqu'aux fesses. Elle avait de petites dents parfaites et de minuscules rides au coin des yeux. Elle s'habillait toujours plus élégamment que son mari. Aujourd'hui, elle arborait une robe en soie sans manches couleur menthe, assortie à ses yeux.

– Je trouvais juste que cela sentait bizarre, expliqua Sophie qui renifla de nouveau le thé. C'est passé, mais pendant un moment, j'ai eu l'impression de respirer l'odeur de… l'œuf pourri.

Sous le regard médusé de Sophie, Perry Fleming écarquilla ses grands yeux verts et fit volte-face. Au même moment, les petites fenêtres carrées de la librairie se fendillèrent, et deux grandes explosèrent en mille morceaux. Des volutes de fumée vertes et jaunes tourbillonnaient dans la rue, et l'air empestait l'œuf pourri. Sophie perçut une autre odeur, plus franche et plus saine, celle de menthe poivrée.

La femme chuchota :

– Oh non… Pas maintenant… pas ici.

– Madame Fleming ? Perry ?

Celle-ci se tourna vers Sophie. Le regard perdu, terrifiée, elle parlait avec un léger accent étranger que la jeune fille ne lui connaissait pas.

– Reste ici, lui recommanda Perry Fleming. Et, quoi qu'il se passe, ne bouge pas.

Sophie ouvrit la bouche pour lui poser une question… À cet instant, un des colosses qu'elle avait aperçus plus tôt vola par la porte de la librairie et s'écrasa sur le trottoir. Maintenant qu'il n'avait plus ni chapeau ni lunettes, Sophie remarqua sa peau terreuse et ses yeux d'onyx. Prostré sur la chaussée, il leva la main pour protéger son visage du soleil.

La jeune fille sentit une boule froide se former dans son estomac.

L'homme se figea. La peau de sa main coulait lentement le long de sa manche, comme si ses doigts fondaient. Une goutte de boue grise s'écrasa sur le sol.

– Un golem, murmura Perry. Mon Dieu, il a créé un golem…

– Gollum ? demanda Sophie, la bouche sèche et pâteuse, comme si sa langue était devenue trop grosse. Gollum du *Seigneur des Anneaux* ?

Perry s'approchait de la porte.

– Non, des golems. Des hommes en argile, ajouta-t-elle, l'air absent.

Sophie, qui n'avait jamais entendu ce nom, regarda avec un mélange d'horreur et de désarroi la créature ramper à l'ombre, sous le store. Telle une grosse limace, il laissa derrière lui une traînée de boue humide que le soleil resplendissant sécha aussitôt. Sophie vit de nouveau son visage quand il se réfugia en titubant à l'intérieur de la librairie. Ses traits avaient coulé comme de la cire fondue, et sa peau était craquelée. Il lui fit penser au sol fendillé du désert.

Perry se précipita dans la rue. Elle détacha ses cheveux et secoua la tête. Au lieu de s'aplatir dans son dos, ils flottèrent autour d'elle, comme soulevés par une douce brise. Sauf qu'il n'y avait pas de vent…

Sophie hésita un instant avant de se ruer à sa suite, armée d'un balai. Josh était en danger !

Jeudi 31 Mai

La librairie était sens dessus dessous.

Les étagères, d'habitude bien rangées et les tables disposées avec soin, étaient renversées et entassées aux quatre coins. Les bibliothèques avaient volé en éclats, les planches étaient brisées, les posters colorés et les cartes de géographie gisaient froissés sur le sol. Une odeur de pourriture et de décomposition flottait dans la pièce. Même le plafond était abîmé : le plâtre avait disparu, faisant apparaître les solives et des fils électriques emmêlés.

Le petit homme gris se tenait au milieu de la pièce. Il époussetait avec soin la manche de son manteau, pendant que deux de ses golems exploraient la cave. Le troisième, endommagé et raidi par une trop longue exposition au soleil, était adossé à un meuble saccagé. Des morceaux de peau grise tombaient en spirale de ses mains – ou de ce qu'il en restait.

L'homme gris se retourna quand Perry, suivie par Sophie, fit irruption dans la librairie. Il esquissa une révérence :

– Ah ! Pernelle. Je me demandais ce que tu étais devenue.

– Où est Nicolas ? demanda Perry.

« Pernelle ? » s'étonna Sophie.

Les cheveux de Perry se chargèrent d'électricité statique, des étincelles bleues et blanches crépitèrent.

– En bas, je pense. Mes créatures le cherchent.

Serrant son balai très fort, Sophie contourna Perry et se faufila à l'autre bout de la pièce. Josh ! Où se trouvait

Josh ? Elle se moquait bien de ce qu'il se passait ici, seul le sort de son frère lui importait.

– Tu es toujours aussi belle, déclara l'inconnu, les yeux rivés sur Perry. Tu ne vieillis pas.

Il fit une nouvelle révérence, un mouvement à la fois raffiné et démodé.

– C'est toujours une joie de te voir, ajouta-t-il.

– J'aimerais pouvoir te retourner le compliment, Dee. Mais ton odeur fétide reconnaissable entre toutes m'en empêche.

Perry s'avança un peu plus dans la pièce et regarda autour d'elle.

John Dee ferma les paupières et prit une profonde inspiration :

– Moi, j'aime beaucoup l'odeur du soufre. Elle est si… si évocatrice.

Soudain, ses yeux gris s'ouvrirent et son sourire disparut :

– Nous sommes venus chercher le Livre, Pernelle. Et ne me dis pas que vous l'avez détruit. La remarquable fraîcheur de ton teint est la preuve de son existence.

« Quel livre ? » se demanda Sophie en examinant la pièce. Le magasin en était rempli !

– Tu ne l'auras pas ! Nous sommes ses gardiens ! lança Perry avec force.

Surprise par le son de sa voix, Sophie se tourna vers elle. Ce qu'elle découvrit la pétrifia. Une brume argentée entourait Perry Fleming, s'élevait de sa peau tels des fils d'araignée. Pâles et translucides, ils s'épaississaient et durcissaient autour de ses mains. On aurait dit qu'elle portait des gantelets métalliques.

– Jamais tu ne mettras la main sur le Livre ! déclara-t-elle.

– Je te parie le contraire, lâcha Dee. Au fil des années, nous avons rassemblé tous les autres trésors. Il ne reste plus que le Livre. Alors, rends-nous service, et dis-moi où…

– Jamais !

– Je savais que tu me répondrais cela.

Il fit un signe à l'immense golem, et celui-ci se jeta sur Perry.

– Les humains sont si prévisibles ! soupira le petit homme.

Au moment où Perry et Sophie se ruaient dans la librairie, Nick Fleming et Josh atteignaient la porte du pressing.

– Ouvre ! ordonna Nick, qui glissa la main sous son T-shirt.

Il ôta le sac carré en tissu qu'il portait autour du cou et en sortit un petit livre à la reliure en métal cuivré.

Josh tira sur le verrou et poussa le battant. Nick se précipita dehors. Tout en courant, il feuilletait frénétiquement les pages rêches, comme s'il cherchait quelque chose. Josh entraperçut une écriture soignée et des figures géométriques qui les couvraient.

Nick et Josh arrivèrent devant la librairie, au moment où le golem touchait Perry.

Et éclatait en mille morceaux.

La fine poussière qui s'en était échappée tourbillonna dans l'air avant de se dissiper. Le lourd manteau noir tomba sur le sol.

L'entrée de Nick et Josh avait détourné l'attention de Perry. Dee en profita pour se masquer les yeux avec son bras gauche et jeter une petite boule en cristal par terre.

Ils eurent l'impression que le soleil explosait dans la librairie.

Une lumière aveuglante éclaira violemment la pièce, accompagnée d'une odeur de cheveux brûlés et d'aliments calcinés, de feuilles grillées et de métal roussi, mêlée aux émanations âcres de l'essence.

Josh aperçut sa sœur au moment où Dee lançait le cristal. Il était en partie protégé par Nick et Perry qui furent fauchés par la lumière. Josh ne voyait plus qu'une succession kaléidoscopique d'images en noir et blanc : Nick qui lâchait le manuscrit par terre… deux créatures vêtues de noir toisaient Perry qui hurlait à pleins poumons… Dee qui s'emparait du livre avec un air triomphant… Nick, ébloui, qui tâtonnait le sol.

– Tu as perdu, Nicolas ! siffla Dee. Une fois de plus ! Aujourd'hui, je m'empare de ce que tu as de plus précieux au monde : ta chère Pernelle et le Livre.

Josh passa à l'action avant que Dee s'en rende compte. Le garçon était grand et lourd pour son âge. Bien qu'il fût le plus jeune de son équipe de football américain, il jouait en défense. Il plaqua Dee, qui en lâcha le manuscrit. Josh le rattrapa au vol. Au même instant il fut soulevé dans les airs et jeté comme une vieille chaussette dans un coin. Le jeune homme atterrit sur une pile de livres qui amortirent sa chute. Des points de toutes les couleurs défilaient devant ses yeux chaque fois qu'il clignait des paupières.

La silhouette grise de Dee se dressa devant lui, et sa main gantée s'approcha du livre :

– Ceci m'appartient.

Josh eut beau serrer le manuscrit, Dee le lui arracha des mains.

– Laissez… mon… frère… tranquille.

Armée de son balai, Sophie Newman assena quatre coups dans le dos de Dee.

Celui-ci lui accorda à peine un regard. Le manuscrit dans la main gauche, il s'empara du balai et marmonna un seul mot. Le bois se flétrit et se transforma en copeaux entre les mains de Sophie.

– Tu as de la chance que je sois de bonne humeur aujourd'hui, siffla-t-il. Sinon, tu aurais subi le même sort.

D'un pas nonchalant, Dee sortit de la librairie dévastée. Les deux golems prirent Perry en otage et claquèrent la porte derrière eux. S'ensuivit un long silence, brisé par le fracas de la dernière étagère de livres intacte qui s'écrasa sur le sol.

CHAPITRE QUATRE

– Je suppose qu'il est hors de question d'appeler la police.

Adossée à une étagère en équilibre précaire, Sophie Newman croisait les bras pour ne pas trembler. Elle fut étonnée de pouvoir parler avec autant de calme.

– Nous devons pourtant les prévenir que Perry a été enlevée, poursuivit-elle.

– Perry n'est pas encore en danger.

Assis sur un escabeau, Nick Fleming se tenait la tête entre les mains et respirait avec difficulté. Il toussait de temps à autre pour débarrasser ses poumons de la poussière et du sable.

– Nous n'allons pas prévenir la police, continua-t-il avec un sourire forcé. Je ne suis pas sûr de pouvoir leur raconter une histoire plausible.

– Je ne suis pas sûr de comprendre, moi non plus, intervint Josh, assis sur la seule chaise rescapée du désastre.

Bien qu'il ne se fût brisé aucun os, il était couvert d'ecchymoses, et avait mal partout. La dernière fois qu'il avait ressenti de telles douleurs, c'était parce qu'il avait été piétiné par trois joueurs au cours d'un match. Non, là, c'était pire. Que s'était-il passé ?

– Du gaz a dû envahir la librairie, avança prudemment Nick, et nous avons été victimes d'hallucinations.

Il regarda Sophie et Josh tour à tour. Les jumeaux levèrent la tête vers lui. Ils arboraient la même expression d'incrédulité. Leurs grands yeux bleus écarquillés témoignaient du choc encaissé.

– Peu convaincant, marmonna Josh.

– Ouais, bof…, enchérit Sophie.

Nick haussa les épaules.

– Ah bon ? Je trouvais pourtant mon explication assez bonne. Elle justifiait les odeurs, l'explosion dans le magasin et toutes… toutes les choses bizarres que vous pensez avoir vues, se dépêcha-t-il d'ajouter.

Sophie se dit une fois de plus que les adultes n'étaient pas doués pour raconter des mensonges…

– Nous n'avons rien imaginé, déclara-t-elle. Nous n'avons pas inventé les golems.

– Les quoi ? s'exclama Josh.

– Ces colosses étaient des golems, des êtres faits de boue. C'est Perry qui me l'a dit.

– Vraiment ? murmura Fleming.

Il examina la librairie dévastée et secoua la tête : il leur avait fallu moins de quatre minutes pour la mettre à sac !

– Je suis surpris qu'il soit venu avec des golems, poursuivit-il. En général, on ne peut pas compter sur eux dans les pays tempérés. Mais ils ont accompli leur mission. Il a eu ce qu'il voulait.

– Le manuscrit ? demanda Sophie.

Elle avait aperçu le gros volume dans les mains de son frère avant que le petit homme s'en empare. Même si elle se trouvait dans une grande boutique remplie de livres, et que la bibliothèque de leur père ne comprenait que des livres anciens, elle n'avait jamais vu pareil ouvrage auparavant.

– Oui, cela faisait longtemps qu'il le convoitait, expliqua Nick, les yeux perdus dans le lointain. Très longtemps.

Accablé de douleur, Josh se leva lentement et tendit deux pages froissées à Nick :

– On dirait qu'il en manque un bout. Quand il m'a pris le livre des mains, je crois qu'il a dû oublier ceci.

Fleming poussa un cri étouffé en découvrant deux grandes pages noircies. Il s'agenouilla et poussa les livres en charpie et les étagères brisées pour les étaler devant lui. Ses longs doigts tremblaient tandis qu'il aplatissait le papier. Les jumeaux s'accroupirent à ses côtés. Ébahis, ils essayaient de comprendre ce qui se déroulait sous leurs yeux.

– Et là, on est en train d'halluciner aussi ? chuchota Sophie en tapotant une feuille du bout de l'index.

Les pages avaient l'aspect d'écorce séchée. Des filaments végétaux étaient visibles à leur surface, et toutes deux étaient couvertes d'une écriture irrégulière et saccadée. La première lettre en haut à gauche de chaque page était magnifiquement ornée d'enluminures rouge et or. Le reste du texte était rédigé à l'encre noire tirant sur le rouge.

Et les mots remuaient !

Sous les yeux étonnés de Sophie et Josh, les lettres bougeaient sur la page, tels de minuscules scarabées. Elles se formaient, se déformaient, devenaient à peu près lisibles, apparaissaient en latin, puis en vieil anglais, avant de se dissoudre et de surgir sous forme de symboles antiques, semblables à des hiéroglyphes égyptiens ou à l'ancien alphabet irlandais.

– Non, vous n'hallucinez pas, soupira Fleming.

Il plongea la main dans le col de son T-shirt et ressortit un pince-nez suspendu au bout d'une cordelette noire. Chaussant ces lunettes démodées, il parcourut les mots frétillants.

– Ah !

– Bonnes nouvelles ? demanda Josh.

– Excellentes. Il lui manque l'Évocation Finale.

Il comprima l'épaule meurtrie de Josh qui grimaça.

– Si tu avais voulu arracher deux pages pour rendre tout le livre illisible, tu n'aurais pas mieux choisi !

Son grand sourire s'effaça soudain.

– Quand il le découvrira, Dee reviendra, et je vous assure que, cette fois-ci, il ne sera pas accompagné de golems.

– L'homme gris ? s'enquit Sophie. Perry l'appelait Dee, elle aussi.

Nick rassembla les pages avant de se lever. Tout à coup, la jeune fille le trouva vieilli, et surtout extrêmement fatigué.

– Il s'agit du docteur John Dee, un des hommes les plus puissants et dangereux que la Terre ait portés.

– Jamais entendu parler de lui, marmonna Josh.

– Passer inaperçu dans ce monde moderne, voilà le vrai pouvoir. Dee est à la fois alchimiste, magicien, sorcier et nécromancien.

– Magicien ? répéta Sophie.

– Je croyais que la magie n'existait pas, enchaîna Josh sur un ton sarcastique.

Aussitôt, il se sentit bête. Après la démonstration à laquelle il avait assisté...

– Pourtant, vous avez bien affronté des créatures magiques ! lança Nick. Les golems sont des êtres de boue et d'argile, éveillés à la vie par un mot tout-puissant. En ce siècle, je parie qu'une dizaine de personnes à peine ont rencontré un golem. Ils sont peu nombreux à y avoir survécu.

– Dee leur a insufflé la vie ? voulut savoir Sophie.

– Il est facile de créer des golems. Le sortilège est vieux comme l'humanité. Les animer est plus compliqué, et les contrôler est quasiment impossible, ajouta-t-il dans un soupir. Mais pas pour John Dee.

– Parlez-nous de lui, insista Sophie.

– Le docteur John Dee était magicien à la cour de la reine d'Angleterre Élisabeth Ire.

Sophie éclata d'un petit rire nerveux : devait-elle vraiment le croire ?

– Mais... c'était il y a plusieurs siècles ! Impossible, l'homme gris ne doit pas avoir plus de cinquante ans !

Nick Fleming fouilla parmi les livres éparpillés sur le

sol jusqu'à ce qu'il trouve celui qu'il cherchait, *L'Angleterre sous le règne d'Élisabeth.* Il l'ouvrit. Face à une image de la reine apparaissait une vieille estampe représentant un homme aux traits anguleux et à la barbe en pointe. Ses habits étaient différents, mais il ne faisait aucun doute que l'homme gris et celui-ci ne faisaient qu'un.

Sophie lui prit le livre des mains.

– « John Dee est né en 1527 », lut-elle. Il aurait donc dans les cinq cents ans !

Josh s'approcha de sa sœur pour examiner l'image, puis il regarda autour de lui. S'il inspirait profondément, il sentait encore les odeurs particulières de… magie. De menthe et d'œuf pourri, mais aussi de magie.

– Dee vous connaissait, remarqua le jeune homme. Plutôt bien, d'ailleurs.

Fleming erra dans le magasin, ramassant des objets pour les reposer aussitôt.

– Oh oui, il nous connaît bien, Perry et moi. Depuis longtemps… très longtemps.

Ses yeux incolores étaient à présent sombres et troublés.

– Maintenant que vous êtes impliqués – ce que je regrette –, le temps des mensonges et des pirouettes est terminé. Si vous voulez survivre, vous devez connaître la vérité.

Interloqués par son « si vous voulez survivre », Josh et Sophie se regardèrent longuement.

– En vérité, je m'appelle Nicolas Flamel, reprit le libraire. Je suis né en France en 1330. Perry se prénomme

Pernelle, et elle a dix ans de plus que moi. Cela reste entre nous, bien entendu ! se dépêcha-t-il d'ajouter.

Josh sentit la tête lui tourner. Il voulait crier « N'importe quoi ! », éclater de rire, reprocher à Nick de leur raconter des histoires grotesques. Mais il était couvert de bleus, après avoir été malmené par des… des quoi, déjà ? Il se rappela le golem qui avait été réduit en poussière au contact de Perry… non, de Pernelle.

– Comment ? demanda Sophie, devançant son jumeau. Comment Pernelle et vous… ?

Nick sourit mais son regard demeurait froid et grave, un peu comme celui de Dee :

– Nous sommes des légendes. Autrefois, il y a très longtemps, nous étions des gens simples. Un jour, j'ai acheté un manuscrit, le Livre d'Abraham le Juif, appelé aussi le Codex. Dee et ses semblables sont à la recherche de cet ouvrage depuis des siècles. Aujourd'hui, il est entre leurs mains. Tout comme Pernelle, hélas !

– Mais vous disiez que le Livre était inutilisable sans ces pages ? lui rappela Josh.

– Exact. Le contenu du Livre est assez dense pour occuper Dee pendant des centaines d'années, mais ces pages sont primordiales. Il reviendra les chercher.

– Il y a autre chose, pas vrai ? dit Sophie.

Elle sentait qu'il leur cachait une information importante ; les adultes ne pouvaient s'en empêcher ! Leurs parents avaient mis des mois avant de leur annoncer qu'ils passeraient l'été seuls, sans eux, à San Francisco.

Nick lui lança un regard perçant qui lui rappela celui de Perry. Il avait quelque chose de froid et d'inhumain.

– Oui, tu as raison, bredouilla-t-il. Sans le Livre, Pernelle et moi allons vieillir. La formule garantissant notre immortalité doit être renouvelée tous les mois. À la fin du cycle de la lune, nous nous dessécherons, et nous mourrons. Ce jour-là, le mal que nous avons si longtemps combattu triomphera. La race des Aînés voudra récupérer la Terre.

– La race des Aînés ? répéta Josh d'une voix aiguë et tremblotante.

Son cœur battait à cent à l'heure. Ce début d'un jeudi après-midi banal s'était transformé en cauchemar. Lui qui adorait les jeux vidéo et lisait un peu de fantasy savait que ce genre de discours signifiait un très grand danger.

– Oui, ils sont très âgés.

– J'en conclus qu'il y en a d'autres comme Dee et vous ? remarqua Josh.

Il grimaça quand Sophie lui enfonça son coude dans les côtes.

Flamel se tourna vers le garçon. Ses yeux transparents reflétaient sa colère.

– Oui, nous ne sommes pas les seuls. Mais Dee et moi ne nous ressemblons en rien. Nous n'avons jamais été du même côté, ajouta-t-il sur un ton aigre. Nous avons choisi des chemins différents, et le sien l'a conduit sur des routes très sombres. Lui aussi est immortel, bien que j'ignore d'où il tire sa jeunesse. Mais nous sommes tous les deux des humains.

Il se tourna vers la caisse enregistreuse, grande ouverte par terre, et ramassa les billets. Quand il se redressa pour regarder les jumeaux, ils furent surpris par son expression lugubre.

– En revanche, ceux que Dee sert ne sont pas de la race des hommes et ne l'ont jamais été.

Nick fourra l'argent dans ses poches avant de s'emparer d'une veste en cuir usé qui gisait sur le sol.

– Nous devons partir, déclara-t-il.

– Pour aller où ? demanda Sophie. Que comptez-vous faire ?

– D'abord, je dois vous conduire en lieu sûr avant que Dee s'aperçoive qu'il manque des pages au Livre. Ensuite, je partirai à la recherche de Pernelle.

Les jumeaux se dévisagèrent.

– Pourquoi voulez-vous nous conduire en lieu sûr ? s'enquit Sophie.

– Nous ne sommes au courant de rien, enchaîna Josh.

– Quand Dee découvrira que le Livre est incomplet, il voudra récupérer les pages manquantes. Et je vous garantis qu'il ne laissera la vie sauve à aucun témoin sur Terre !

Josh se mit à rire. Le son mourut dans sa gorge lorsqu'il s'aperçut que sa sœur ne souriait pas.

– Vous êtes…, bredouilla-t-il avant de s'humecter les lèvres, vous êtes en train de nous dire qu'il va essayer de nous tuer ?

Nicolas Flamel pencha la tête, l'air pensif :

– Non, il ne vous tuera pas.

Josh poussa un grand soupir de soulagement.

– Croyez-moi, poursuivit Flamel, Dee vous fera subir un sort bien pire. Oui, bien pire.

CHAPITRE CINQ

Hébétés, les jumeaux sortirent de la librairie. Les tessons de verre crissaient sous leurs pieds. Nick cherchait la clé dans sa poche.

– On ne peut pas partir comme ça ! s'écria Sophie.

– Nous n'allons nulle part, enchérit Josh.

Nick Fleming – ou plutôt Nicolas Flamel ; ils devaient s'habituer à l'appeler ainsi – mit la clé dans la serrure et secoua la porte.

– J'aimais beaucoup cette boutique, marmonna-t-il. Elle me rappelait mon premier métier.

Il se tut un instant avant d'ajouter :

– Vous savez, vous n'avez pas le choix. Si vous voulez survivre jusqu'à ce soir, vous devez partir avec moi.

Il enfila sa veste, puis se dirigea d'un pas pressé vers

La Tasse de Café. Sans échanger un mot, les jumeaux lui emboîtèrent le pas.

– Tu as la clé, Sophie ?

Aussitôt, elle sortit son porte-clés en forme de Golden Gate Bridge.

– Si Fiona revient et trouve la porte fermée, remarqua-t-elle, elle risque d'appeler la police, et…

– Bien vu ! Laissons-lui un mot. Quelque chose de bref – tu as dû partir en urgence, ce genre d'excuse. Écris que je t'ai accompagnée. Ne t'applique pas, comme si tu étais pressée. Vos parents sont-ils toujours en train de faire des fouilles dans l'Utah ?

Archéologues, les parents des jumeaux travaillaient actuellement pour l'université de San Francisco.

– Pendant encore six semaines au moins, répondit Sophie.

– C'est notre tante Agnès qui nous héberge dans le quartier de Pacific Heights, précisa Josh.

– Elle nous attend pour dîner. On ne peut pas disparaître dans la nature. Dès qu'on a un quart d'heure de retard, elle se met dans tous ses états. La semaine dernière, notre tramway est tombé en panne. Quand nous sommes arrivés une heure plus tard, elle avait déjà appelé nos parents !

Tante Agnès avait quatre-vingt-quatre ans et bien qu'elle surprotégeât les jumeaux, ils l'aimaient beaucoup.

– Il va falloir trouver une excuse pour elle aussi, lâcha Flamel qui se faufila dans le salon de thé, suivi de Sophie.

Josh, lui, préféra rester dehors. Il regarda autour de lui. Mis à part les morceaux de verre étincelants qui parsemaient le trottoir devant la librairie, tout semblait parfaitement normal. La rue était calme et silencieuse, la brise était chargée des odeurs de l'océan. De l'autre côté de la baie, au-delà de Fisherman's Wharf, une sirène de bateau retentit. Le bruit sourd et isolé se perdit au loin. Rien ne semblait avoir changé en une demi-heure.

Et pourtant...

Plus rien ne serait jamais pareil. En trente minutes, le monde soigneusement ordonné de Josh avait été mis sens dessus dessous et altéré de manière irrévocable. Élève pas trop brillant, mais pas idiot non plus, il était en première, jouait au football américain, chantait (mal) dans un groupe d'amis, s'intéressait aux filles, sans sortir avec une d'elles en particulier. Il jouait à l'occasion à des jeux vidéo d'action comme *Quake*, *Doom* ou *Unreal Tournament*, détestait les jeux de course et s'était perdu dans *Myst*. Il adorait les *Simpsons* et pouvait en citer des extraits par cœur ; il aimait beaucoup *Shrek*, mais ne l'aurait jamais admis en public. Il trouvait le dernier *Batman* pas mal et *X-Men* excellent. Il n'avait pas détesté le nouveau *Superman*, malgré ce que les autres en pensaient. En résumé, Josh était un garçon des plus ordinaires.

Seulement, les adolescents ordinaires n'étaient pas impliqués dans des batailles entre deux magiciens plusieurs fois centenaires.

La magie ne pouvait pas exister dans ce monde. La magie appartenait au cinéma, au cabaret, où des lapins et des colombes sortaient des chapeaux, où David Copperfield découpait son assistante en deux et lévitait au-dessus du public. La vraie magie n'existait pas !

Alors, comment expliquer les événements qui avaient eu lieu à la librairie ? Par quel miracle les étagères s'étaient-elles décomposées sous ses yeux, les livres avaient été réduits en bouillie, l'odeur d'œuf pourri de Dee s'était mêlée au parfum frais de la menthe quand Fleming était entré en action ?

Malgré les rayons chauds du soleil, Josh Newman frissonna. Il entra dans le salon de thé et ouvrit son sac à dos pour en sortir son ordinateur portable cabossé. Il voulait se connecter à Internet afin de vérifier quelques noms – docteur John Dee, Pernelle, et surtout Nicolas Flamel.

Sophie griffonna rapidement un mot sur une serviette en papier. Elle mâchonna son crayon en se relisant.

Mme Fleming malade. Fuite de gaz à la librairie. Partis à l'hôpital avec M. Fleming. Ne vous inquiétez pas. Appellerai plus tard.

Quand elle trouverait *La Tasse de Café* fermée juste avant le rush de fin d'après-midi, Fiona ne serait pas contente. Sophie risquait de perdre sa place. Elle signa avec tellement d'énergie qu'elle en déchira la serviette. Dans un soupir, elle la posa sur le comptoir.

Nicolas Flamel jeta un coup d'œil par-dessus son épaule pour lire :

– Bien, très bien. Cela explique aussi la fermeture de la librairie.

Puis il se tourna vers Josh qui tapait à toute allure sur son clavier.

– On y va ! lança-t-il.

– Je vérifie mes messages, marmonna Josh, qui éteignit l'ordinateur et le referma.

– Maintenant ? s'exclama Sophie, incrédule.

– La vie continue. Les e-mails n'attendent pas.

Son sourire forcé ne parvint pas à convaincre sa sœur.

Elle s'empara de son sac et de sa veste en jean vintage, puis jeta un dernier regard sur le salon. Elle eut l'impression soudaine qu'elle ne reverrait pas *La Tasse de Café* de sitôt. Elle éteignit les lumières, poussa son frère et Nick dehors et enclencha l'alarme. Puis elle verrouilla la porte et déposa la clé dans la boîte aux lettres.

– Quel est le plan ? demanda-t-elle.

– Nous allons chercher de l'aide, et nous nous cacherons jusqu'à ce que je décide de votre sort. Nous autres, nous sommes doués pour nous cacher, vous savez ! Perry et moi nous dissimulons depuis un demi-millénaire.

– Et Perry, au juste ? s'inquiéta Sophie. Dee ne va-t-il pas… lui faire du mal ?

Ces dernières semaines, elle avait appris à connaître et apprécier la grande femme élégante qui venait régulièrement au salon. Elle ne voulait pas qu'il lui arrive malheur.

Flamel secoua la tête :

– Non. Elle est trop puissante. Contrairement à moi, elle a étudié la sorcellerie. Dee devra se contenter de la retenir en captivité pour l'empêcher d'utiliser ses sortilèges. Seulement, ces prochains jours, elle va commencer à vieillir et à s'affaiblir. Au bout d'une semaine, deux au maximum, il pourra utiliser ses pouvoirs contre elle. Je le connais, il se montrera prudent, prononcera des formules incantatoires, installera des barrières magiques pour l'empêcher de s'évader... Il passera à l'attaque quand il sera sûr de sa victoire. Mais, d'abord, il essaiera de découvrir l'étendue du savoir alchimique de Perry. Sa quête de connaissance a toujours été la plus grande force de Dee, et aussi sa plus grande faiblesse.

L'air absent, Nick tapota ses poches.

– Ma Perry va en profiter. Un jour, je vous raconterai comment elle a affronté Lamia la Grecque.

Sophie hocha la tête, bien qu'elle ignorât de qui il parlait.

Tandis qu'il marchait à grandes enjambées, Flamel finit par trouver ce qu'il cherchait : une paire de petites lunettes rondes. Il les mit sur son nez, puis il fourra les mains dans les poches de sa veste et sifflota, comme s'il était le plus heureux des hommes. Il regarda par-dessus son épaule.

– On se dépêche ! leur lança-t-il.

N'ayant pas le choix, les jumeaux obtempérèrent.

– J'ai cherché son nom sur le net, murmura vite Josh à l'oreille de sa sœur.

– Je me disais aussi que tes mails pouvaient attendre...

– Les informations se recoupent. Il est dans Wikipedia, et j'ai obtenu environ deux cent mille résultats à son sujet sur Google. Il y a en tout dix millions d'occurrences pour John Dee ! Même Pernelle et le Livre s'y trouvent. Quand il est mort, sa tombe a été violée par des chercheurs de trésors. Or elle était vide – pas de corps, pas de trésor. Apparemment, sa maison serait encore visible à Paris.

– Il ne ressemble pourtant pas à un magicien immortel, chuchota Sophie.

– Et ça ressemble à quoi, un magicien ? À part ceux qui venaient à l'école avant Noël.

– Je ne suis pas magicien, l'interrompit Flamel sans leur accorder un regard. Je suis alchimiste, un homme de science, même si ce n'est pas la science à laquelle vous êtes habitués.

Sophie se dépêcha de le rattraper. Elle tendait le bras pour le ralentir quand une étincelle, semblable à de l'électricité statique, jaillit de ses doigts.

– Hé !

Elle secoua la main : ses doigts lui picotaient. Qu'est-ce que cela signifiait ?

– Je suis désolé. C'est un effet secondaire de… de ce que vous pourriez appeler la magie. Mon aura – le champ électrique qui entoure mon corps – est encore active. Elle a réagi en entrant en contact avec la tienne, expliqua Flamel, dont les dents bien alignées se dévoilèrent dans un sourire. J'en conclus que ton aura est puissante.

– C'est quoi, une aura ?

Flamel parcourut quelques mètres sans répondre ; puis il désigna une vitrine. Des néons fluorescents y dessinaient le mot TATOUEUR.

– Vous voyez cette lueur autour des lettres ?

Clignant légèrement des yeux, Sophie acquiesça. La lumière jaune bourdonnait.

– Tout homme émet une lumière semblable. Autrefois,

on la voyait sans difficulté. Le mot « aura » vient du latin. Il signifie « souffle ». Au fil du temps, la plupart des hommes ont perdu la capacité de voir ce halo de lumière. Pas tous…

Alors que Josh reniflait, moqueur, Flamel jeta un coup d'œil par-dessus son épaule :

– C'est vrai. L'aura a été photographiée par un couple de savants russes, les Kirlian. Un champ électrique entoure chaque organisme vivant.

– À quoi cela ressemble-t-il ? voulut savoir Sophie.

Flamel tapota la vitrine du magasin :

– À cela : une lueur autour du corps. L'aura de chacun est unique : elle apparaît sous différentes couleurs, différentes puissances. Certaines brillent avec force, d'autres tremblotent. Certaines suivent les contours du corps, d'autres l'enveloppent totalement. L'aura en dit long sur son propriétaire : s'il est malade, malheureux, en colère ou apeuré, par exemple.

– Vous pouvez les voir ? demanda Sophie.

La réponse de Flamel les surprit.

– Moi, non. Mais Perry y arrive parfois. Par contre, je sais canaliser et diriger cette énergie. Comme tout à l'heure. Vous avez vu une énergie aurique pure.

– J'aimerais beaucoup apprendre à les distinguer, confia Sophie.

– Méfie-toi de tes souhaits. Tout pouvoir a un prix.

Il tendit la main. Sophie et Josh s'approchèrent de lui. La main de Flamel tremblait et ses yeux étaient injectés de sang.

– Quand on utilise son énergie aurique, on brûle

autant de calories qu'au cours d'un marathon. Imaginez une batterie qui se décharge. Entre nous, je ne crois pas que j'aurais pu tenir plus longtemps contre Dee à la librairie.

– Dee est plus puissant que vous ?

– Infiniment plus, avoua Flamel.

Il enfonça les mains dans les poches de sa veste et reprit sa marche, flanqué de Sophie et Josh. Au loin, le Golden Gate Bridge commençait à poindre au-dessus des toits.

– Dee a passé les cinq derniers siècles à développer ses pouvoirs, et moi, à me cacher, à me concentrer sur des détails qui nous permettraient, à Pernelle et à moi, de rester en vie. Dee a toujours été puissant, et j'ignore de quoi il est capable aujourd'hui.

Il s'arrêta au pied de la colline, regarda à droite, puis à gauche… Finalement, il opta pour la gauche et s'engagea dans California Street.

– Mais l'heure n'est pas aux questions, poursuivit-il. Nous devons nous dépêcher.

– Vous connaissez Dee depuis longtemps ? insista Josh, résolu à obtenir des réponses, coûte que coûte.

– John Dee était déjà un homme d'âge mûr quand je l'ai accepté comme apprenti, répondit Flamel avec un sourire sinistre. Je prenais encore des apprentis à l'époque, et certains d'entre eux ont fait ma fierté. Je rêvais de façonner une génération d'alchimistes, de scientifiques, d'astronomes, d'astrologues et de mathématiciens. Ces hommes et ces femmes auraient créé un monde nouveau. Dee était l'un des étudiants les plus doués que j'ai eus. On peut dire que je le connais depuis presque cinq cents ans, même si nous nous sommes rarement croisés ces dernières décennies.

– Comment est-il devenu votre ennemi ? s'enquit Sophie.

– La cupidité, la jalousie… et le Codex, le Livre d'Abraham le Juif. Il le convoitait depuis longtemps, et maintenant il l'a en sa possession.

– Pas en entier, lui rappela Josh.

– Non, pas en entier… Dee a appris l'existence du Codex pendant son apprentissage à Paris. Un jour qu'il essayait de le voler, je l'ai pris sur le fait. Là, j'ai su qu'il s'était allié aux Ténébreux. Comme je refusais de partager les secrets du manuscrit avec lui, nous nous sommes violemment disputés. Cette nuit-là, il a lancé ses premiers assassins à nos trousses. Nous nous en sommes débarrassés avec une grande facilité car il n'avait engagé que de simples humains. Les meurtriers qu'il nous a envoyés le lendemain n'avaient plus rien à voir avec des hommes. Perry et moi avons donc pris le Livre, quelques affaires, et nous avons fui Paris. Depuis ce jour, il est à notre poursuite.

Ils s'arrêtèrent à un feu tricolore. Trois Britanniques attendaient que le feu passe au vert, si bien que Flamel se tut. D'un rapide coup d'œil à Josh et Sophie, il leur signala de ne rien dire. Quand vint leur tour, ils traversèrent. Dès que les touristes se furent éloignés, Josh demanda :

– Après Paris, où êtes-vous allés ?

– À Londres. Dee était à deux doigts de nous rattraper là-bas en 1666. Il a lâché un Élémentaire du Feu sur nous, une créature sauvage et stupide qui a failli détruire la ville entière. Personne n'a oublié le grand incendie de Londres.

Sophie jeta un regard à son frère. Leur prof d'histoire avait mentionné cette catastrophe. Elle fut surprise de se sentir aussi calme – voilà qu'elle déambulait dans les rues en compagnie d'un homme qui prétendait avoir cinq cents ans et qui racontait des faits historiques comme s'il les avait vécus. Et le pire, c'était qu'elle le croyait !

– Dee a failli nous capturer à Paris en 1763, puis en 1835 à Rome, où nous travaillions comme libraires. J'ai toujours aimé ce métier.

Il se tut de nouveau, car ils s'approchaient d'un groupe de touristes japonais et leur guide qui brandissait un parapluie jaune fluo.

Une fois hors de portée de voix, il reprit son récit. Les événements datant d'un siècle et demi semblaient plus frais et plus douloureux dans sa mémoire.

– Nous avons fui en Irlande, persuadés qu'il ne nous trouverait pas sur cette île aux confins de l'Europe. Peine perdue ! Il était parvenu à maîtriser les Galgals et à en emmener deux avec lui – le Galgal de la Maladie et le Galgal de la Faim. Seulement, il a perdu le contrôle de ses créatures. Au lieu de s'attaquer à nous, elles ont ravagé ce pauvre pays : un million d'Irlandais ont péri durant la grande famine des années 1840.

Le visage de Nicolas Flamel se durcit.

– Je doute que Dee leur ait accordé une seule pensée. Il ne nourrit que du mépris pour l'espèce humaine.

Sophie regarda son frère, qui semblait absorbé par ces

paroles. Submergé par le déluge d'informations, il mourait sans doute d'envie de se connecter à Internet et de vérifier certains détails.

– Il ne vous a jamais attrapés, en conclut Sophie.

– Jusqu'à aujourd'hui, soupira l'Alchimiste. J'imagine que c'était inévitable. Au cours du XXe siècle, il a gagné du terrain. Il devenait plus puissant, mêlant magie ancestrale et technologies modernes. Perry et moi avons vécu à Terre-Neuve jusqu'à ce qu'il lance des Chiens Terribles contre nous. Ensuite, nous avons erré de ville en ville, en partant de la côte Est, à New York, en 1901 pour fuir peu à peu vers l'ouest. De nos jours, il est difficile de se cacher, avec toutes ces caméras, les vidéos, le téléphone, Internet.

– Ce livre… ce Codex qu'il cherchait…, commença Josh.

– Le Livre d'Abraham le Juif, précisa Flamel.

– Qu'a-t-il de si particulier ?

Nicolas Flamel stoppa si soudainement au milieu du trottoir que les jumeaux continuèrent sans lui. Quand ils se retournèrent, l'homme écartait les bras, comme s'il s'apprêtait à faire une révérence.

– Regardez-moi ! s'exclama-t-il. Regardez-moi ! Je suis plus vieux que l'Amérique ! Voilà en quoi ce livre est spécial. Laissez-moi vous dire quelque chose, continua-t-il après avoir baissé la voix. Le secret de la vie éternelle est probablement l'un des moins importants du Codex…

Machinalement, Sophie glissa la main dans celle de son frère. Il la serra à peine. Sans qu'ils échangent un mot, elle sut qu'il avait aussi peur qu'elle.

Jeudi 31 Mai

– Maintenant qu'il a le Codex, Dee peut changer la face du monde.

Un chuchotement rauque sortit de la bouche de Sophie. Soudain, l'air de mai lui donna des frissons.

– Pardon ?

– Comment s'y prendrait-il ? demanda Josh.

– Il le remodèlerait, répondit doucement Flamel. Dee et les Ténébreux à qui il obéit donneront à l'univers l'aspect qu'il avait dans un passé inimaginable. Les hommes serviront d'esclaves. Ou de nourriture.

CHAPITRE SIX

Alors qu'il aurait pu utiliser d'autres moyens de communication, le docteur John Dee choisit le mode préféré de ce siècle : le téléphone portable. Confortablement installé dans le siège en cuir de sa limousine, il ouvrit le clapet de l'appareil, visa Pernelle Flamel, inconsciente entre deux golems dégoulinants, et prit une photo.

Pernelle Flamel. Sa prisonnière. Quel beau trophée à ajouter dans son album photo !

Dee pianota un numéro et appuya sur « Envoyer ». Puis il pencha la tête pour admirer l'élégante femme en face de lui. Il devait cette capture à un extraordinaire coup de chance. Jamais il n'y serait parvenu si elle n'avait pas utilisé autant d'énergie pour détruire son golem. Il caressa sa barbiche, songeur… Il devait fabriquer d'autres créatures d'argile sans tarder. En effet, suite à leur exposition au soleil du début d'après-midi, ses deux serviteurs avaient commencé à se craqueler et à fondre. Le plus gros était assis dans une flaque de boue noire.

Et s'il choisissait autre chose que des golems ? Parfaites en climat humide, ces créatures grossières n'étaient bonnes à rien en été sur la côte Ouest. Avait-il encore la recette pour fabriquer une goule ?

Ça, il aurait le temps de s'en occuper. À présent, c'était Pernelle qui lui posait problème : il ignorait purement et simplement l'étendue de ses pouvoirs.

Dee était impressionné par cette Française, grande et élégante. Quand il était entré comme apprenti chez Nicolas Flamel, l'Alchimiste, il avait commis l'erreur de la sous-estimer. Il avait fini par comprendre qu'elle était aussi puissante que son époux, voire plus dans certains domaines. Bien qu'il fût un excellent alchimiste, attentif aux détails, amateur de langues anciennes et doté d'une patience infinie, Flamel était un piètre sorcier et un minable nécromancien. Il lui manquait cette étincelle d'imagination, synonyme de visualisation parfaite. À l'opposé, Pernelle était l'une des sorcières les plus puissantes qu'il ait eu l'occasion de rencontrer.

Dee ôta un de ses gants en cuir gris et le posa sur le siège à côté de lui. Puis il trempa son index dans la flaque de boue laissée par le golem et traça un symbole en spirale sur le dos de la main gauche de la femme. Ensuite, il peignit le même symbole sur sa main droite. Il plongeait la main dans la boue noire et gluante afin d'inscrire trois lignes sinueuses sur son front quand, soudain, elle ouvrit ses grands yeux verts. Dee se dépêcha de s'adosser à son siège :

– Dame Pernelle Flamel ! Si tu savais à quel point je suis content de te revoir.

Perry ouvrit la bouche pour lui parler, mais aucun mot n'en sortit. Elle essaya de bouger, en vain : les golems assis à ses côtés la retenaient avec fermeté, et ses muscles refusaient de lui obéir.

– Excuse-moi, j'ai pris la liberté de te jeter un sortilège de captivité, poursuivit Dee, simple et efficace, en attendant de mettre en place quelque chose de plus… permanent.

Le docteur John Dee sourit, bien qu'il n'y eût aucune trace d'humour dans son expression. Tout à coup, la musique de *X-Files* retentit dans l'habitacle. Dee ouvrit son portable.

– Tu permets ? lança-t-il à Pernelle. Oui, je pensais que cela vous amuserait, déclara-t-il à son interlocuteur. La légendaire Pernelle Flamel est entre nos mains. Oh ! je suis sûr que Nicolas se lancera à sa recherche. Cette fois-ci, nous serons prêts. Il ne nous échappera pas.

Pernelle entendit un éclat de rire dans l'appareil.

– Oui, nous avons le Codex. Enfin !

Dee plongea la main dans la poche intérieure de son manteau et sortit le manuscrit à la reliure en cuivre. Tandis qu'il tournait les pages épaisses aux bords râpeux, il se mit à chuchoter. Pernelle se demanda s'il se parlait à lui-même ou à son interlocuteur.

– Dix mille ans de connaissances des arcanes réunies ici…

Soudain, il se tut. Le téléphone lui tomba des mains et rebondit par terre.

À la fin du livre, deux pages manquaient, arrachées à la va-vite.

Dee ferma les yeux et s'humecta nerveusement les lèvres.

– C'est ce garçon, marmonna-t-il, la voix rauque. Quand je le lui ai pris des mains…

Il ouvrit les yeux et parcourut avec attention les pages précédentes.

– Peut-être ne sont-elles pas importantes…, murmura-t-il.

Ses lèvres bougeaient tandis qu'il suivait les mots qui ne cessaient de remuer. Il se concentra sur les lettres illuminées en haut de chaque page, sachant qu'elles donnaient des indices sur le restant du chapitre. Les mains tremblantes, il interrompit tout à coup sa lecture. Quand il leva la tête, ses yeux flamboyaient.

– Il me manque l'Évocation Finale ! mugit-il.

Des étincelles jaunes dansèrent au-dessus de sa tête. La vitre arrière se fissura, telle une immense toile d'araignée. Des volutes de fumée jaunâtre apparurent entre ses dents.

– Demi-tour ! hurla-t-il à l'intention du chauffeur. Vite ! Non ! Ce n'est pas la peine. Flamel n'est pas idiot. Ils sont partis depuis longtemps.

Il ramassa le téléphone. Évitant le regard de Pernelle, il s'accorda quelques instants pour se calmer. Il prit une profonde inspiration qui le fit frissonner, mais parut l'apaiser. Puis il composa un numéro.

– Nous avons un léger problème, annonça-t-il d'une voix paisible et neutre. Il semblerait qu'il manque deux pages à la fin du Livre. Rien d'important, j'en suis sûr. Pourriez-vous me rendre un service ? Oui, contactez Morrigan et dites-lui que j'ai besoin d'elle.

Choquée, Pernelle écarquilla les yeux à la mention de ce nom. Dee en sourit d'aise :

– Exact. Ses talents particuliers et ses dons spéciaux me seront très utiles.

Il referma le téléphone dans un claquement et se pencha vers la femme :

– Il m'aurait facilité la tâche s'il m'avait simplement remis le Codex… Comme ça n'a pas été le cas, Morrigan entre dans la partie ; tu sais ce que cela implique.

CHAPITRE SEPT

Sophie fut la première à remarquer le rat.

Ayant grandi à New York et passé tous leurs étés en Californie, les jumeaux avaient déjà vu des rats. Quand on habite San Francisco, ville portuaire par excellence, on s'habitue vite à croiser ces rongeurs, que ce soit de bonne heure le matin ou tard le soir, quand ils sortent de l'ombre et des égouts. Sophie n'avait pas spécialement peur d'eux, bien qu'elle eût entendu des horreurs à leur sujet, des légendes urbaines, des histoires racontées par l'ami d'un ami d'un ami… La plupart étaient inoffensifs si on les laissait tranquilles. Sophie se souvint d'avoir lu quelque part que les États-Unis comptaient autant de rats que d'habitants.

Seulement, celui-ci était différent.

Lisse et brillant, noir, et non marron sale comme de coutume, il se tenait immobile à l'extrémité d'une ruelle, et Sophie aurait juré qu'il avait les yeux rouge vermillon… et qu'il les dévisageait.

Un animal domestique en fuite peut-être ?

– Tu l'as remarqué, toi aussi, murmura Flamel.

Il la prit par le bras et lui fit presser le pas.

– On nous surveille.

– Qui ? demanda Josh, interloqué.

Quand il se retourna, il ne vit pas la longue voiture noire de Dee, et personne ne semblait leur prêter attention.

– Où ?

– Le rat. Dans la ruelle, l'informa Flamel. Ne regarde pas.

Trop tard. Josh avait déjà tourné la tête.

– Un rat ? Vous voulez rire !

Josh fixa le rat, qui ne s'enfuit pas à toutes pattes comme il aurait dû. L'animal se contenta de lever la tête et de le scruter. Quand la bestiole ouvrit la bouche pour lui montrer ses dents pointues, Josh frissonna. Il avait horreur des serpents et des rats. Des araignées aussi. Et des scorpions.

– Est-ce que les rats ont les yeux rouges ? demanda-t-il à sa sœur, qui, elle, n'avait peur de rien.

– D'habitude, non.

Il jeta un nouveau coup d'œil derrière lui. À présent, deux rats noirs comme du jais les observaient depuis la ruelle. Un troisième émergea de l'ombre et s'installa à côté de ses congénères.

– OK, fit Josh. Aujourd'hui, j'ai vu des hommes de boue. Je peux bien accepter des rongeurs espions ! Est-ce qu'ils parlent ?

– Ne sois pas ridicule, gronda Flamel. Ce sont des rats.

Josh, lui, ne trouvait pas sa question si ridicule.

– C'est Dee qui les a envoyés ? s'enquit Sophie.

– Les rats ont suivi notre trace depuis la librairie. Grâce à eux, il nous piste. Une simple méthode de divination lui permet de voir à travers leurs yeux. Ce sont des passeurs grossiers, mais efficaces. Maintenant qu'ils ont notre odeur, ils ne nous lâcheront plus, sauf si nous traversons une étendue d'eau. Cela dit, ils m'inquiètent moins que ces bêtes-là.

Il leva le menton. Sophie et Josh l'imitèrent. Un nombre incroyable d'oiseaux au plumage noir s'étaient rassemblés sur les toits des immeubles environnants.

– Des corbeaux, les renseigna Flamel.

– Mauvais signe ! anticipa Sophie.

Depuis que Dee avait franchi le seuil de la librairie, les bonnes nouvelles se faisaient rares.

– Très mauvais signe, enchérit Flamel. Mais je pense que nous allons nous en sortir. Nous sommes presque arrivés.

Il tourna à gauche et conduisit les jumeaux au cœur du quartier exotique de Chinatown. Ils passèrent devant l'hôtel *Sam Wong*, s'engagèrent dans une venelle à droite, et aussitôt à gauche, dans une ruelle encore plus étroite. À la différence des rues principales, relativement propres, des piles de cartons et des boîtes éventrées s'y accumulaient. Une odeur aigre-douce de nourriture en décomposition s'en échappait. La dernière ruelle qu'ils avaient empruntée sentait particulièrement mauvais. Ils se heurtaient quasiment à un mur de mouches tourbillonnant dans la pénombre. Vu la hauteur des bâtiments, la lumière du jour ne filtrait quasiment pas.

– Je vais vomir, gémit Sophie.

Les semaines passées au salon de thé avaient affiné son odorat. Elle se vantait de pouvoir distinguer des odeurs qu'elle n'avait jamais senties auparavant. À présent, elle regrettait cette capacité ; l'air empestait le poisson pourri.

Josh hocha la tête. Concentré, il inspirait par la bouche les relents qu'il imaginait se déposer sournoisement sur sa langue.

– On arrive, affirma Flamel.

Il ne semblait pas affecté par les odeurs pestilentielles qui les assaillaient.

Un crissement les fit sursauter. Les jumeaux se retournèrent : cinq rats noirs venaient de bondir sur les poubelles ouvertes. Un immense corbeau s'installa sur les fils qui s'entrecroisaient au-dessus de leur tête.

À cet instant, Nicolas Flamel s'arrêta devant une banale porte en bois sans numéro. La couche de crasse qui la recouvrait était telle qu'on la distinguait à peine du mur. Elle ne possédait ni poignée ni trou de serrure. La main droite ouverte, Flamel effleura certains endroits... La porte s'entrebâilla. Il poussa Josh et Sophie dans l'entrée obscure et ferma derrière eux.

Le couloir sentait merveilleusement bon, un mélange de jasmin et de parfums inconnus. Les jumeaux inspirèrent à pleins poumons pour chasser les odeurs nauséabondes des ruelles.

– Bergamote, annonça Sophie qui avait identifié l'agrume. Ylang-ylang et patchouli, je pense.

– Je suis impressionné ! fit Flamel.

– J'étais à bonne école au salon. J'adorais le parfum des thés exotiques.

Elle s'interrompit. Elle parlait comme si elle ne devait plus remettre les pieds à *La Tasse de Café* et humer ses formidables odeurs. Elle songea qu'à cette heure-ci, en début d'après-midi, les clients commençaient à arriver ; ils commandaient des cappuccinos et des cafés viennois, des thés glacés et des infusions. Elle cligna des yeux pour chasser les larmes qui l'aveuglaient. Le salon lui manquait parce que ce lieu était ordinaire, normal, concret.

– Où sommes-nous ? s'enquit Josh.

Ses yeux s'étaient habitués à la pénombre. Ils se tenaient dans un long couloir étroit et immaculé, aux murs de lambris blond et lisse ; des nattes en roseau blanc tapissaient le sol. Une simple porte couverte de papier les attendait au bout du couloir. Josh allait faire un pas en avant mais Flamel le retint d'une main de fer.

– Ne bouge pas ! murmura-t-il. Attends. Observe. Note tout. Si tu gardes ces trois concepts à l'esprit, tu auras la vie sauve quelques jours encore.

Flamel plongea la main dans sa poche et en sortit une pièce de monnaie. Après l'avoir positionnée sur l'ongle de son pouce, il lui donna une pichenette. La pièce vola dans les airs et amorça sa descente au milieu du couloir...

Un sifflement à peine perceptible se fit entendre. Une fléchette munie d'une aiguille se dirigea vers la pièce en métal, la transperça en plein vol et l'épingla sur le mur opposé.

– Le monde rassurant et banal que vous connaissiez

n'existe plus, déclara Flamel en regardant les jumeaux tour à tour. Les apparences sont souvent trompeuses. Vous devez sans cesse vous interroger, attendre avant d'avancer, regarder avant de continuer, observer chaque détail. J'ai appris ces leçons en alchimie mais vous, vous les estimerez à leur juste valeur dans ce nouveau monde que vous découvrez malgré vous. Observez bien ce couloir. Que voyez-vous ?

Josh remarqua un premier trou dans le mur, dissimulé dans un nœud du bois. Il se douta que des dizaines d'autres devaient se cacher le long du couloir. Chacun contenait-il une minuscule flèche, capable de transpercer le métal ?

De son côté, Sophie remarqua que le sol n'adhérait pas parfaitement au mur. Un jour apparaissait en trois endroits différents, à droite mais aussi à gauche, près des plinthes.

Flamel secoua la tête :

– Bon travail. Maintenant, regardez. Après les fléchettes, voici un autre moyen de défense…

Il sortit un mouchoir en papier de sa poche et le jeta par terre, près d'une ouverture. Dans un cliquetis métallique, une immense lame en forme de demi-lune jaillit du mur, transforma le mouchoir en confetti et regagna sa cachette.

– Si les fléchettes ne vous tuent pas…, commença Josh.

– … les lames vous achèvent, compléta Sophie. Comment atteint-on la porte, alors ?

– On ne l'atteint pas.

Flamel poussa le mur à sa gauche. Un pan entier s'ouvrit sur une grande pièce lumineuse.

Jeudi 31 Mai

Un dojo ! Depuis l'âge de six ans, les jumeaux pratiquaient le taekwondo dans des écoles d'arts martiaux semblables à celle-ci à travers les États-Unis, suivant leurs parents d'université en université. De nombreuses écoles possédaient un club sur le campus et leurs parents les inscrivaient aux meilleurs cours possibles. Ceinture rouge depuis peu, ils visaient maintenant la noire.

Contrairement aux autres dojos, celui-ci était simple et sans ornements, dans les tons de blanc et de crème, avec des tapis noirs au sol. Leur attention fut immédiatement attirée par une silhouette vêtue d'un T-shirt et d'un jean blancs, assise au centre de la pièce, le dos tourné. Ses cheveux rouges en pétard étaient la seule touche de couleur dans le dojo.

– Nous avons un problème, l'informa simplement Nicolas Flamel.

– *Tu* as un problème. Cela n'a rien à voir avec moi, répliqua l'inconnue sans bouger.

Ils furent surpris par cette voix jeune, douce et féminine aux vagues accents celtiques, irlandais ou écossais.

– Dee m'a trouvé aujourd'hui, poursuivit Nicolas.

– Ce n'était qu'une question de temps.

– Il était accompagné de golems.

Long silence.

– Quel idiot ! Utiliser un golem dans ce climat sec... Son arrogance m'étonnera toujours.

– Il a enlevé Pernelle.

– Dur... Il ne lui fera aucun mal, c'est sûr.

– Et il a le Codex.

La silhouette remua, se releva lentement et leur fit

face. Les jumeaux découvrirent avec stupéfaction que la fille n'était pas plus âgée qu'eux. Elle avait la peau pâle, parsemée de taches de rousseur, un visage poupin et de grands yeux vert pré. Ses cheveux roux étaient si flamboyants qu'elle avait dû les teindre.

– Le Codex ? Le Livre d'Abraham le Juif ?

« Oui, elle a bien un accent irlandais », décida Sophie.

Flamel hocha la tête.

– Alors, tu as raison, nous avons un problème.

Aussitôt, Flamel sortit les deux pages déchirées de sa poche :

– Par chance, il n'a pas tout le manuscrit. Il lui manque l'Évocation Finale.

La jeune femme siffla entre ses dents. Un rapide sourire passa sur ses lèvres :

– Qu'il va chercher à récupérer, bien entendu.

– Bien entendu.

Josh remarqua que l'interlocutrice de Flamel se tenait immobile, comme la plupart des professeurs d'arts martiaux qu'ils avaient côtoyés. Il jeta un regard en biais à sa sœur et haussa les sourcils pour lui demander son avis sur l'inconnue. Sophie secoua la tête. Tous deux se demandaient pourquoi Nicolas Flamel la traitait avec un respect aussi flagrant. Quelque chose clochait chez elle, Sophie ne parvenait pas à dire quoi. Elle avait un visage ordinaire, en dépit de ses pommettes saillantes et de son menton un peu pointu. Seuls ses yeux émeraude ne manquaient pas de retenir l'attention. Sophie s'aperçut tout à coup qu'elle ne clignait jamais des paupières.

La jeune femme pencha la tête en arrière et inspira si fort que ses narines frémirent :

– Voilà pourquoi je sens des Yeux.

– Oui, il y a des rats et des corbeaux partout.

– Et tu les as conduits jusqu'ici ? s'écria-t-elle. Moi qui ai passé des années à protéger cet endroit !

– Dee détient le Codex, et tu connais ses intentions.

La rouquine secoua la tête avant de braquer son regard sur les jumeaux.

– Et ces deux-là ? demanda-t-elle enfin.

– Voici Sophie et son jumeau, Josh. Ils étaient présents quand Dee m'a attaqué. Ils se sont battus pour moi, et ce jeune homme est parvenu à arracher les deux pages du Livre.

– Des jumeaux ? répéta-t-elle en les observant tour à tour. Ils ne sont pas identiques, mais je vois la ressemblance, en effet. Flamel, crois-tu…

– Je crois que les événements prennent une tournure intéressante, déclara l'Alchimiste sur un ton mystérieux. Sophie, Josh, je vous présente Scathach. Comme elle ne vous dévoilera pas grand-chose à son sujet, laissez-moi vous dire qu'elle fait partie de la race des Aînés et qu'elle a instruit chaque guerrier et héros légendaire de ces deux derniers millénaires. Dans la mythologie, on l'appelle la Déesse Guerrière, l'Ombreuse, la Tueuse Diabolique, la Faiseuse de Rois, la…

– Vous pouvez m'appeler Scatty, l'interrompit la jeune femme, dont les joues prenaient la couleur de ses cheveux.

CHAPITRE HUIT

Affalé à l'arrière de la voiture, le docteur John Dee avait du mal à maîtriser sa colère. Une forte odeur de soufre régnait dans l'habitacle, et de fines volutes jaunâtres crépitaient au bout de ses doigts avant de se déverser sur le sol. Il avait échoué ! Même si ses maîtres étaient particulièrement patients – ils fomentaient des plans qui mûrissaient souvent pendant des siècles – leur flegme avait ses limites, et la compassion n'était pas leur point fort.

Retenue par le sortilège de captivité, Pernelle Flamel le fixait, impassible. Dans son regard brûlait un mélange de haine et, semblait-il, de peur.

– Les choses se compliquent, grommela Dee, et je hais les complications.

Il tenait sur ses genoux un plateau en argent dans lequel il avait versé du soda, le seul liquide qu'il avait sous la main. Il préférait travailler avec de l'eau pure, mais, techniquement, tout fluide faisait l'affaire. Penché au-dessus du plateau, il scruta le liquide et laissa un peu de son énergie aurique tomber goutte à goutte à sa surface en marmonnant les premiers mots de la formule de divination.

Pendant un instant, seul son reflet apparut dans le liquide sombre. Soudain, il se mit à frémir, le soda pétilla, commença à bouillir. Dès que le calme fut revenu, le liquide ne refléta plus le visage de Dee : il affichait maintenant une image curieusement plane, dans les tons gris, pourpres, noirs et verts. Le point de vue situé au ras du sol se déplaçait à une rapidité qui donnait la nausée.

– Des rats, murmura Dee, qui grimaça, dégoûté.

Il détestait utiliser des rats comme Yeux.

– Je n'en reviens pas que tu les aies amenés ici ! répéta Scatty tout en fourrant une poignée d'habits dans un sac à dos.

Les bras croisés sur la poitrine, Nicolas Flamel patientait dans l'encadrement de sa minuscule chambre.

– Tout s'est passé si vite ! Comme si cela ne suffisait pas que Dee soit en possession du Codex… Quand je me suis rendu compte qu'il manquait des pages, j'ai su que les jumeaux couraient un grand danger.

En entendant le mot « jumeaux », Scatty leva la tête :

– Ce sont eux, la vraie raison de ta venue, pas vrai ?

L'attention de Flamel fut soudain attirée par le mur opposé.

Scatty traversa la petite chambre, jeta un coup d'œil dans le couloir afin de s'assurer que Josh et Sophie se trouvaient encore dans la cuisine, puis elle entraîna Flamel dans la chambre et ferma la porte derrière eux.

– Tu mijotes un coup, je me trompe ? La perte du Codex cache autre chose. Tu aurais pu te débarrasser de Dee et de ses larbins sans l'aide de personne.

– N'en sois pas si sûre. Cela fait longtemps que je ne me bats plus en duel, Scathach. La seule alchimie que je pratique aujourd'hui consiste à préparer un peu de potion de pierre philosophale pour que Pernelle et moi conservions notre jeunesse. À l'occasion, je fabrique de l'or, voire quelques pierres précieuses quand nous avons besoin d'argent.

Scatty étouffa un petit rire moqueur et retourna à ses bagages. Elle avait enfilé un treillis noir, des rangers à coque en acier et un T-shirt noir sous une veste noire, munie de nombreuses poches et fermetures Éclair. Elle fourra un pantalon dans son sac. Une chaussette à la main, elle chercha la deuxième sous le lit.

– Nicolas Flamel, poursuivit-elle, la voix étouffée par les couvertures, tu es l'alchimiste le plus puissant du monde connu. Souviens-toi, je me suis battue à tes côtés contre le démon Fomor ; c'est toi qui m'as sauvée des oubliettes de An Chaor-Thanach, et non le contraire.

Elle réapparut avec la chaussette manquante :

– Quand les Rusalka terrorisaient Saint-Pétersbourg, tu les as mises en fuite, et lorsque Black Annis sévissait dans le Manitoba, tu t'en es occupé sous mes yeux. Tu as affronté seul la Tormante et son armée de Morts Vivants. Tu as passé plus d'un demi-millénaire à lire et étudier le Codex ; nul ne connaît mieux que toi les histoires et les légendes qu'il contient…

Scatty se tut, bouche bée. Elle écarquilla ses grands yeux verts.

– J'ai compris ! s'exclama-t-elle. Ta venue a un rapport avec la légende !

Flamel s'approcha d'elle et posa un index sur les lèvres de la jeune femme pour l'empêcher d'ajouter un mot. Il arborait un sourire énigmatique :

– Me fais-tu confiance ?

– Quelle question ! répliqua-t-elle du tac au tac.

– Je veux que tu protèges les jumeaux. Et que tu les instruises.

– Les instruire ? Tu n'en demandes pas un peu trop ?

– Non. Je veux que tu les prépares aux épreuves à venir.

– Puis-je savoir lesquelles ?

– Je n'en ai pas la moindre idée, répondit-il avec le sourire. Je peux juste te dire qu'elles seront douloureuses.

– Nous allons bien, maman, je te jure, affirma Sophie qui penchait le téléphone pour que son frère puisse entendre lui aussi. Oui, Perry Fleming ne se sentait pas bien. Le déjeuner qui est mal passé, je pense. Elle va mieux à présent.

Sophie sentait les gouttes de sueur perler le long de sa nuque. Elle n'aimait pas mentir à sa mère, même si celle-ci était tellement accaparée par son travail qu'elle ne vérifiait jamais leur emploi du temps.

Les parents de Josh et Sophie étaient des archéologues réputés dans le monde entier pour leurs trouvailles qui avaient révolutionné l'archéologie moderne. Ils pouvaient se vanter d'avoir découvert en Indonésie l'existence d'une nouvelle espèce de petits hominidés, communément appelés Hobbits. Josh aimait dire que ses parents vivaient cinq millions d'années en arrière et n'étaient heureux que les chevilles dans la boue. Il ne faisait aucun doute qu'ils aimaient les jumeaux sans condition, seulement ils ne comprenaient ni leurs enfants ni la vie moderne.

– M. Fleming et Perry partent dans leur maison du désert, et ils voulaient savoir si un petit break nous ferait plaisir. Avant, on est censés vous demander votre permission. Oui, nous avons parlé à tante Agnès. Elle est d'accord si vous êtes d'accord. Dis oui, maman, s'il te plaît.

Elle se tourna vers son frère et croisa les doigts. Il l'imita. Avant d'appeler, ils avaient longuement discuté des propos qu'ils tiendraient à leur tante et à leur mère. Si leur mère refusait, ils étaient coincés.

Sophie leva le pouce :

– Oui, j'ai pu partir plus tôt du salon de thé. Non, cela ne pose pas de problème. Oui, maman. Oui, moi aussi je t'aime, et dis à papa que nous l'aimons lui aussi.

Sophie écouta un moment, puis éloigna le téléphone de sa bouche.

– Papa a trouvé une dizaine de *Pseudoarctolepsis sharpi* en assez bon état, rapporta-t-elle.

Devant l'expression étonnée de son frère, elle expliqua :

– Un crustacé très rare du cambrien.

– Dis à papa que c'est super. On se rappelle ! cria-t-il.

– Je t'aime, répéta Sophie à la hâte avant de raccrocher. Oh, je déteste lui mentir !

– Je sais, mais on ne pouvait quand même pas lui dire la vérité, hein ?

– Je pense que non, répondit Sophie en haussant les épaules.

Josh retourna près de l'évier. Son ordinateur portable était posé en équilibre sur l'égouttoir, près de son téléphone. Il s'en servait pour se connecter à Internet, car, chose surprenante, il n'y avait ni ligne téléphonique ni accès à Internet dans le dojo.

Scatty vivait à l'étage supérieur, dans un petit appartement avec cuisine à un bout du couloir, et chambre dotée d'une minuscule salle de bains à l'autre. Un balcon intérieur reliait les deux pièces et il donnait sur le dojo, en contrebas. Les jumeaux patientaient dans la cuisine pendant que Flamel racontait à Scatty les derniers événements dans sa chambre.

– Que penses-tu d'elle ? demanda Josh, concentré sur son écran.

Il était parvenu à se rendre sur Internet, mais la connexion était affreusement lente. Sur Altavista, il avait tapé une douzaine de versions de *Scathach* avant de tomber sur la bonne orthographe.

– Ah ! Vingt-sept mille résultats pour Scathach, l'Ombreuse, annonça-t-il avant d'ajouter avec désinvolture : Je la trouve cool !

Sophie ne fut pas dupée par sa décontraction. Un grand sourire aux lèvres, les sourcils relevés, elle lança :

– Qui ? Ah ! La guerrière âgée de deux mille ans. Elle n'est pas un peu trop vieille pour toi ?

Une bouffée de chaleur rougit les joues de Josh.

– Laisse-moi essayer sur Google, marmonna-t-il, les doigts s'activant sur le clavier. Quarante-six mille ! On dirait qu'elle existe vraiment. Voyons sur Wiki maintenant.

Sophie ne l'écoutait plus, son attention était accaparée par la fenêtre. Josh se pencha, intrigué.

Un rat se tenait sur le toit de l'immeuble d'en face. Tandis qu'ils le regardaient, un autre le rejoignit, puis un troisième.

– Ils sont là, chuchota Sophie.

Dee tâchait de ne pas rendre son déjeuner.

L'observation à travers les yeux d'un rat lui donnait la nausée. Dee se félicita de ne pas avoir utilisé la méthode de divination à pleine puissance, ce qui lui aurait permis d'entendre, de sentir et de – quelle horrible perspective – goûter tout ce sur quoi le rat tombait dans les ruelles pleines de nourriture avariée.

Il avait l'impression de regarder le programme d'une télé en noir et blanc mal réglée. L'image remuait, sautait, vacillait chaque fois que le rat bougeait. Et il ne se privait pas de courir – à l'horizontale sur le sol, à la verticale le long d'un mur, la tête à l'envers sur une corde, le tout en une poignée de secondes.

D'un seul coup, l'image se stabilisa.

Pile en face de Dee apparurent les contours gris teintés de pourpre des deux humains croisés à la librairie. Un garçon et une fille d'une quinzaine d'années, qui se ressemblaient assez pour être parents. Une pensée lui traversa l'esprit si violemment qu'elle le déconcentra : un frère et une sœur. Et si… Non, ce n'était pas possible… Et pourtant…

Il fixa le plateau et se concentra de toutes ses forces,

obligeant le rat qu'il contrôlait à s'immobiliser. Dee se focalisa sur les deux jeunes gens. Voilà qui était curieux ! Il les observa longuement, secoua la tête. Ils étaient bel et bien humains. Chassant cette pensée, il donna un ordre qui fut capté par chaque rat qui se trouvait à moins de huit cents mètres des jumeaux :

– Détruisez-les. Pas de quartier !

Une nuée de corbeaux s'envola. Ils croassaient à qui mieux mieux et battaient des ailes comme s'ils applaudissaient l'initiative.

Josh n'en crut pas ses yeux quand le gros rat prit son élan sur le toit opposé et franchit sans aucun effort les deux mètres qui les séparaient. La gueule ouverte, il montrait des dents méchamment acérées. Josh poussa un « Hé ! » de stupéfaction et s'éloigna d'un bond de la fenêtre… au moment où le rat s'écrasait contre la vitre dans un bruit de fourrure mouillée. Il glissa jusqu'en bas, dans la ruelle, où il tituba quelques instants, l'air surpris.

Josh attrapa Sophie par la main et l'entraîna sur le balcon.

– Nous avons un problème ! hurla-t-il sans expliquer lequel.

En effet, en dessous d'eux, trois énormes golems laissant derrière eux une traînée de boue à demi séchée entraient par la porte grande ouverte. Une file ininterrompue de rats venait à leur suite.

CHAPITRE NEUF

Les trois golems se faufilèrent dans le couloir, aperçurent la porte ouverte à son extrémité et avancèrent. Les flèches métalliques de dix centimètres jaillirent aussitôt des murs dans un sifflement et s'enfoncèrent dans leur corps en boue durcie, sans les ralentir pour autant.

Les lames en demi-lune se montrèrent plus efficaces. Un cliquetis, et elles émergèrent de leur cachette pour couper les chevilles des hommes d'argile. Le premier s'écrasa sur le sol avec un bruit mat. Le deuxième tituba sur un pied avant de basculer lentement en avant. Il heurta le mur et glissa sur le sol. Clic clac ! Nouveau passage des lames qui coupèrent les golems en deux, les renvoyant à leur origine fangeuse. De grosses taches de boue maculaient le couloir.

Le dernier golem, le plus gros des trois, s'arrêta. Ses

grands yeux de pierre examinèrent lentement les restes de ses deux compagnons. Puis il donna un grand coup de poing dans le mur, une fois à droite, une fois à gauche. Un pan entier de la paroi à sa gauche s'effondra, révélant la pièce secrète. Le golem pénétra dans le dojo et scruta les alentours sans bouger les yeux.

Les rats en profitèrent pour se précipiter vers la porte ouverte au bout du couloir. La plupart survécurent aux faucheuses.

Dans la limousine lancée à toute allure, le docteur John Dee abandonna le contrôle des rats pour polariser son attention sur le golem survivant. Il avait moins de difficulté à diriger cette créature artificielle, ce mélange de boue et de pierres à l'apparence humaine, cet être sans esprit doté de vie grâce à un simple sortilège écrit sur un bout de parchemin et enfoncé dans sa bouche. Les sorciers façonnaient des golems depuis des milliers d'années ; ils étaient à l'origine de toutes les histoires de zombies et de morts vivants jamais narrées. En 1816, Dee en personne avait raconté l'histoire du plus célèbre d'entre eux, le Golem Rouge de Prague, à Mary Shelley, un soir d'hiver rigoureux quand elle, Lord Byron, le poète Percy Bysshe Shelley et le mystérieux Dr Polidori lui avaient rendu visite dans son château suisse. Moins de six mois plus tard, Mary écrivait l'histoire du *Prométhée moderne*, autrement dit le fameux *Frankenstein*. Le monstre de son livre ressemblait à un golem, créé de toutes pièces, puis animé par la science magique. Les golems étaient insensibles à la plupart des armes ; seuls une chute ou un coup étaient capables de briser leur corps de boue, surtout s'il était sec et dur. Dans les climats tempérés, leur peau séchait rarement et pouvait absorber des chocs terribles, mais sous ce climat chaud, ils étaient plus fragiles – raison pour laquelle les lames cachées les avaient détruits aussi vite. Certains sorciers se servaient de verre ou de miroirs pour fabriquer les yeux. Dee, lui, préférait des pierres noires polies avec soin. Elles lui donnaient des images d'une netteté inégalée, bien que monochromes.

Dee obligea le golem à lever la tête. Juste au-dessus de lui, sur un étroit balcon dominant le dojo, il aperçut les visages pâles et terrifiés des adolescents. Il sourit, aussitôt imité par le golem. « Flamel d'abord », décida-t-il. Il s'occuperait des témoins ensuite.

À cet instant, la tête de Nicolas Flamel apparut dans son champ de vision, bientôt suivie par les cheveux hérissés de la terrible Guerrière, Scathach.

Son sourire s'effaça ; son estomac fit un triple saut. Pourquoi elle ? Il ignorait que la mercenaire aux cheveux roux se trouvait en ville, ou même sur le continent. La dernière fois qu'il avait entendu parler d'elle, elle chantait dans un groupe rock féministe à Berlin.

Au travers des yeux du golem, Dee vit Flamel et Scathach enjamber la rambarde et flotter quelques instants dans les airs avant d'atterrir en face de l'homme d'argile. Scathach s'adressa directement à Dee. Comme ce golem-ci n'avait pas d'oreilles, le sorcier ne comprit pas son message. Une menace probablement, une promesse certainement.

De son côté, Flamel laissa Scatty en tête à tête avec le golem et s'approcha de la porte, où grouillait à présent une masse de rats.

« Est-elle aussi douée qu'autrefois ? pensa-t-il, inquiet. Et si le temps avait émoussé ses pouvoirs ? »

– On devrait les aider, proposa Josh.

– De quelle manière ? demanda Sophie sans la moindre ironie.

Les jumeaux se tenaient sur le balcon surplombant le dojo. Bouche bée, ils avaient assisté au saut vertigineux de Flamel et Scatty et à leur atterrissage au ralenti en contrebas. La fille rousse se posta devant l'immense golem pendant que Flamel se ruait vers la porte envahie par les rats. La vermine rechignait à entrer dans la pièce.

Sans prévenir, le golem lança son poing, suivi par un violent coup de pied.

Josh ouvrit la bouche pour prévenir Scatty, mais il n'eut pas le temps de prononcer une syllabe. Scatty s'était déjà jetée en avant. Elle esquivait les coups et attaquait à son tour. Son bras bougeait à une vitesse étourdissante. Du plat de la main, elle frappa le golem au menton. La mâchoire de la créature se décrocha, et sa bouche resta ouverte. Au fond de la gorge noirâtre, les jumeaux aperçurent un rectangle de papier jaune.

Le monstre en argile riposta. Mais comme Scatty était plus rapide, il rata sa cible et heurta le plancher luisant, qu'il réduisit en miettes.

– Nous devons les aider, décréta Sophie.

– Comment ? cria Josh.

Sa jumelle partait déjà en courant dans la cuisine pour chercher une arme. Elle réapparut au bout d'un moment avec un petit four à micro-ondes.

– Sophie, souffla Josh, qu'est-ce que tu…

Elle jeta l'appareil par-dessus la rambarde en direction du golem. Il le reçut en pleine poitrine ; des particules marron giclèrent dans toutes les directions. Profitant de sa stupéfaction, Scatty reprit les choses en main et le roua de coups, ajoutant à sa confusion. Dans une autre tentative, le golem effleura les cheveux hérissés de la Guerrière, qui l'attrapa par le bras et le flanqua à terre. Les lattes craquèrent sous son poids. Du bout des doigts, elle ôta le papier de la bouche du golem.

Aussitôt, il retourna à ses origines marécageuses, laissant sur le sol immaculé du dojo une flaque d'eau sale et nauséabonde.

Scatty brandit le morceau de papier :

– Toute créature magique est animée par un sortilège placé *sur* ou *dans* son corps. Il suffit de l'enlever pour briser le sort. Ne l'oubliez jamais.

Josh jeta un regard à sa sœur. Manifestement, elle pensait la même chose que lui : si, par malheur, ils croisaient de nouveau la route d'un golem, il était hors de question qu'ils lui mettent la main dans la bouche.

***

D'un pas prudent, Nicolas Flamel s'approcha des rats. Les sous-estimer serait une erreur fatale. Alors qu'il n'hésitait pas à se battre contre les créatures animées par la magie et à les anéantir, il répugnait à détruire des êtres de chair et d'os, fussent-ils des rats. Perry, elle, ne réfléchirait pas à deux fois ; mais il pratiquait l'alchimie depuis bien trop longtemps. Son métier consistait à préserver la vie, et non à l'ôter. Soumis au contrôle de Dee, ces pauvres rongeurs devaient être terrifiés… ce qui ne les empêcherait pas de le dévorer.

Flamel s'accroupit, ouvrit la main et replia les doigts. Il souffla légèrement dans sa paume ; aussitôt une petite sphère de brume verte s'y forma. Tout à coup, il plongea la main dans le plancher et la boule d'énergie verte se répandit dans la pièce telle une tache. L'Alchimiste ferma les yeux et son aura illumina les contours de son corps. Concentré à l'extrême, il dirigea le flux de son énergie aurique dans le sol.

Le plancher se mit à luire.

Du balcon, les jumeaux, perplexes, observaient Flamel, qu'une lueur verte enveloppait telle une brume. Pourquoi la multitude de rats assemblée sur le seuil n'avait-elle pas envahi la pièce ?

– Un sort les empêche peut-être d'entrer, suggéra Sophie.

Son instinct lui disait que Josh pensait la même chose.

Scatty, qui déchirait avec soin le morceau de papier jaune arraché au golem, les entendit. Elle expliqua :

– C'est un simple sortilège de protection afin d'éloigner les insectes et la vermine du dojo. Chaque matin, je trouvais des crottes de mouches et des papillons morts partout ; il me fallait des heures pour tout nettoyer… Le sortilège maintient les rats à distance. Mais il suffit qu'un seul arrive à franchir le seuil pour que les autres suivent.

Nicolas Flamel avait conscience que John Dee pouvait le voir à travers les yeux des rats. Il s'aperçut que le plus gros, une bestiole de la taille d'un chat, ne remuait pas, alors que les autres s'agitaient et trépignaient. La main droite toujours enfoncée dans le parquet, Flamel pointa un doigt vers le gros rat avec la gauche. La créature tressaillit, une lumière jaune et nauséeuse jaillit de ses yeux.

– Dee, tu as commis la plus grande erreur de ta longue vie. Je te retrouverai, promit l'Alchimiste.

Son plateau sur les genoux, Dee leva la tête. Pernelle Flamel s'était réveillée et le fixait.

– Ah ! Chère dame Pernelle ! Juste à temps pour voir mes créatures terrasser ton mari. Tu sais quoi ? Je vais faire d'une pierre deux coups : je profiterai de cette occasion rêvée pour me débarrasser de cette peste de Scathach, et je récupérerai les pages du manuscrit. Que demander de plus ?

Dee ne remarqua pas que Pernelle avait écarquillé les yeux à la mention du nom de Scathach.

– Une bonne journée de travail, tu ne trouves pas ?

Il concentra son attention sur le plus gros rat et donna deux ordres simples :

– Attaquez. Tuez.

Dee ferma les yeux. Le rat étira les pattes et se précipita dans la pièce.

Jeudi 31 Mai

La lumière verte s'écoulait des doigts de Flamel et se répandait sur le plancher. Soudain, du parquet jaillirent des brindilles, des branches, puis des feuilles, et enfin un tronc, puis un autre et un troisième. En une dizaine de secondes, un bosquet apparut sur le sol. Certains arbres avaient l'épaisseur d'un doigt, d'autres d'un bras ; un tronc, près de la porte, était si large qu'il la bouchait presque.

Les rats se rassemblèrent en couinant, puis filèrent le long du couloir. Affolés, ils tentaient de sauter par-dessus les lames assassines.

Flamel se redressa péniblement et se brossa les mains.

– L'un des plus anciens secrets de l'alchimie, annonça-t-il aux jumeaux stupéfaits. Chaque être vivant, de la créature la plus complexe à la plus simple des feuilles, porte les graines de sa création en lui.

– L'ADN, murmura Josh, les yeux rivés sur la forêt qui émergeait derrière Flamel.

Sophie promena les yeux sur le dojo, immaculé quelques minutes plus tôt. Il était sale, couvert d'éclaboussures, le parquet luisant se fissurait au fur et à mesure que les arbres grandissaient, une odeur pestilentielle s'élevait dans le couloir.

– Les alchimistes connaissaient déjà l'ADN ? demanda-t-elle.

L'air ravi, Flamel hocha la tête :

– Parfaitement. En 1953, Watson et Crick étaient loin d'être les premiers à découvrir « le secret de la vie » !

– Ne me dites pas que vous avez réveillé l'ADN

contenu dans ce parquet et que vous avez obligé les arbres à pousser ! s'exclama Josh en choisissant bien ses mots. Par quel prodige ?

Flamel admira la forêt qui s'élevait à présent dans toute la salle.

– J'appelle cela de la magie, répondit-il, enchanté. Et je doutais d'en être encore capable… jusqu'à ce que Scatty me rafraîchisse la mémoire.

CHAPITRE DIX

– C'est vrai ? répéta Josh Newman, qui s'efforçait de ne pas hausser le ton. Vous ne savez pas conduire ? Ni l'un ni l'autre ?

Josh et Sophie étaient assis à l'avant du 4 × 4 que Scatty avait emprunté à l'un de ses étudiants en arts martiaux. Josh conduisait, Sophie consultait une carte routière étalée sur ses genoux. Nicolas Flamel et Scathach étaient assis à l'arrière.

– Pas appris, déclara Flamel dans un haussement d'épaules qui en disait long sur son mépris pour ce genre d'occupation.

– Pas eu le temps, enchaîna Scatty.

– Mais Nicolas nous a dit que vous aviez plus de deux mille ans ! s'exclama Sophie.

– Deux mille cinq cent dix-sept ans, selon votre calendrier, marmonna Scatty avant de fixer les yeux clairs de Flamel. Quel âge me donnes-tu ?

– Dix-sept ans à peine, affirma-t-il en vitesse.

– Et pendant tout ce temps, vous n'avez pas trouvé un mois pour apprendre à conduire ? insista Sophie.

Elle-même rêvait de prendre le volant depuis l'âge de dix ans. Son frère et elle avaient choisi de travailler cet été au lieu d'effectuer des fouilles avec leurs parents pour la simple raison qu'ils voulaient s'acheter leur propre voiture.

Un peu agacée, Scathach haussa les épaules à son tour.

– J'en avais l'intention, mais j'étais trop occupée, prétendit-elle.

– Vous savez, lança Josh, je ne suis pas censé conduire sans permis officiel.

– Nous n'avons que quinze ans et demi, même si nous nous débrouillons pas mal, intervint Sophie.

– Êtes-vous déjà montés à cheval ? demanda Flamel. Savez-vous mener un attelage ou un carrosse ?

– Euh… non.

– Manier un char tout en tirant à l'arc ou en jetant des lances ? enchaîna Scatty. Ou voler sur un nathair à écailles en se servant d'un lance-pierre ?

– J'ignore ce qu'est un nathair, et je ne suis pas sûre de vouloir le savoir, lâcha Sophie.

– Vous êtes doués dans certains domaines, expliqua Flamel, et nous dans d'autres. Nos talents sont quelque peu anciens, mais ils peuvent servir.

Il regarda longuement Scathach :

– Même si, aujourd'hui, j'éviterais le vol à dos de nathair…

Jeudi 31 Mai

Josh démarra au stop et tourna à droite, en direction du Golden Gate Bridge.

– Comment avez-vous pu traverser le XXe siècle sans savoir conduire ? s'étonna-t-il. Vous vous déplacez de quelle manière ?

– En train et en bus, principalement, répondit Flamel avec un sourire lugubre. Ce sont des moyens de transport anonymes, à la différence des avions et des bateaux. Une voiture implique trop de paperasserie. On a beau avoir recours à des pseudonymes, tous ces documents permettent de remonter directement au propriétaire. En outre, il existe d'autres façons, plus anciennes, de voyager.

Des centaines de questions brûlaient les lèvres de Josh qui devait se concentrer sur le maniement de l'énorme 4 × 4. Lui qui n'avait jusque-là manipulé que des jeeps cabossées sur les chantiers de ses parents, il était pétrifié de peur au milieu du trafic assez dense. Suivant les conseils de Sophie, il s'imaginait dans un jeu vidéo. Cela l'aidait… un peu. Lors d'une partie, quand on se crashe, on peut reprendre de zéro. Pas là !

La circulation était loin d'être fluide sur le célèbre pont de San Francisco. La faute à une limousine grise, en panne sur la voie rapide, qui provoquait un embouteillage. Arrivé à proximité, Sophie remarqua deux silhouettes vêtues de noir penchées sous le capot. Malgré elle, la jeune fille retint sa respiration. S'agissait-il de golems ? Elle poussa un grand soupir quand ils les eurent dépassés : les deux hommes ressemblaient plutôt à des comptables exténués qu'à des créatures maléfiques. Josh tourna la tête vers sa sœur et esquissa un sourire. Tous deux avaient eu une belle frayeur !

Sophie pivota pour mieux voir Flamel et Scatty. Dans l'habitacle sombre et climatisé du 4 × 4, ils paraissaient si ordinaires ! Flamel ressemblait à un hippie fané, et Scatty, malgré sa tenue militaire, aurait pu servir au comptoir de *La Tasse de Café*. Le menton posé sur son poing, la fille rousse regardait par la vitre teintée la baie et, au milieu, Alcatraz.

Nicolas Flamel tourna la tête par curiosité.

– Cela fait longtemps que je ne suis pas allé là-bas, murmura-t-il.

– Nous l'avons visité, lui apprit Sophie.

– Contrairement à Sophie, la balade m'a bien plu, commenta Josh.

– Cet endroit m'a fichu la chair de poule !

– Normal ! dit Flamel. Il abrite un assortiment extraordinaire de fantômes et d'esprits troublés. Lors de ma dernière visite, j'ai dû enterrer un homme-serpent extrêmement laid.

– Épargnez-nous les détails, merci, bredouilla Sophie. Vous savez, il y a quelques heures, je n'aurais jamais imaginé tenir une telle conversation.

Nicolas Flamel s'adossa contre le siège confortable et croisa les bras :

– Votre vie a été modifiée à jamais. Vous en êtes conscients ?

Sophie hocha la tête.

– Je commence seulement à le réaliser, marmonna-t-elle. Tout est arrivé si vite… Les hommes d'argile, la magie, le livre des sortilèges, les rats…

Elle dévisagea Scathach :

– Les guerrières antiques… Sans oublier l'Alchimiste de six cents ans…

Elle s'interrompit. Une pensée lui avait traversé l'esprit. Elle dévisagea Flamel et Scatty tour à tour, puis elle prit son temps pour formuler sa question en fixant l'homme :

– Ôtez-moi d'un doute : vous êtes humain ?

– Oui, répondit Flamel. Peut-être un peu plus que les autres, mais, oui, je suis né au sein de la race humaine et j'en ferai toujours partie.

– Et vous ? demanda la jeune fille à Scathach.

Celle-ci écarquilla ses yeux verts, et pendant un instant quelque chose d'ancien apparut dans les courbes et les angles de son visage.

– Non, dit-elle calmement, je ne suis pas de la race des humani. Mon peuple vient d'une souche différente, celle des Aînés. Nous régnions sur cette Terre avant que les créatures qui sont devenues les hommes ne descendent des arbres. Aujourd'hui, nous apparaissons dans les mythes de toutes les ethnies. Loups-Garous, Vampires, Géants, Dragons, Monstres, c'est nous. Certains nous appellent les Aînés, ou la race des Aînés, d'autres nous nomment dieux.

– Vous… vous êtes une déesse ? souffla Sophie.

Scatty gloussa :

– Non ! Je n'ai jamais été une déesse. Mais il y en avait parmi nous qui aimaient être adulés comme des dieux. D'aucuns le sont devenus à cause des hommes qui racontaient leurs aventures de siècle en siècle.

Elle haussa les épaules.

– Nous sommes juste une autre race, plus vieille que celle des hommes, dotée de capacités et de talents différents.

– Que vous est-il arrivé ?

– Le Déluge… entre autres.

– La Terre est bien plus âgée que les gens ne le pensent, intervint Flamel. Les créatures et les races qui font partie des mythes ont vraiment habité ce monde.

Sophie opina lentement :

– Nos parents sont archéologues. Ils nous ont parlé des faits inexplicables que leurs fouilles mettent parfois au jour.

– Tu te souviens de cet endroit que nous avons visité au Texas ? lui demanda Josh en déboîtant prudemment.

Il avait une peur bleue de heurter un autre véhicule avec cette grosse voiture. Il s'était fait une ou deux frayeurs et avait éraflé un rétroviseur, mais il avait continué sans rien dire.

– Oui, la course des brontosaures, près de la rivière Paluxy au Texas. Des empreintes de dinosaures et d'hommes s'étaient fossilisées dans les mêmes roches ! Et la pierre est datée de cent millions d'années…

– Je les ai vues, fit Flamel. Et bien d'autres de part le monde. J'ai aussi examiné l'empreinte de chaussure trouvée à Antelope Springs, dans l'Utah… sur une plaque datant de cinq cents millions d'années.

– D'après mon père, on peut facilement prouver que ce sont des faux ou le résultat d'une mauvaise interprétation des faits, dit Josh en se demandant ce que son père penserait des événements survenus ces dernières heures.

Flamel haussa les épaules :

– C'est vrai. Quand la science ne comprend pas, elle se dépêche de crier au canular. Or, on ne peut pas écarter ce qui déplaît aussi aisément. Diriez-vous que vos péripéties de l'après-midi n'étaient qu'une vaste supercherie ?

Sophie fit non de la tête.

Josh remua sur son siège, mal à l'aise. Il n'aimait pas le tour que prenait cette conversation. Il était simplement inconcevable que des dinosaures et des hommes se soient côtoyés ! Cette idée allait à l'encontre de tout ce qu'on leur avait transmis. Cependant, au fond de lui, une petite voix lui répétait que tous les ans, des archéologues – dont ses parents – faisaient des découvertes extraordinaires. Quelques années plus tôt, c'était *Homo floresiensis*, représentant de ce peuple minuscule vivant en Indonésie surnommé les Hobbits ; puis il y avait eu ces dinosaures nains découverts en Allemagne, les empreintes de dinosaures vieilles de cent soixante-cinq millions d'années trouvées dans le Wyoming, ou, récemment, les huit nouvelles espèces préhistoriques dans une grotte en Israël. Ce que laissait entendre Flamel était lourd d'implications.

– Selon vous, les hommes et les dinosaures ont vécu sur Terre à la même époque ? s'exclama Josh, surpris par le soupçon de colère dans sa voix.

– Je dis que les hommes ont cohabité sur la Terre avec des créatures bien plus étranges et bien plus âgées que les dinosaures, répondit Flamel le plus sérieusement du monde.

– Comment le savez-vous ? l'interrogea Sophie.

S'il était né en 1330, comme il le prétendait, il n'avait pas pu connaître les dinosaures !

– Tout est écrit dans le Codex… Et au cours de ma longue vie, j'ai vu des animaux qu'on qualifie de mythiques, j'ai combattu des êtres légendaires, affronté des ennemis tout droit sortis d'un cauchemar.

– Nous avons étudié Shakespeare l'année dernière, l'interrompit Sophie. Un vers de *Hamlet* disait…

Les sourcils froncés, elle essayait de se souvenir de la phrase exacte :

– « Il y a plus de choses au ciel et sur la terre…

– … Que n'en rêve ta philosophie », enchaîna Flamel, l'air ravi. *Hamlet*, acte un, scène cinq. J'ai bien connu William Shakespeare. Aujourd'hui, il serait un extraordinaire alchimiste… s'il n'était pas tombé entre les griffes de Dee. Pauvre Will… Figurez-vous que c'est Dee qui lui a inspiré le personnage de Prospero dans *La Tempête*.

– Je n'ai jamais aimé ce type, marmonna Scatty. Il sentait mauvais.

– Vous avez vraiment connu Shakespeare ? s'exclama Josh, incapable de cacher sa stupeur.

– Il a même été mon élève quelque temps, répondit Flamel. J'ai vécu longtemps, j'ai eu de nombreux étudiants. L'histoire a retenu le nom de quelques-uns ; les autres sont tombés dans l'oubli. J'ai vu passer beaucoup de gens, humains ou non, mortels ou immortels. Des personnes comme Scathach, compléta-t-il.

– Vous n'êtes pas la seule… de la race des Aînés ? demanda Sophie à la femme rousse.

– Il y en a plus que tu ne le penses, mais je préfère ne pas les fréquenter, répliqua Scatty, mal à l'aise. Parmi les Aînés, certains n'acceptent pas que notre règne se soit achevé, que cette ère appartienne à l'humanité. Ils souhaitent un retour aux anciennes traditions et pensent que leurs marionnettes, Dee et ses semblables, sont en mesure de le leur offrir. On les appelle les Ténébreux, et…

– Je ne sais pas si quelqu'un a remarqué, l'interrompit Josh, mais il y a beaucoup d'oiseaux dans le coin…

Sophie regarda à sa droite pendant que Flamel et Scatty jetaient un coup d'œil par la vitre arrière.

Les perches et les pylônes, les barres, les fils et les câbles du Golden Gate Bridge se remplissaient lentement d'oiseaux. Des milliers de merles et de corbeaux occupaient toutes les surfaces disponibles, et il en arrivait toujours davantage.

– Ils viennent d'Alcatraz, nota Josh.

La tête penchée, il scrutait l'île qui se dressait au milieu des eaux troublées.

Un nuage noir s'était formé au-dessus d'Alcatraz. Il prenait naissance dans la prison abandonnée et s'élevait tel un panache de fumée qui ne se dissipait pas. Véritable masse compacte, il enflait, tourbillonnait sur lui-même.

Josh avala bruyamment sa salive :

– Des oiseaux. Il doit y en avoir plusieurs milliers !

– Des dizaines de milliers, rectifia Sophie, qui se tourna de nouveau vers Flamel. Que se passe-t-il ?

– Ce sont les enfants de Morrigan.

– Les ennuis recommencent, lança Scatty.

Soudain, comme s'ils obéissaient à un ordre, la nuée

d'oiseaux s'éloigna de l'île à travers la baie, se dirigeant vers le pont.

Josh appuya sur un bouton, et la vitre électrique se baissa. Les cris des oiseaux, des croassements rauques, semblables à des rires aigus, remplissaient l'air. Les voitures ralentissaient, certains conducteurs s'arrêtaient même pour photographier les corbeaux avec leur appareil numérique ou leur portable.

Nicolas Flamel se pencha en avant et posa sa main gauche sur l'épaule de Josh.

– Avance ! lui demanda-t-il sur un ton grave. Ne t'arrête surtout pas ! Quoi qu'il arrive, même si tu heurtes quelque chose, roule. Aussi vite que tu pourras. Dépêchons-nous de quitter ce pont.

La voix étonnamment maîtrisée de Flamel effraya plus Sophie que s'il avait crié. Elle jeta un regard en coin à Scatty. Celle-ci fouillait dans son sac à dos. Une seconde plus tard, elle sortait un arc court et une poignée de flèches, qu'elle posa sur le siège à côté d'elle.

– Remonte ta vitre, Josh, ordonna-t-elle avec calme. Sinon, ils vont entrer dans la voiture.

– On est en danger ? chuchota Sophie à l'Alchimiste.

– Seulement si les corbeaux nous attrapent. Je peux emprunter ton téléphone ?

Sophie sortit le portable de sa poche et ouvrit le clapet.

– Vous allez recourir à la magie ? demanda-t-elle, pleine d'espoir.

– Non, je vais passer un coup de fil. Prie pour que je ne tombe pas sur la messagerie.

CHAPITRE ONZE

Les portails de sécurité s'ouvrirent devant la limousine noire de Dee. La voiture fit une embardée ; puis le chauffeur golem la conduisit d'une main experte dans l'allée sinueuse menant au garage souterrain. Dans un virage, Pernelle Flamel fut projetée contre le golem assis à sa droite. Sous le choc, le corps émit un bruit visqueux et des particules de boue nauséabondes giclèrent dans l'habitacle.

Le docteur John Dee grimaça, dégoûté, et s'éloigna autant que possible de la créature. Le portable collé à l'oreille, il parlait très vite dans une langue qui semblait remonter à la nuit des temps.

Une goutte de boue atterrit sur la main droite de Pernelle. La matière gluante coula sur sa peau et effaça le symbole dessiné par Dee.

Le sortilège de captivité étant partiellement brisé, Pernelle put pencher la tête. Elle n'avait pas une seconde à perdre. Cependant, pour canaliser correctement son énergie aurique, elle avait besoin de ses deux mains et, manque de chance, le sortilège qu'il avait appliqué sur son front l'empêchait de parler.

Néanmoins…

Pernelle Delamere s'intéressait à la magie depuis toujours. Elle avait commencé à l'utiliser bien avant de rencontrer le pauvre libraire qui allait devenir son mari. Septième fille d'une septième fille, elle était née et avait grandi dans la petite ville de Quimper, dans le nord-ouest de la France, où on la trouvait un peu spéciale. Par une simple apposition des mains, elle guérissait hommes et animaux ; elle parlait aux ombres des morts et voyait parfois l'avenir. Plus tard, à une époque où de tels dons étaient très mal perçus, elle apprit à garder ses talents pour elle. Lorsqu'elle arriva à Paris, elle fit connaissance de diseuses de bonne aventure sur les marchés situés à l'arrière de la célèbre cathédrale Notre-Dame. Attirée par leur train de vie, elle adopta le surnom de Chatte Noire, à cause de ses cheveux de jais, et s'installa dans une petite baraque non loin de la cathédrale. En quelques semaines, elle acquit une certaine réputation. Ses premiers clients, les petits commerçants et les vendeurs, cédèrent bientôt la place aux marchands, puis à la noblesse.

Non loin de son échoppe s'activaient copistes et écrivains publics, qui rédigeaient des lettres pour ceux qui ne savaient ni lire ni écrire. Certains, dont cet homme svelte aux cheveux bruns et aux yeux étonnamment pâles, vendaient à l'occasion des livres. À l'instant où elle le vit, Pernelle Delamere sut qu'elle l'épouserait et qu'ils vivraient heureux et longtemps ensemble. Elle n'imaginait pas si bien dire.

Ils se marièrent à peine six mois après leur rencontre ; leur union durait donc depuis plus de six cents ans.

Comme la plupart des hommes instruits de son époque, Nicolas Flamel était fasciné par l'alchimie, combinaison de science et de magie. Son intérêt ne cessait de croître, car on lui proposait de temps à autre des livres d'alchimie ou des cartes, et on lui demandait même parfois de copier des œuvres rares. Contrairement aux femmes de sa génération, Pernelle savait lire et parlait plusieurs langues. Son grec étant meilleur que celui de son mari, elle lui traduisait souvent ces textes. Elle se familiarisa vite avec les anciens systèmes de magie et se mit à pratiquer à son échelle. Elle développa ses pouvoirs, puis apprit à se concentrer pour mieux utiliser l'énergie de son aura.

Le jour où ils entrèrent en possession du Codex, Pernelle était une sorcière à part entière. Ce fut elle qui remarqua le caractère particulier de ce manuscrit mystérieux : en constante mutation, il ne relatait pas une vague histoire d'un monde qui n'avait jamais existé, mais était en réalité un recueil mêlant traditions, science, sortilèges et incantations. Un soir glacial d'hiver, alors qu'elle était plongée dans la lecture du grimoire, suivant le mouvement des mots qui se formaient et se reformaient sans cesse, elle entrevit en l'espace d'une seconde la formule originelle de la pierre philosophale. Le secret de la vie éternelle !

Pendant les vingt ans qui suivirent, le couple parcourut l'Europe, voyagea vers l'est au pays des Rus', vers le sud, en Afrique du Nord, et même en Arabie, dans le but de déchiffrer et de traduire l'étrange manuscrit. Ils rencontrèrent des magiciens et des sorciers de tout horizon, étudièrent différents types de magie. Cependant, à cet art, Nicolas préférait l'alchimie. Le Codex et d'autres ouvrages du même genre sous-entendaient qu'il existait des formules très précises permettant de créer de l'or à partir d'un vulgaire métal ou des diamants à partir du charbon. De son côté, Pernelle apprit tout ce qu'il y avait à apprendre, et plus encore, des arts de la magie.

Il y avait si longtemps qu'elle n'avait pas pratiqué… Piégée dans la limousine, elle se rappela un tour que lui avait enseigné une strega, une sorcière, dans les montagnes de Sicile. Il était destiné aux chevaliers en armure, mais avec quelques ajustements…

Les yeux fermés, Pernelle traça un cercle avec l'auriculaire sur le siège. Dee était tellement absorbé par son appel téléphonique qu'il ne vit pas la petite étincelle blanche qui jaillit de son doigt et courut sur le cuir fin avant de le traverser et de s'enrouler autour des ressorts. En sifflant et en crépitant, l'étincelle poursuivit sa route jusqu'au moteur, frôla les cylindres, puis alla danser autour des roues. Un enjoliveur se détacha et vola dans les airs. Soudain, le circuit électrique de la limousine eut des ratés. Les vitres se mirent à descendre et à remonter toutes seules, le toit ouvrant coulissa, puis se referma dans un claquement, les essuie-glaces raclèrent le pare-brise sec avant de le balayer si vite qu'ils se décrochèrent.

Jeudi 31 Mai

Le klaxon se lança dans une cacophonie insupportable, les lumières intérieures clignotèrent. La petite télévision encastrée s'alluma et passa en revue toutes les chaînes à une vitesse étourdissante.

L'air laissait un goût métallique dans la bouche. Des filaments d'électricité statique parcoururent l'habitacle. Dee jeta son téléphone et frotta ses doigts engourdis. Au contact de la moquette, l'appareil explosa, projetant à la ronde des morceaux de plastique fondu et de métal brûlant.

Le sorcier se tourna vers Pernelle :

– Tu…, cracha-t-il.

À cet instant, la voiture cala. Des flammes s'élevaient du moteur, et une fumée toxique s'infiltrait à l'intérieur. Dee poussa la portière… En vain. Elle était bloquée par le système de verrouillage automatique. Il serra les poings et poussa un hurlement sauvage, laissant exploser sa colère. Le mélange de fumée, de plastique brûlé et de caoutchouc fondu fut alors masqué par une forte odeur de soufre ; sa main prit l'apparence d'un gant en or. Dee assena un coup violent dans la portière, qu'il dégonda presque, puis il s'éjecta sur le sol en ciment.

Ils se trouvaient dans le parking souterrain d'Enoch Enterprises, l'une des grandes firmes de divertissement de San Francisco qui appartenait à Dee. Il recula et regarda sa voiture customisée à cent cinquante mille dollars partir en fumée. Une chaleur intense réduisit l'avant en bouillie métallique pendant que le pare-brise fondait comme neige au soleil. Encore assis au volant, le chauffeur golem ne semblait pas affecté par les températures qui lui durcissaient le corps.

Tout à coup, le détecteur d'incendie se déclencha, et une pluie glacée s'abattit sur le feu.

Pernelle !

Détrempé, plié en deux par une quinte de toux, Dee essuya les larmes qui lui brouillaient la vue, se redressa, et d'un mouvement ample de ses deux mains, il entreprit d'éteindre les flammes. Il invoqua une petite brise qui chassa la fumée ; puis, plein d'appréhension, il jeta un coup d'œil dans l'habitacle noirci.

Les deux golems assis de chaque côté de Pernelle se résumaient à un tas de cendres. Pas de trace de la femme ; juste une entaille dans la porte opposée, comme pratiquée par une hache.

Le dos contre sa voiture réduite à l'état d'épave, Dee s'effondra sur le sol et frappa du poing l'affreuse mixture de boue, d'huile, de plastique fondu et de caoutchouc brûlé. Il n'avait pas réussi à se procurer le Codex entier, et maintenant Pernelle s'était échappée. Rien de pire ne pouvait lui arriver aujourd'hui.

Des bruits de pas retentirent à sa droite.

Du coin de l'œil, John Dee aperçut des bottes noires et pointues à talon aiguille qui s'approchaient de lui. Ainsi, il avait eu tort, le pire restait à venir… Oh oui ! Un sourire fabriqué sur les lèvres, il se leva avec difficulté et se retourna pour faire face à l'une des rares Ténébreuses qui le terrifiaient au plus haut point.

– Morrigan.

Les anciens Irlandais l'avaient surnommée la déesse

des Corbeaux ; elle était surtout adorée et crainte dans le monde celte en tant que déesse de la Mort et de la Destruction. Autrefois, elles étaient trois sœurs – Badb, Macha et Morrigan –, mais les deux premières disparurent au fil du temps. Dee imaginait sans peine le sort qui leur avait été réservé. Aujourd'hui, Morrigan régnait sans partage.

Plus grande que Dee, comme la plupart des gens d'ailleurs, elle était vêtue de cuir noir de la tête aux pieds. Les clous argentés de son blouson faisaient penser à un plastron médiéval ; des pointes rectangulaires avaient été cousues sur les doigts de ses gants en cuir. Coupés à l'extrémité, ils laissaient apparaître ses longs ongles noirs et tranchants. Morrigan portait autour de la taille une lourde ceinture de cuir ornée de petits boucliers circulaires. Une cape en plumes de corbeau, dont la capuche était rabattue sur son visage, balayait le sol derrière elle.

Dans l'ombre de sa capuche, le visage de Morrigan semblait plus pâle que jamais. Elle avait les yeux noirs, sans aucune trace de blanc, les lèvres noires. Ses longues incisives dépassaient un peu sur sa lèvre inférieure.

– Ceci t'appartient, je crois, déclara-t-elle dans un chuchotement rauque.

La voix éraillée et déchirée ressemblait à un croassement.

Pernelle apparut dans le champ de vision de Dee ; elle s'avança à pas lents et prudents. Perchées sur ses épaules, deux énormes corneilles visaient ses yeux de leur bec pointu. Elles l'avaient attaquée quand, affaiblie par l'usage de la magie, elle venait à peine de s'extraire de la voiture en flammes.

– Je veux le voir, ordonna Morrigan.

Dee plongea la main dans son manteau et sortit le volume à reliure en cuivre. Bizarrement, la déesse des Corbeaux ne s'en empara pas.

– Ouvre-le.

Interloqué, Dee lui présenta l'ouvrage antique et tourna les pages avec un respect non feint.

– Le Livre d'Abraham le Juif, murmura Morrigan, penchée en avant, tout en restant à distance. Fais-moi voir la fin.

À contrecœur, Dee feuilleta le livre jusqu'au bout. Quand la déesse vit les traces des pages arrachées, elle poussa un sifflement de dégoût :

– Sacrilège ! Dire qu'il a survécu dix mille ans sans subir le moindre dommage.

– Le garçon l'a déchiré, expliqua Dee en refermant doucement le Codex.

– Je m'assurerai qu'il souffre pour payer cet affront.

La déesse des Corbeaux ferma les yeux et inclina la tête, comme si elle écoutait quelque chose. Ses yeux noirs pétillèrent, sur ses lèvres se dessina un sourire torve qui exposa ses autres dents pointues.

– Cela ne saurait tarder. Mes enfants les ont presque rejoints. Les traîtres souffriront tous, promit-elle.

CHAPITRE DOUZE

Dès qu'il aperçut un espace entre la New Beetle et la Lexus devant lui, Josh accéléra. L'énorme 4 × 4 partit en avant ; mais l'espace n'était pas assez large, si bien qu'il arracha le rétroviseur des deux voitures.

– Oups… ! s'exclama-t-il, le pied au plancher.

– Roule ! lui ordonna Flamel.

Le téléphone de Sophie plaqué contre son oreille, il parlait vite dans une langue râpeuse et gutturale que les jumeaux n'avaient jamais entendue auparavant.

Refusant de regarder dans son rétroviseur, Josh fit hurler le moteur et, ignorant les coups de klaxon et les cris derrière lui, il fonça sur la voie rapide, déboîta sur la file du milieu et revint sur la voie rapide.

Agrippée au tableau de bord, Sophie gardait les yeux mi-clos. Le véhicule heurta un autre rétroviseur, qui vint s'écraser, presque au ralenti, sur le capot de leur voiture. Il laissa une longue éraflure sur la peinture noire avant de rebondir sur la chaussée.

– N'y pense même pas ! grommela Sophie, quand une petite décapotable italienne visa le même espace que Josh dans le trafic.

Le chauffeur, un homme âgé arborant plusieurs chaînes en or autour du cou, accéléra… Peine perdue.

Leur 4 × 4 percuta l'aile avant droite de la petite voiture au niveau du pare-chocs. La décapotable valsa sur la route, effectua une rotation à 360° et heurta quatre autres voitures. Pendant ce temps, Josh fonçait dans l'ouverture.

Flamel se contorsionna sur son siège pour observer par la vitre arrière le chaos qu'ils avaient laissé dans leur sillage.

– Tu ne m'avais pas dit que tu savais conduire ? lâcha-t-il.

– Je sais conduire ! affirma Josh, surpris par sa voix calme et posée. Je n'ai jamais dit que j'étais doué. Différence ! Vous croyez qu'ils ont relevé le numéro de notre plaque ?

Cette course contre la montre n'avait rien à voir avec un jeu vidéo ! Ses paumes étaient moites ; des perles de sueur coulaient sur ses tempes. Il avait une crampe dans la jambe droite à force d'appuyer à fond sur l'accélérateur.

– Je crois que nous avons d'autres sujets de préoccupation, chuchota Sophie.

Les corbeaux s'accumulaient par milliers au-dessus du Golden Gate Bridge. La vague noire croassait, hurlait. Les ailes claquaient. Les oiseaux planaient à quelques mètres des voitures, volaient en rase-mottes, atterrissaient parfois sur les toits et les capots, s'attaquant aux habitacles avec leur bec. Les véhicules se télescopaient sur toute la longueur du pont.

– Ils sont désorientés, affirma Scathach. Ils nous cherchent à l'aveuglette, ils ont oublié notre description. Leur cerveau est tellement petit !

– Quelque chose a dû distraire leur sinistre maîtresse, en déduisit Flamel. Pernelle ! s'exclama-t-il avec joie. Qu'a-t-elle bien pu faire ? Sûrement quelque chose de spectaculaire. Elle a un grand sens de la mise en scène, vous savez ?

À cet instant, les oiseaux s'élevèrent dans les airs et, soudain, ils posèrent leurs yeux noirs sur le 4 × 4 noir en fuite. Cette fois-ci, leurs croassements s'apparentèrent à un cri de triomphe.

– Ils reviennent, s'exclama Sophie, hors d'haleine.

Son cœur battait fort dans sa poitrine. Elle chercha du soutien dans le regard de Flamel et de la Guerrière, mais leurs visages lugubres ne lui apportèrent aucun réconfort.

– Là, on est mal, commenta Scatty.

Une nuée de plumes noires descendit en piqué et se lança à la poursuite de la voiture.

Le trafic sur le pont était à présent interrompu. Les gens demeuraient pétrifiés de peur dans leurs véhicules pendant que les oiseaux survolaient leurs toits, laissant une odeur nauséabonde. Seul le 4 × 4 continuait à foncer. Au compteur, l'aiguille approchait les 130 km/h. Josh était de plus en plus à l'aise au volant ; d'ailleurs, cela faisait une bonne minute qu'il n'avait rien heurté. L'extrémité du pont approchait. Le garçon serra les dents : ils allaient y arriver !

Soudain, un énorme corbeau se posa sur le capot.

Sophie poussa un hurlement, Josh tourna le volant à gauche et à droite pour se débarrasser de la créature infernale. En vain. Le corbeau s'accrochait aux rebords saillants du capot. La tête penchée, il examina Josh, puis Sophie. En deux petits bonds, il s'approcha du pare-brise et inspecta l'intérieur de la voiture de ses yeux brillants.

Il frappa le verre de son bec… Une petite marque en forme d'étoile apparut.

– J'y crois pas ! souffla Josh, qui en oubliait de regarder la route.

Nouveau coup de bec, nouveau trou. Puis il y eut un bruit sourd, suivi par deux autres. Trois corbeaux étaient à présent posés sur le toit de la voiture. Le métal tintait sous leurs attaques.

– Je déteste les corbeaux ! soupira Scathach.

Elle fouilla dans son sac et en sortit un nunchaku en bois sculpté – deux bâtons de trente centimètres, reliés par une chaîne d'une dizaine de centimètres. Elle se frappa la paume avec les bâtons.

– Dommage que la voiture ne possède pas de toit ouvrant. J'aurais pu sortir et leur donner une petite leçon.

Flamel lui montra alors un rai de lumière tombant du toit.

– On ne va pas tarder à en avoir un. Vous savez quoi ? Ce ne sont pas des corbeaux ordinaires. Ce sont des Corax, les chouchous de Morrigan.

À force de taper sur le pare-brise, le premier oiseau le transperça.

– Si je savais comment..., commença Scathach.

Sophie se pencha vers le volant et actionna les essuie-glaces. Les lourds balais s'agitèrent et chassèrent le corbeau qui s'envola dans une pluie de plumes en croassant de surprise. La Guerrière aux cheveux roux sourit :

– C'est une solution !

À présent, tous les autres oiseaux avaient atteint le 4 × 4 et s'installaient sur la carrosserie telle une immense couverture. Des dizaines, puis des centaines de corbeaux se posèrent sur le toit, le capot, les portières, s'agrippant à chaque partie saillante. Quand l'un d'eux tombait ou lâchait prise, des dizaines d'autres se battaient pour prendre sa place. À l'intérieur, le bruit était effroyable, car des centaines de becs s'acharnaient sur le toit, les vitres, les portes. Ils déchirèrent les bandes en caoutchouc autour des fenêtres, arrachèrent la roue de secours fixée à l'arrière et la réduisirent en charpie. Ils étaient tellement nombreux sur le capot, plaqués contre le pare-brise, que Josh n'y voyait quasiment plus rien. Il ôta son pied de l'accélérateur, et la voiture se mit à ralentir.

– Roule ! hurla Flamel. Si tu t'arrêtes, on est perdus !

– Mais... je ne vois rien !

Flamel se pencha entre les sièges et tendit la main droite. Sophie vit alors le tatouage circulaire dans le creux de son poignet : une croix traversait le cercle, ses bras dépassant de chaque côté. Pendant un instant, le tatouage rougeoya ; puis l'Alchimiste claqua des doigts. Une petite boule enflammée siffla et grésilla à leur extrémité.

– Fermez les yeux, ordonna-t-il.

Sans perdre une seconde, il la jeta vers le pare-brise.

Derrière leurs paupières fermées, les jumeaux distinguèrent la lumière éblouissante qui éclaira l'habitacle.

– Accélère !

Quand les jumeaux rouvrirent les yeux, la plupart des corbeaux avaient disparu du capot, et les rares rescapés semblaient en état de choc.

– Ils ne tarderont pas à revenir, déclara Scatty.

À cet instant, un bec tranchant perça un trou dans le toit. Aussitôt, elle prit son nunchaku et serra l'un des bâtons dans la main. Le deuxième vola au bout de la courte chaîne et heurta le bec avec une force incroyable. L'oiseau poussa un glapissement de stupéfaction, puis battit en retraite.

Sophie jeta un coup d'œil dans le rétroviseur extérieur qui pendait, à peine retenu par quelques fils. Des milliers de corbeaux fondaient sur eux pour prendre la place de leurs congénères exterminés. Là, elle sut qu'ils n'atteindraient jamais l'extrémité du pont – leurs assaillants étaient beaucoup trop nombreux.

– Écoutez ! s'exclama Flamel.

– Je n'entends rien, fit Josh.

Sophie s'apprêtait à enchérir quand elle discerna un son. Soudain, les poils de ses bras se hérissèrent. Le bruit, sourd et lointain, était à peine perceptible, telle une brise douce et paisible. Bientôt, celle-ci devint forte, presque colérique. Une odeur étrange envahit la voiture.

– Qu'est-ce que ça sent ? demanda Josh.

– On dirait des oranges épicées, suggéra Sophie.

– Des grenades, corrigea Flamel.

Le vent se mit à souffler.

Chaud et exotique, transportant un parfum de cardamome et d'eau de rose, de citron vert et d'estragon, il rugit au-dessus de la baie puis longea à toute allure le Golden Gate Bridge, décrochant les oiseaux de leur perchoir, les chassant des voitures, les traînant dans les airs. Finalement, le vent au parfum de grenade rejoignit le 4 × 4. En un clin d'œil, les corbeaux qui l'avaient assailli disparurent. L'habitacle sentait à présent le désert, le vent sec et le sable chaud.

Sophie appuya sur un bouton. La vitre, toute balafrée et picotée, descendit dans un soubresaut. La jeune fille passa la tête par la portière pour respirer l'air saturé d'arômes. Loin dans le ciel, la brise emportait la nuée d'oiseaux. Quand l'un d'eux s'échappait – un grand corax, pensa Sophie –, il était vite rattrapé par un courant d'air chaud, qui le ramenait près des siens. Vue d'en bas, la masse de volatiles ressemblait à un nuage sale… Celui-ci se dispersa soudain ; les corbeaux s'éparpillèrent, laissant un ciel bleu et immaculé.

Sophie balaya du regard la chaussée du Golden Gate, qui était maintenant impraticable. Des voitures stationnaient dans tous les sens. Des dizaines d'accidents mineurs bloquaient les voies, empêchant quiconque de les suivre. Les véhicules étaient cabossés et couverts de déjections blanches. Lorsqu'elle se tourna vers son frère, Sophie aperçut une petite tache de sang sur sa lèvre inférieure. Elle sortit un Kleenex de sa poche.

– Tu t'es coupé ! s'exclama-t-elle, inquiète.

Elle humecta le bord du mouchoir et tapota la bouche de son frère. Josh la repoussa :

– Arrête. C'est dégoûtant !

Il s'effleura la lèvre avec son auriculaire :

– J'ai dû me mordre sans m'en rendre compte.

Il s'empara du mouchoir et se frotta le menton.

– Ce n'est rien… Vous avez vu le bazar que ces oiseaux ont mis ! ajouta-t-il avec un sourire avant de faire la grimace. Je vous garantis que ça va drôlement puer !

Sophie s'adossa à son siège, soulagée que son frère aille bien. Une pensée lui traversa soudain l'esprit.

– Vous n'avez pas appelé le vent ? demanda-t-elle à Flamel.

– Non… Je ne contrôle pas les éléments. Ce talent est l'apanage des Aînés et d'une poignée d'hommes.

Sophie interrogea Scatty du regard. La Guerrière se contenta de secouer la tête :

– C'est au-delà de mes capacités, déjà bien limitées.

– Avouez ! Vous avez fait venir le vent ! insista Sophie.

Flamel lui rendit son téléphone.

– J'ai juste passé un coup de fil, répondit-il, un grand sourire aux lèvres.

CHAPITRE TREIZE

– Tourne ici, lança Flamel.

Josh leva le pied de l'accélérateur et engagea le 4 × 4 cabossé dans un sentier si étroit que la voiture passait à peine. Depuis une demi-heure, ils roulaient vers le nord ; la radio diffusait des reportages de plus en plus hystériques, entrecoupés par des interviews d'experts de tout poil qui donnaient leur opinion sur l'attaque des oiseaux. Le réchauffement de la planète était la théorie la plus fréquemment évoquée, l'énergie solaire ayant interféré avec le système de navigation naturel des volatiles.

Flamel les dirigea vers Mill Valley et le mont Tamalpais ; ensuite, ils quittèrent vite l'autoroute pour se contenter de nationales à deux voies. Le trafic ne cessait de diminuer. Bientôt ils ne croisèrent plus aucune voiture sur des kilomètres. À la fin, ils se retrouvèrent sur une route étroite et sinueuse au point de donner la nausée. Là, Flamel demanda à Josh de rouler à trente à l'heure. Sa vitre baissée, il scrutait la forêt épaisse en bordure du chemin. Ils venaient de dépasser un petit sentier quand l'Alchimiste s'écria :

– Stop ! Fais marche arrière et tourne ici.

Josh regarda sa sœur avant d'emprunter le chemin défoncé. Tétanisée par le stress, elle serrait ses mains tellement fort, que ses articulations étaient devenues blanches. Ses ongles, d'habitude impeccables, étaient tout rongés.

Il lui prit la main pour la réconforter. Elle sourit. Leurs liens étaient si forts qu'ils n'avaient pas besoin de mots pour communiquer. Les absences fréquentes de leurs parents, les déménagements et les changements d'école ne les aidaient pas à nouer des amitiés, alors ils avaient appris très tôt à ne compter que sur eux-mêmes.

Les arbres qui bordaient le sentier envahi par la végétation étonnamment dense masquaient le ciel et les sous-bois. Des ronces sauvages et des buissons épineux éraflaient la voiture tandis que les ajoncs, les genêts et les orties enroulés autour des sumacs vénéneux rendaient la haie impénétrable.

– Je n'ai jamais rien vu de tel ! murmura Sophie. Ce n'est pas naturel…

Comme si elle avait réalisé la portée de ses paroles, elle se tourna vers Flamel :

– Ce n'est pas naturel, n'est-ce pas ?

Il fit non de la tête. Les yeux cernés, le front et la bouche ridés, il paraissait vieux et fatigué.

– Bienvenue dans notre monde ! dit-il.

– Quelque chose remue dans les sous-bois, annonça Josh. Quelque chose de gros… de très gros.

Après les golems et les corbeaux tueurs, son imagination était chauffée à blanc.

– Qui nous suit depuis un moment, ajouta-t-il.

– Tant que nous restons sur le sentier, nous ne craignons rien, affirma Flamel.

Sophie scruta la forêt sombre. Pendant quelques instants, elle ne décela rien ; puis elle s'aperçut que la tache noire qu'elle prenait pour une ombre était en fait une créature qui se déplaçait à leur allure. Le soleil tachetait sa fourrure. Sophie devina un visage aplati, un nez écrasé, des dents incurvées.

– C'est un cochon… non, un sanglier, fit-elle.

À cet instant, trois autres apparurent à gauche de la voiture.

– Il y en a de mon côté ! remarqua Josh. Et derrière aussi.

En effet, quatre énormes animaux couraient le long du sentier. Sophie, Scatty et Nicolas se retournèrent : deux sangliers trottinaient derrière la voiture. Ils avaient le cou massif et la taille d'un poney, ce qui estomaqua Sophie. Leurs canines démesurées, plus grosses que ses poignets, se terminaient en une pointe effilée.

– Je ne savais même pas que des bêtes pareilles vivaient chez nous ! commenta Josh. Et encore moins à Mill Valley en Californie.

– C'est comme les cochons, il y en a dans toute l'Amérique, répondit Flamel, l'air absent. Ils ont été introduits par les Espagnols au XVIe siècle.

Josh rétrograda et avança au ralenti. Un peu plus loin, un mur de buissons, de broussailles et d'arbres leur barrait le passage.

– Terminus ! annonça Josh, qui mit le levier de vitesse sur « parking » et tira le frein à main.

Il regarda à droite et à gauche. Les sangliers, quatre de chaque côté, s'étaient arrêtés aussi et les observaient. Un coup d'œil dans le rétroviseur lui apprit que les deux plus gros patientaient derrière. Ils étaient coincés ! « Et maintenant ? se demanda-t-il. On est fichus ! » Il regarda sa sœur qui pensait exactement la même chose.

Nicolas Flamel se pencha en avant et étudia la barrière végétale.

– À mon avis, elle a été placée là pour décourager les imprudents arrivés jusqu'ici. Il faudrait être particulièrement stupide pour descendre de voiture !

– Mais nous ne sommes ni imprudents ni stupides, intervint Scatty. On fait quoi ? Des animaux comme ceux-là, je n'en ai pas vu depuis des siècles. Si ce sont des sangliers de guerre gaulois, il est impossible de les détruire. Pour chaque animal que nous voyons, il y en a probablement trois autres en embuscade dans l'ombre, sans compter leurs maîtres.

– Ce ne sont pas des sangliers gaulois, et cette race-là n'a pas besoin de maître, expliqua Flamel, avec une légère pointe d'accent français. Regardez leurs dents.

Sophie, Josh et Scatty examinèrent longuement les canines des immenses créatures.

– Certaines semblent sculptées, remarqua Sophie, les yeux plissés. On dirait des boucles.

– Des spirales, rectifia Scatty, une note d'étonnement dans la voix. Flamel, ne me dis pas que ce sont des Torc Allta ?

– Gagné ! Nous avons affaire à des sangliers-garous.

– Garous… comme dans loups-garous ? s'étrangla Josh.

Scatty secoua la tête :

– Non, ils n'ont rien à voir avec des loups-garous.

– Ouf ! fit Josh. Pendant une seconde, je pensais que vous parliez d'hommes qui se changent en loups.

– Les loups-garous sont des Torc Madra, continua Scatty, comme si elle ne l'avait pas entendu. Un autre clan, si tu préfères.

Sophie fixa le sanglier posté au plus près de la voiture. Sous ses traits porcins, elle crut deviner les contours et les caractéristiques particulières d'un visage humain. Les yeux, calmes et brillants, d'un bleu étincelant, la regardaient avec une surprenante intelligence.

Josh serrait fort le volant entre ses doigts.

– Les sangliers-garous…, bafouilla-t-il, sont différents des loups-garous, c'est évident. Quel imbécile ! Comment ai-je pu confondre ces deux clans…

– On fait quoi ? demanda Sophie.

– On roule, répondit Flamel.

– Et la barrière végétale ? objecta Josh.

– Roule ! ordonna Flamel.

– Mais…

– Tu me fais confiance, oui ou non ? lança Flamel pour la deuxième fois de la journée.

Les jumeaux se regardèrent avant de hocher la tête à l'unisson.

– Alors, démarre.

Josh enclencha la première et relâcha le frein à main. Le gros 4 × 4 partit en avant. Son pare-chocs toucha la barrière de feuilles et de branches impénétrable en apparence… et s'y enfonça, comme avalé par les buissons.

La voiture tout-terrain avançait dans l'obscurité des arbustes. L'air frais était chargé d'odeurs douceâtres de sucre brûlé… Soudain, ils se retrouvèrent sur le sentier, qui dessinait un virage à droite.

– Comment… ? marmonna Josh.

– Une simple illusion d'optique, expliqua Flamel, rien de plus. La lumière projette les images des arbres et des buissons sur un rideau de vapeur d'eau ; chaque goutte d'humidité fonctionne comme un miroir. Un soupçon de magie, et…

Il tendit le bras d'un geste gracieux :

– Nous n'avons pas quitté l'Amérique du Nord. Nous sommes à présent sur le domaine de l'une des plus anciennes et des plus grandes représentantes de la race des Aînés. Nous serons en sécurité quelque temps ici.

Scatty poussa un grognement :

– Vieille, d'accord. Mais grande… cela reste à prouver.

– Scathach, je t'en prie ! réprimanda-t-il cette ado effrontée âgée de deux mille cinq cents ans.

– Je ne l'aime pas. Je ne lui fais pas confiance.

– Quand ces querelles ancestrales vont-elles enfin cesser ?

– Elle a essayé de me tuer, Nicolas ! protesta Scatty. Elle m'a abandonnée dans l'Au-delà. Il m'a fallu des siècles pour trouver le chemin de la sortie.

– C'était il y a plus de quinze cents ans, si j'ai bien lu les mythes, lui rappela Flamel.

– Je suis rancunière ! dit Scatty en croisant les bras dans le geste d'une enfant boudeuse.

– De qui parlez-vous ? les interrompit Sophie.

Josh freina sans prévenir.

– Ce ne serait pas une grande femme à la peau noire, par hasard ? demanda-t-il.

Sophie se pencha pour regarder à travers le pare-brise fissuré, imitée par Flamel et Scatty.

– Si, lâcha Scatty sur un ton maussade.

La silhouette se tenait au milieu du sentier, juste devant la voiture. Grande et large, elle semblait avoir été sculptée dans un bloc de pierre noire. Ses cheveux blancs et crépus couvraient son crâne telle une casquette ; ses traits étaient fins et anguleux. Elle avait les pommettes hautes, un nez droit et pointu, un menton rond, des lèvres si minces qu'elles paraissaient inexistantes. Ses pupilles avaient la couleur du beurre. Elle était vêtue d'une longue robe simple en tissu chatoyant qui ondulait sous une brise ne soufflant que pour elle. Les couleurs de l'arc-en-ciel couraient sur toute la longueur du vêtement, comme de l'huile à la surface de l'eau. Sophie remarqua qu'elle ne portait aucun bijou, et chacun de ses ongles courts arborait une couleur différente.

– Elle fait bien ses dix mille ans, marmonna Scatty.

– Sois gentille, lui ordonna Flamel.

– Qui est-ce ? demanda Sophie, les yeux rivés sur la femme.

Bien qu'elle parût humaine, elle dégageait quelque chose de différent, de surnaturel. Son immobilité et son port de tête arrogant y étaient pour beaucoup.

– Voici Hécate, de la race des Aînés, annonça Flamel, bizarrement intimidé.

– La déesse aux Trois Visages, compléta Scatty avec hargne.

CHAPITRE QUATORZE

– Restez dans la voiture, lança Flamel, qui ouvrit la portière et sortit sur l'herbe rase.

Les bras toujours croisés sur sa poitrine, Scatty lâcha avec colère :

– Ça me convient.

Flamel ignora son ton sarcastique et claqua la portière. Il prit une profonde inspiration et s'avança vers l'élégante femme, droite comme les grands séquoias qui l'entouraient.

Dans un bruissement de feuilles, un énorme Torc Allta surgit des sous-bois ; il était à peine plus petit que Flamel. Ce dernier s'inclina devant la créature et la salua dans une langue qui n'avait rien à voir avec celle des humains. Soudain, des sangliers apparurent de toutes parts, les yeux luisants d'intelligence, les poils du dos et des épaules embrasés par le soleil de fin d'après-midi. De longs filets de salive visqueuse dégoulinaient de leurs dents finement sculptées.

Flamel prit soin de saluer chacun d'eux.

– J'ignorais qu'il restait des membres du clan Torc Allta sur le Nouveau Continent, déclara-t-il en anglais, ne s'adressant à personne en particulier.

Hécate sourit imperceptiblement :

– Tu es le mieux placé pour le savoir, Nicolas ! Quand nous aurons disparu, quand la race des Aînés n'existera plus, quand les humains ne peupleront plus cette Terre, les clans des Allta la reconquerront. Souviens-toi, à l'origine, ce monde appartenait aux clans des Garous.

La voix de Hécate était grave, presque masculine, avec une pointe d'accent mêlant les consonnes sifflantes de Grèce et les consonnes liquides de Perse.

Flamel fit une nouvelle révérence.

– Je crois savoir que les clans sont forts en Europe, les Torc Madra en particulier. Par ailleurs, j'ai entendu dire que les Torc Tiogar avaient regagné l'Inde et les Torc Leon l'Afrique. Grâce à vous.

Hécate sourit en montrant une rangée de minuscules dents droites :

– Les clans me traitent toujours comme une déesse. Je leur rends quelques services.

Le vent invisible effleura sa robe, s'enroula autour de son corps et fit miroiter les fils vert et or.

– Je doute que tu aies entrepris ce voyage pour me parler de mes enfants.

– En effet.

Flamel jeta un coup d'œil vers le 4 × 4 cabossé. Les yeux écarquillés, Josh et Sophie le fixaient à travers le pare-brise. Scathach était à peine visible à l'arrière. Les yeux fermés, elle faisait semblant de dormir. Flamel savait bien que la Guerrière n'avait nul besoin de sommeil.

– Je voulais vous remercier de m'avoir envoyé le Vent Fantôme.

Ce fut au tour de Hécate de s'incliner. Elle tendit le bras. Dans sa main, elle tenait un petit téléphone portable :

– Très utiles, ces appareils ! Je me souviens d'une époque où nous confiions nos messages aux vents et aux oiseaux voyageurs. Il me semble que c'était hier… Je suis contente que cette ruse ait fonctionné. Malheureusement, elle a révélé ta destination à Morrigan et Dee. Ils savent qui a envoyé le Vent Fantôme, et ils doivent être au courant que j'ai une enclave ici.

– Je suis désolé de les avoir menés jusqu'à vous.

Elle haussa les épaules. Ce léger mouvement fit apparaître un arc-en-ciel sur sa robe.

– Dee me craint. Il tempêtera, il se donnera des airs, me menacera, tentera de me jeter des sortilèges mineurs, proférera des incantations… Mais il se gardera bien de m'attaquer. Pas tout seul, et même pas avec l'assistance de Morrigan. Il aura besoin de deux ou trois Ténébreux pour m'affronter… ce qui n'est pas un gage de réussite.

– N'oubliez pas qu'il est arrogant. Et maintenant, il a le Codex.

– Pas entier, m'as-tu dit au téléphone.

– Vous avez raison.

Aussitôt, Flamel sortit les deux pages de sous son T-shirt et les tendit à Hécate. Celle-ci recula brusquement et se cacha les yeux avec les mains. Un son ressemblant au sifflement d'une bouilloire fusa de ses lèvres. En quelques instants, les sangliers encerclèrent Flamel, gueule ouverte, leurs canines immenses à quelques millimètres de sa peau.

Sophie et Josh hurlèrent ; Scathach jaillit de la voiture, son arc bandé, prêt à abattre Hécate.

– Rappelle-les ! cria-t-elle.

Les Torc Allta ne lui accordèrent pas la moindre attention.

La déesse croisa les bras, puis elle toisa Scathach.

– Tu crois que ta petite flèche peut me blesser ? ironisa-t-elle.

– Elle a été trempée dans le sang d'un Titan, répondit calmement Scathach, dont la voix flottait dans l'air paisible. Un parent à toi, si je me souviens bien… C'est une des rares manières de te tuer, si je ne me trompe.

Le regard de Hécate se glaça ; ses yeux se transformèrent en miroirs dorés qui reflétaient la scène.

– Range ces pages ! ordonna-t-elle à l'Alchimiste.

Flamel s'empressa de fourrer les deux pages sous son T-shirt. La vieille femme marmonna un mot qui fit reculer les Torc Allta ; ils disparurent dans la forêt jusqu'au dernier. Cependant tous savaient qu'ils restaient aux aguets. Hécate pivota :

– Sans un signe de ma part, ils ne t'auraient fait aucun mal.

– J'en suis certain, prétendit Flamel, qui tremblait comme une feuille.

Il examina son jean et ses bottes couverts de bave blanche des Torc Allta.

– Ne montre jamais le Codex, ou même une partie, en ma présence… ou en la présence d'un autre Aîné. Il nous inspire de… l'aversion, expliqua-t-elle en choisissant ses paroles avec soin.

– Il n'a aucun effet sur moi, affirma Scathach, qui abaissa son arc.

– Tu ne fais pas partie de la Première Génération de la race des Aînés, lui rappela Hécate. Comme Morrigan, tu es de la Génération Suivante. J'étais là quand Abraham le Juif a consigné les premiers mots du pouvoir dans le Livre. Il a piégé sous mes yeux dans ses pages la Magie des Premières Œuvres, la plus ancienne de toutes.

– Veuillez m'excuser, murmura Flamel. Je l'ignorais.

– Comment aurais-tu pu le savoir ?

Hécate eut un sourire dénué d'humour :

– Cette mystérieuse magie est si puissante que les miens ne supportent pas de regarder les lettres. Les générations de la race des Aînés qui ont suivi, bien qu'elles soient de notre sang, peuvent lire le Codex, mais sans le toucher. Les descendants des singes – les humains – le peuvent, eux. Il s'agit là de l'ultime plaisanterie d'Abraham. Comme il avait épousé une humani, il voulait s'assurer que seuls ses enfants pourraient toucher le livre.

– Les humani… la race humaine, marmonna Sophie.

Elle se tut quand Flamel reprit la parole :

– Voilà pourquoi le Livre m'a été confié ?

– Tu n'es pas le premier humani à… prendre soin du Codex, rectifia Hécate. Il n'aurait simplement pas dû être créé.

Des reflets rouges et verts ondulaient sur sa robe.

– J'ai plaidé, gronda-t-elle, pour que chaque page soit séparée des autres et jetée dans le volcan le plus proche, en même temps qu'Abraham lui-même.

– Pourquoi l'ouvrage n'a-t-il pas été détruit ? demanda Nicolas.

– Parce que Abraham avait le don de double vue ; il discernait les fils sinueux du temps. Une de ses prophéties prétend qu'un jour, le monde aura besoin du Codex et de son contenu.

Scatty s'éloigna du 4 × 4 et s'approcha de Flamel, son arc plaqué contre elle. Les yeux couleur de beurre de Hécate ne la quittaient pas.

– Un gardien a toujours été assigné au Livre du Mage, expliqua Scathach à Flamel. Certains sont devenus de grands héros de la mythologie, d'autres demeurent moins connus, comme toi. La plupart ont sombré dans l'anonymat.

– Un autre homme a été désigné pour le trouver. Je veux parler de Dee.

– Un ennemi dangereux, commenta Hécate.

Flamel hocha la tête. Il sentait les pages sèches et fraîches contre sa peau. Alors qu'il possédait le Codex depuis plus d'un demi-millénaire, il avait à peine effleuré la surface de ses secrets. Il ignorait l'âge même du manuscrit ! Il ne cessait de repousser la date de sa création. Quand il avait reçu le Livre au XIVe siècle, il lui donnait cinq cents ans. Par la suite, au cours de ses recherches, il l'estima à huit cents ans, puis mille ans, puis deux mille ans. Au début du XXe siècle, à la lumière des découvertes effectuées dans les tombeaux égyptiens, il avait réévalué son âge à cinq mille ans. Et voilà que Hécate, qui avait plus de dix mille ans, prétendait avoir assisté à la création du Livre par le mystérieux Abraham le Juif ! Si la race des Aînés, dieux de la mythologie et des légendes, ne pouvait manipuler ce livre, qui était Abraham son créateur ? Un humani ? Le fils de l'une des nombreuses races mythiques qui peuplaient la Terre à cette époque ?

– Pourquoi es-tu venu ici ? demanda Hécate. J'ai su que le Codex avait été volé dès que Dee te l'a arraché des mains. Mais je ne peux pas t'aider à le récupérer.

– Je suis là pour une autre raison, répondit Flamel, qui s'éloigna du 4 × 4 et baissa d'un ton, obligeant la déesse à se pencher pour l'écouter. Quand Dee m'a attaqué, a volé le Livre et enlevé Perry, deux humani me sont venus en aide. Un jeune garçon et sa sœur… Des jumeaux.

– Des jumeaux ? répéta-t-elle, impassible.

Les yeux plissés, Hécate fixa la voiture :

– Un garçon et une fille, vêtus d'un T-shirt et d'un jean, l'uniforme ridicule de la jeunesse de cette époque. C'est tout ce que je vois.

– Regardez mieux, lui conseilla Flamel. Et souvenez-vous de la prophétie.

– Je connais la prophétie ! Tu ne comptes pas m'apprendre ma propre histoire, tout de même !

s'emporta la déesse, dont les yeux brillants devinrent tout à coup sombres et laids. Des humani ? Impossible.

Elle s'approcha de la voiture à grands pas et dévisagea Sophie, puis Josh.

Les jumeaux remarquèrent que ses pupilles étaient longues et étroites, comme celles d'un chat, et que derrière la fine ligne de ses lèvres, elle avait des dents aussi pointues que des aiguilles.

– Argent et or, chuchota Hécate en se tournant vers l'Alchimiste.

Son accent s'intensifia, sa petite langue pointue se faufila entre ses lèvres. Elle s'adressa aux jumeaux :

– Sortez de cet engin !

Ils cherchèrent du regard l'approbation de Flamel. Quand il hocha la tête, tous deux descendirent. Sophie contourna la voiture et se posta à côté de son frère.

Hécate s'avança vers la jeune fille, qui hésita un instant avant de tendre la main. La déesse prit la paume gauche de Sophie dans sa main droite et la retourna, puis elle tendit l'autre main à Josh. Celui-ci la serra sans hésiter, l'air nonchalant, comme s'il saluait tous les jours des déesses de dix mille ans. Il trouva sa peau très rêche et rugueuse.

Hécate prononça un mot dans une langue qui semblait aussi vieille que l'humanité.

– Oranges, chuchota Josh, qui sentait et goûtait soudain le fruit.

– Non, de la glace, rectifia Sophie. De la glace à la vanille maison.

Elle se tourna vers son frère, qui la regardait avec étonnement.

Sophie était auréolée d'argent. Le halo flottait autour d'elle, scintillant. Quand elle cligna des yeux, ils prirent l'aspect de miroirs plats.

Josh aussi était entouré d'une lumière chaude et dorée. Concentrée autour de sa tête et de ses mains, elle palpitait en rythme avec les battements de son cœur. Ses iris ressemblaient à des pièces d'or.

Sans un mot, Hécate leur lâcha les mains, et aussitôt la lumière s'estompa. La déesse rejoignit Flamel à grands pas, le prit par le bras et l'éloigna du sentier pour lui parler sans que les autres l'entendent.

– Vous avez une idée de ce que cela signifie ? demanda Sophie à la Guerrière.

Sa voix tremblotait, et elle avait encore le goût de vanille dans la bouche.

– La déesse a vérifié vos auras.

– Cette lumière dorée que j'ai vue autour de Josh ?

– La tienne était argentée, lui apprit son frère.

– La plupart des auras se composent de plusieurs couleurs, poursuivit Scatty. Rares, très rares sont ceux dont l'aura est pure.

– Comme les nôtres ? demanda Sophie.

– Comme les vôtres, confirma Scatty sur un ton lugubre. La dernière personne à l'aura argentée que j'ai connue s'appelait Jeanne d'Arc.

– Et l'aura dorée ? s'enquit Josh.

– Elle est encore plus rare ! Si je me souviens bien…

Elle fronça les sourcils :

– Le dernier à avoir eu une aura dorée aussi pure se nommait Toutankhamon, l'enfant-roi.

– Voilà pourquoi il a été enterré avec autant d'or ! s'écria le garçon.

– C'est une des raisons.

– Ne me dites pas que vous avez connu ce pharaon !

– Je ne l'ai jamais rencontré, fit la Guerrière. En revanche, j'ai formé cette chère Jeanne et combattu à ses côtés à Orléans. Je lui avais conseillé de ne pas marcher sur Paris, ajouta-t-elle avec tristesse.

– Mon aura est plus rare que la tienne, se vanta Josh pour changer de sujet. Pardon, mais qu'est-ce que cela signifie d'avoir une aura pure ?

Impassible, Scathach le fixa.

– Cela signifie que vous détenez des pouvoirs extraordinaires. Tous les grands magiciens et sorciers du passé, les chefs héroïques, les artistes de talent avaient des auras pures ou d'une seule couleur.

Mal à l'aise, les jumeaux se regardèrent. Cette histoire devenait franchement bizarre, et le visage inexpressif de Scathach commençait à les inquiéter. Tout à coup, Sophie blêmit.

– Mais… Jeanne d'Arc et Toutankhamon sont morts jeunes ! souffla-t-elle.

– Très jeunes, enchérit Josh. Ils avaient tous les deux dix-neuf ans, si j'ai bonne mémoire.

– En effet, lâcha Scathach en reportant son attention sur Nicolas Flamel et la déesse aux Trois Visages. En effet.

– Des humani ! grommela Hécate. Des humani aux auras d'or et d'argent.

Elle semblait à la fois interloquée et en colère.

– Ils ne sont pas les premiers à…, commença Flamel.

– Comme si je ne le savais pas ! le coupa la déesse.

Ils se tenaient au bord d'un ruisseau bouillonnant qui coulait entre les arbres et se jetait dans une mare octogonale parsemée de nénuphars blancs. D'énormes carpes koï, rouges et albinos, nageaient dans les eaux limpides.

– Je n'ai jamais rencontré les deux auras au même moment, et encore moins chez des jumeaux. Ils possèdent un gigantesque pouvoir inexploité ! poursuivit Flamel en toute hâte. Dois-je vous rappeler le Codex ? Les deux qui ne sont qu'un et celui qui est tout… La première prophétie énoncée par Abraham.

– Je connais la prophétie ! s'emporta Hécate, dont la robe était à présent parcourue de veines rouges et noires. J'étais présente quand ce vieil imbécile l'a formulée.

Flamel, qui s'apprêtait à lui poser une question, choisit de se taire.

– Il faut dire qu'il ne s'est jamais trompé, marmonna Hécate. Il savait que Danu Talis serait englouti et que notre monde disparaîtrait.

– Il a aussi prédit qu'il reviendrait, lui rappela Flamel. Quand les deux qui ne sont qu'un et celui qui est tout se présenteront, quand le soleil et la lune seront réunis.

La déesse pencha la tête ; ses yeux de chat fixèrent longuement Josh et Sophie.

– Or et argent. Soleil et lune… Flamel, crois-tu que ce sont eux les jumeaux de la prophétie ?

– Oui, se contenta-t-il de répondre. Je le crois. Je n'ai pas le choix.

– Pourquoi ?

– Grâce au Codex, Dee peut commencer à ramener les Ténébreux. Si les jumeaux sont bien ceux de la prophétie, je peux peut-être contrecarrer ses projets et arracher Perry de ses griffes… à condition que les jumeaux soient bien entraînés.

– Et si tu te trompes ?

– Alors, j'aurai perdu l'amour de ma vie, et ce monde, ainsi que tous les humani qui le peuplent, disparaîtra. Il n'existe qu'un seul moyen d'empêcher ce désastre : il faut que vous nous aidiez.

– Cela fait si longtemps que… que j'ai accepté de former quelqu'un ! soupira Hécate en jetant un regard vers Scathach. Et je n'ai pas obtenu le résultat espéré.

– Aujourd'hui, c'est différent. Vous aurez affaire à du talent à l'état brut, un pouvoir pur et inexploité. Seulement nous n'avons pas beaucoup de temps devant nous.

Flamel prit une profonde inspiration et psalmodia en ancien langage de l'île submergée de Danu Talis :

– Fille de Perse et d'Astérie, déesse de la magie et des sortilèges, je vous demande d'éveiller les pouvoirs magiques des jumeaux.

– Et après ?

– Ensuite, je leur enseignerai les Cinq Magies. Ensemble, nous récupérerons le Codex et nous sauverons Pernelle.

La déesse aux Trois Visages éclata d'un rire aigre :

Jeudi 31 Mai

– Fais attention, l'Alchimiste, de ne pas créer l'instrument de notre destruction à tous.

– Les éveillerez-vous ?

– Je dois y réfléchir. Je te donnerai ma réponse plus tard.

Assis dans la voiture, à l'autre bout de la clairière, Sophie et Josh s'aperçurent que Flamel et Hécate les fixaient, et un frisson glacé leur parcourut l'échine.

CHAPITRE QUINZE

– Cette maison est vraiment bizarre ! déclara Sophie quand elle entra à grands pas dans la chambre de son frère, son téléphone dernier cri à la main. Ça ne passe nulle part.

Elle arpenta la pièce, les yeux rivés sur l'écran, en pestant.

– Bizarre ? répéta Josh, railleur. Sophie ! Nous sommes à l'intérieur d'un arbre ! C'est plutôt ça qui est bizarre, tu ne crois pas ?

Après sa conversation avec Flamel, Hécate avait tourné les talons et disparu dans les bois sans leur dire un mot, laissant à Flamel le soin de les escorter jusqu'à sa maison. Ils avaient suivi l'Alchimiste à pied le long d'un étroit sentier qui sinuait à travers les bois touffus. Captivés par une flore incroyable – des herbes préhistoriques, de grosses fleurs violacées qui semblaient accompagner leur progression en ondulant et en se contorsionnant tels des serpents – ils ne remarquèrent pas tout de suite la maison de Hécate. Les yeux levés, ils mirent un long moment pour comprendre ce qu'ils voyaient.

En face d'eux, au centre d'une large clairière légèrement en pente, agrémentée de touffes de fleurs multicolores, se dressait un arbre. Il avait la taille et la circonférence d'un gratte-ciel. Des nuages blancs s'effilochaient sur les branches et les feuilles du sommet ; des racines larges comme une voiture jaillissaient du sol tels de monstrueux doigts crochus. L'arbre était noueux et tordu, son écorce parcourue de profondes fissures. Des lianes semblables à de gros tuyaux s'enroulaient autour du tronc et pendaient des branches.

– La maison de Hécate, expliqua Flamel. Vous êtes les premiers humani depuis deux mille ans à la contempler. Même moi, je ne l'avais vue que dans les livres.

La stupéfaction des jumeaux fit sourire Scatty. Elle donna un coup de coude à Josh :

– Où pensais-tu qu'elle vivait ? Dans une caravane ?

– Je ne… Eh bien… je ne m'attendais pas à…, bégaya Josh.

Cette vision était absolument incroyable ! Grâce à ses maigres connaissances en biologie, il savait qu'aucun organisme vivant ne pouvait atteindre cette taille. Aucun organisme naturel, cela allait sans dire.

Sophie trouva que l'arbre ressemblait à une vieille femme ployant sous le poids des années. Quand Flamel parlait d'un passé lointain, leur présentait une guerrière âgée de deux mille ans, ou une déesse qui avait dix mille ans, cela ne signifiait pas grand-chose pour eux. Là, c'était différent. Josh et elle avaient déjà vu de très vieux arbres : leurs parents leur avaient montré des séquoias géants de trois mille ans, et ils avaient campé une semaine avec leur père dans les White Mountains, en Californie du Nord. Il voulait leur faire découvrir le pin Mathusalem qui, à presque cinq mille ans, passait pour le plus ancien organisme vivant de la planète. Au pied de cet arbre tortueux, il était facile de croire à son âge avancé. Celui où habitait Hécate était, lui, millénaire, bien plus ancien que le pin Mathusalem.

Lorsqu'ils suivirent l'allée en pierres polies qui y conduisait, ils furent frappés par la similitude avec un gratte-ciel : des centaines de fenêtres avaient été découpées dans l'écorce, des lumières tremblotaient à l'intérieur. Mais ce n'est qu'en arrivant à l'entrée principale qu'ils apprécièrent vraiment la grandeur de l'arbre. La porte patinée à deux battants mesurait au moins six mètres de haut et pourtant elle s'ouvrit dès que Flamel l'effleura du bout des doigts. Les jumeaux pénétrèrent dans un énorme hall circulaire.

Ils levèrent les yeux et se figèrent.

Tout en haut du gigantesque arbre creux s'amoncelaient des nuages blancs ! Un escalier en spirale s'élevait jusqu'au sommet ; chaque volée de marches donnait sur une arche déversant de la lumière. Des dizaines de petites cascades jaillissaient des parois et allaient s'écraser sur le sol. L'eau s'écoulait dans un immense bassin circulaire qui occupait presque tout le hall. Les murs lisses avaient pour seule décoration les tortillons et les nœuds des lianes qui couraient dessus. Josh les compara à des veines.

Le lieu était absolument désert.

Rien ne bougeait à l'intérieur, personne ne grimpait les innombrables marches, aucune créature ailée ne volait dans l'air humide.

– Bienvenue à Yggdrasill, lança Nicolas Flamel, qui recula d'un pas pour les laisser passer. Bienvenue dans l'Arbre-Monde.

Josh agita son téléphone. L'écran demeura blanc :

– Tu as remarqué ? Il n'y a pas de prises électriques !

– Il doit bien y en avoir une quelque part, dit Sophie en s'agenouillant à côté du lit. Au moins ici…

Peine perdue !

Postés au centre de la chambre de Josh, les jumeaux examinèrent la pièce, identique à celle de Sophie. Du plancher ciré aux murs lisses, tout était en bois blond. Il n'y avait pas de vitres aux fenêtres, et la porte, un rectangle fin comme du papier à cigarette, faisait penser à de l'écorce de bouleau. Le lit, un futon couvert d'épaisses fourrures, était le seul meuble de la chambre. Au pied du lit : un tapis dont le dessin complexe évoquait des animaux légendaires existant sur Terre.

Au milieu de la chambre poussait un arbre.

Grand et élégant, l'arbre à l'écorce rouge surgissait du plancher et s'élançait, nu, jusqu'en haut de la pièce, où ses branches exubérantes formaient un baldaquin qui cachait le plafond. Les feuilles étaient vert foncé d'un côté, blanc cendré de l'autre. De temps à autre, quelques-unes tombaient en vrille sur le sol, qu'elles recouvraient d'une couche duveteuse.

– Où sommes-nous ? lâcha Sophie sans s'apercevoir qu'elle avait parlé à voix haute.

– En Californie ? murmura Josh sans conviction.

– Avec tout ce que nous avons vu aujourd'hui ? Je ne pense pas. Nous sommes à l'intérieur d'un arbre ! Tellement grand qu'il pourrait abriter le campus de l'université de San Francisco, et tellement vieux que le fameux Mathusalem, à côté, c'est de la rigolade. Et ne me dis pas qu'il s'agit d'un bâtiment déguisé en arbre. Je ne vois que des matériaux naturels.

Elle inspira à fond et regarda autour d'elle :

– Tu crois qu'il est encore vivant ?

– Bien sûr que non. Il est creux. Il doit être mort, ce n'est plus qu'une coquille.

Sophie balaya la pièce du regard, perplexe :

– Et puis, il n'y a rien de moderne ici, rien d'artificiel. Pas de plastique, pas de métal, pas de papier. Tout semble avoir été sculpté à la main. Je ne vois ni bougies ni lanternes.

– Il m'a fallu un moment pour comprendre à quoi servaient ces coupes remplies d'huile.

Josh ne dit pas à sa sœur qu'il aurait bu le jus de fruits parfumé… s'il n'avait pas aperçu la mèche qui flottait dans le liquide.

– Ma chambre est identique à la tienne, continua Sophie.

Elle examina de nouveau son téléphone :

– Hé, il n'y a pas de signal, et regarde… la batterie est en train de se décharger !

Josh s'approcha de sa sœur ; leurs chevelures blondes s'emmêlèrent. En effet, l'indicateur de la batterie diminuait à vue d'œil, barre après barre.

– Voilà pourquoi mon iPod ne marche plus ! s'exclama le garçon en sortant l'appareil de sa poche. Mon ordinateur est KO lui aussi.

Soudain, il regarda sa montre, puis tendit le bras vers sa sœur – aucun affichage sur la grosse montre digitale de style militaire.

– La mienne marche encore, constata Sophie. C'est parce que le mécanisme se remonte !

– Quelque chose pompe leur énergie, marmonna Josh. Quelque chose dans l'air ?

Il n'avait jamais entendu parler d'une force qui absorberait l'énergie des batteries.

– Cela vient de cet endroit, expliqua Scathach, apparue sur le seuil.

Elle avait troqué son treillis et son T-shirt noirs contre un pantalon de camouflage vert et marron. Elle portait des rangers et un top qui mettait en valeur ses bras musclés. Une dague était attachée à sa jambe, un arc pendait à son épaule gauche et une poignée de flèches était visible au-dessus de sa tête. Sophie remarqua un tatouage en forme de spirale celtique sur son épaule droite.

– Vous avez quitté votre monde pour entrer dans un des royaumes des Ombres, poursuivit la Guerrière. Ils s'étendent en partie dans votre monde, et en partie dans une autre sphère spatiale et temporelle.

Comme Scatty restait sur le seuil, Sophie lui demanda pourquoi elle n'entrait pas.

– Vous ne m'avez pas invitée, répondit-elle avec un sourire timide.

– Invitée ? répéta Sophie, interloquée.

– Vous devez m'inviter, sinon je ne peux pas franchir le seuil.

– Comme les vampires, remarqua Josh d'une voix mal assurée.

Avec tout ce qu'ils venaient de vivre, il était prêt à croire aux vampires ; c'est juste qu'il n'avait pas franchement envie d'en croiser un… Il se tourna vers sa jumelle :

– Un vampire n'entre dans une maison que si on l'y invite. Ensuite, il boit ton sang…

Les yeux écarquillés, il fit volte-face :

– Vous n'êtes pas…

– Je n'aime pas ce terme, rétorqua Scatty.

– Scathach, je vous en prie, entrez, s'empressa de dire Sophie avant que son frère s'y oppose.

La Guerrière pénétra dans la chambre d'un bond.

– Oui, je suis ce que l'on peut appeler un vampire.

– Oh ! s'exclama Sophie.

Josh se posta bravement devant sa sœur. Celle-ci l'écarta. Même si elle aimait son jumeau, elle trouvait qu'il la surprotégeait.

– Il ne faut pas croire tout ce qu'on lit sur les miens, déclara Scatty.

Elle s'approcha de la fenêtre pour contempler les jardins luxuriants.

Un énorme papillon jaune voleta devant elle. Aussi gros qu'une assiette, il appartenait à une espèce disparue durant le Jurassique.

– Hécate a créé et préservé cet endroit à l'aide de la magie. Mais ce procédé extraordinaire nécessite de suivre certaines lois naturelles. La magie a besoin d'énergie ; alors elle la puise où elle peut. Dans les petites batteries de vos jouets électroniques, par exemple. Si elle ne trouve pas d'autre source d'énergie, elle prend la force vitale de celui qui l'a créée. Voilà pourquoi chaque recours à la magie affaiblit le magicien.

– Aucun appareil électrique ne fonctionne dans ce royaume des Ombres ? voulut s'assurer Sophie.

Elle secoua la tête :

– Attendez ! Hécate s'est servie d'un téléphone. Elle l'a montré à Flamel tout à l'heure. Pourquoi sa batterie est-elle pleine, alors ?

– Hécate a des pouvoirs considérables. Elle est plus ou moins immunisée contre les effets de la magie qu'elle génère. Elle doit garder son téléphone sur elle pour qu'il continue de fonctionner, ou le confier à un domestique qui vit dans le monde réel. De nombreux Aînés disposent de domestiques humains.

– Comme Flamel et Dee ? demanda Sophie.

– Nicolas n'est au service d'aucun Aîné. Le Livre est son seul maître. Dee, lui… Nul ne sait au service de qui ou de quoi il est.

Elle les dévisagea longuement :

– Dans une heure, vous ressentirez sûrement une extrême fatigue. Vous aurez les muscles engourdis, une petite migraine peut-être. C'est parce que le champ magique se nourrit de vos auras. Mais n'ayez aucune inquiétude. Les vôtres sont particulièrement fortes. Contentez-vous de boire beaucoup.

Scatty passa à une autre fenêtre et s'y pencha.

– Je sais qu'ils sont là, dit-elle soudain. Bien que je ne les voie pas.

– Qui ? s'enquit Sophie.

– Les Torc Allta.

– Ce sont réellement des sangliers-garous ? Des hommes qui se changent en sangliers ? poursuivit Sophie.

La jeune fille s'aperçut que son frère n'avait pas ouvert la bouche depuis que Scathach était entrée dans la pièce. Il la dévisageait, les yeux écarquillés, les dents serrées. Il avait l'air terrorisé : il devait se remémorer tous les romans et les films sur les vampires qu'il connaissait.

– Non, pas vraiment, répondit Scatty. Nicolas vous a dit qu'avant l'arrivée des humani ce monde était habité par d'autres créatures, d'autres races. Les clans des Torc, appartenant à la race des Aînés, étaient particuliers. Les Torc pouvaient prendre l'apparence soit d'un animal, soit d'un homme.

Scatty s'assit au bord du lit et étendit les jambes :

– Quand les premiers humani sont apparus, les Torc leur ont appris à travailler le bois et la pierre, à faire du feu. Les humani les considéraient comme des dieux. Pourquoi croyez-vous qu'autant de dieux primitifs ressemblent à des animaux ? Pensez aux peintures rupestres qui ne représentent ni des hommes ni des bêtes, mais quelque chose entre les deux. Vous devez avoir vu des statues des dieux égyptiens Sobek, Bastet et Anubis – des corps d'homme à tête d'animal. Et ces danses pendant lesquelles les hommes prennent les postures d'animaux ? Ce sont simplement des souvenirs de l'époque où les Torc vivaient aux côtés des humani.

– Therianthropes, murmura Sophie.

– Pardon ?

– Des personnages qui possèdent des caractéristiques humaines et animales, expliqua Josh. Nos parents sont archéologues… Dites, vous buvez du sang ? demanda-t-il brusquement.

– Josh ! s'écria Sophie.

– Non, je ne bois pas de sang, répondit Scathach. Je ne l'ai jamais fait.

– Mais un vampire…

Scathach bondit sur ses pieds, et en deux pas elle se retrouva devant Josh. Elle n'était pas aussi grande que lui ; pourtant, à cet instant, elle semblait immense.

– Il existe de nombreux types de vampires, de clans, de garous. Il est vrai que, parmi les miens, certains boivent du sang.

– Mais pas vous, s'empressa d'intervenir Sophie, avant que son frère ne les plonge davantage dans l'embarras.

– Non, pas mon clan. Nous nous… nourrissons… comment dire… autrement. Nous passons rarement à table, ajouta-t-elle avec un sourire désabusé. Dans tout ce que l'on vous a appris sur les mythes et les légendes de votre monde, il y a un fond de vérité. Aujourd'hui, vous avez assisté à des merveilles. Ce n'est qu'un début.

– Qu'entendez-vous par là ? souffla Josh, inquiet. Nous ne rentrons pas chez nous, c'est ça ?

Au moment où il posa la question, il devina la réponse.

– Si, promit la Guerrière. Seulement, ce ne sera ni aujourd'hui ni demain.

Sophie posa la main sur le bras de son frère pour qu'il cesse son interrogatoire.

– Vous nous parliez de mythes et de légendes…, commença-t-elle.

Au loin, dans les profondeurs de la maison, une cloche tinta. Le son, haut et pur, s'attarda dans l'air paisible.

Scathach n'y prêta pas attention.

– Comme je vous disais, vos mythes et légendes faussent la vérité. Une grande partie de vos connaissances viennent du cinéma et de la télé ? Xena et Dracula ont bien des comptes à rendre ! Tous les minotaures ne sont pas méchants, la Gorgone ne changeait pas chaque homme en pierre, certains vampires ne boivent pas de sang, les garous appartiennent à des clans fiers et anciens.

Josh tenta de rire. Il avait toujours du mal à croire que Scathach était un vampire.

– Vous allez nous dire que les fantômes existent, eux aussi ?

Scathach répondit, l'air grave :

– Josh, tu es entré dans le royaume des Ombres, le monde des fantômes. À partir de maintenant, je veux que vous vous fiiez à votre instinct. Oubliez ce que vous savez ou croyez savoir sur les créatures et les races que vous allez rencontrer ici. Suivez votre intuition. Ne faites confiance à personne et restez solidaires.

– Et Nicolas ? Et vous ? demanda Sophie.

La cloche retentit de nouveau au loin, perçante et catégorique.

– Ne faites confiance à personne, insista Scatty sans répondre à la question.

Elle se tourna vers la porte :

– C'est l'heure du dîner.

– Nous pouvons manger ? s'enquit Josh.

– Cela dépend.

– De quoi ? fit le garçon, un peu inquiet.

– De la nourriture. Moi-même, je ne mange pas de viande.

– Pourquoi ?

Sophie se demanda s'ils n'étaient pas en danger dans ce monde peuplé de créatures de légende.

– Je suis végétarienne, répondit Scatty.

CHAPITRE SEIZE

Assise dans un coin de la petite pièce sans fenêtres, les genoux repliés sous le menton, Pernelle Flamel écoutait des voix, amères et emplies de colère.

Perry se concentra sur le bruit. Elle laissa son aura prendre de l'ampleur tandis qu'elle murmurait une incantation que lui avait enseignée un chaman inuit. Ce sorcier savait entendre les poissons qui évoluaient sous la glace arctique et les ours qui déambulaient sur la banquise au loin. Cette simple prière bloqua ses autres sens pour que son ouïe seule fonctionne. Autour d'elle, les couleurs s'estompèrent, puis l'obscurité s'empara d'elle jusqu'à ce qu'elle devienne aveugle. Peu à peu, elle perdit son odorat ; elle avait des fourmis dans les doigts et les orteils au fur et à mesure qu'elle perdait son sens du toucher. Si elle avait été à table, elle n'aurait pu savourer aucun mets.

En revanche, elle avait une ouïe hypersensible, au point d'entendre les cafards qui grouillaient dans le mur derrière elle, la souris qui rongeait le bois quelque part au plafond, la colonie de termites qui se frayait un chemin dans le parquet. Deux voix lui parvinrent soudain, élevées et fluettes, comme si elle écoutait une radio mal réglée disposée à l'autre bout de la maison. Perry pencha la tête afin d'écarter les autres bruits – le sifflement du vent, le froissement des tissus, le cri perçant des oiseaux... Les voix provenaient du toit. Elles devinrent plus fortes, plus chantantes, avant de s'éclaircir. Dee et Morrigan ! Perry perçut de la peur dans la voix de l'homme gris et de la colère dans les cris aigus de la déesse des Corbeaux.

– Elle doit payer pour cet affront !

– Elle fait partie des Aînés, elle est donc intouchable. Vos semblables et les miens ne peuvent pas s'en prendre à elle, déclara Dee, essayant en vain de calmer Morrigan.

– Personne n'est intouchable. Elle s'est mêlée de ce qui ne la regardait pas ! C'était presque gagné, mes créatures déferlaient sur la voiture quand son Vent Fantôme les a chassées.

– Résultat, Flamel, Scathach la Guerrière et les deux humani se sont volatilisés, résonna la voix de Dee.

Les sourcils froncés, Perry se concentrait sur chacun de leurs mots. Elle était ravie d'apprendre que Nicolas avait eu l'idée de chercher auprès de Scathach, une alliée formidable.

– C'est comme s'ils avaient disparu de la surface de la Terre ! poursuivit Dee.

– Ils *ont* disparu de la surface de la Terre, aboya Morrigan. Il les a emmenés dans le royaume des Ombres de Hécate.

Perry hocha la tête. Évidemment ! Nicolas avait frappé à la bonne porte. L'entrée du royaume des Ombres de Hécate à Mill Valley se trouvait à proximité de San Francisco. Bien que Hécate ne fût pas vraiment une amie des Flamel, elle n'avait pas conclu d'alliance avec Dee et les Ténébreux.

– Nous devons les suivre, affirma Morrigan.

– Impossible, décréta Dee. Je n'ai ni les talents ni les pouvoirs pour pénétrer dans le royaume de Hécate.

Il se tut un instant avant d'ajouter :

– Vous non plus. Elle est de la Première Génération des Aînés et vous de la Suivante.

– Attention ! Elle n'est pas la seule de la côte Ouest ! s'exclama Morrigan, triomphante.

– À qui pensez-vous ? demanda Dee, dont la peur fit ressortir l'accent anglais originel.

– Je sais où trouver Bastet, lança Morrigan.

Adossée à la pierre froide, Pernelle Flamel laissa ses sens revenir peu à peu. Puis elle réfléchit : que fallait-il penser de sa découverte ?

Les implications étaient horrifiantes. Morrigan s'apprêtait à réveiller Bastet avant d'attaquer le royaume des Ombres de Hécate pour récupérer les pages du Codex.

Perry en frissonna. Elle n'avait jamais rencontré Bastet – elle ne connaissait personne qui l'aurait vue durant ces trois derniers siècles et aurait survécu pour en parler. Pourtant tout le monde connaissait sa réputation. Comptant parmi les Aînés les plus puissants, Bastet était vénérée en Égypte depuis l'avènement de l'homme. Perry n'avait aucune idée de l'étendue des forces magiques de cette magnifique jeune femme à tête de chat.

Elle savait juste que les événements s'accéléraient ; quelque chose d'immense se préparait. Plusieurs siècles plus tôt, quand elle et Nicolas avaient découvert le secret de l'immortalité, ils s'étaient aperçus que l'allongement de leur existence leur permettait d'appréhender le monde sous un angle différent. Ils ne faisaient plus de projets pour les jours ou semaines à venir, mais pensaient en décennies. Perry comprenait désormais pourquoi les Aînés, dont la vie était infiniment plus longue, se projetaient sur des siècles. Cela signifiait aussi que les choses avançaient avec une lenteur extraordinaire.

Aujourd'hui, Morrigan était donc réapparue ! La dernière fois qu'elle avait foulé la Terre des Hommes, elle avait été aperçue dans les tranchées boueuses de la Somme pendant la Première Guerre mondiale. Avant, on l'avait vue rôder sur les champs de bataille sanglants de la Guerre de Sécession américaine. La déesse des Corbeaux était attirée par la mort et son odeur exécrable. Elle faisait aussi partie des Aînés qui soutenaient que les hommes vivaient sur cette Terre pour les servir.

Nicolas et les jumeaux étaient à l'abri dans le royaume des Ombres de Hécate, mais pour combien de temps ? Bastet était de la Première Génération. Ses pouvoirs égalaient ceux de Hécate… Et si la déesse des Chats et la déesse des Corbeaux, associées à Dee et à sa magie alchimique, attaquaient Hécate, ses défenses tiendraient-elles ? Perry l'ignorait.

Que deviendraient Nicolas, Scathach et les jumeaux ?

Elle chassa les larmes qui lui montaient aux yeux. Nicolas aurait six cent soixante-dix-sept ans le 28 septembre, dans trois mois. Il était assez grand pour s'occuper de lui, même si sa maîtrise des incantations pratiques était assez limitée, et son étourderie légendaire. L'été précédent, par exemple, il ne savait plus parler anglais et ne s'exprimait qu'en vieux français. Il avait fallu plus d'un mois à Pernelle pour lui réapprendre la langue. Peu avant, il avait traversé une période où il signait ses chèques en caractères grecs et araméens. Pernelle esquissa un sourire. Son mari parlait couramment seize langues, et dix autres un peu moins bien. Il savait lire et écrire vingt-deux d'entre elles – même si ces derniers temps il n'avait pas souvent l'occasion de pratiquer son linéaire B, son cunéiforme ou ses hiéroglyphes.

La femme de l'Alchimiste soupira : que faisait-il en cet instant ? Il s'inquiétait sûrement pour elle ; mais il avait les jumeaux et les pages du Codex que Josh avait arrachées à protéger. Elle devait lui transmettre un message ; il fallait qu'il sache qu'elle allait bien et qu'un grand danger les guettait.

L'un des premiers dons que la jeune femme connue sous le nom de Pernelle Delamere avait découvert en grandissant était sa capacité à communiquer avec les morts. À son septième anniversaire, elle s'était aperçue qu'elle était l'une des rares personnes à voir quotidiennement des images vacillantes en noir et blanc.

La veille de ses sept ans, sa grand-mère adorée, Mamon, décéda. Sous les yeux de Pernelle, le corps flétri de la vieille dame fut ôté du lit où elle avait passé les dix dernières années de sa vie et déposé dans un cercueil. La fillette avait suivi le cortège funèbre le long des rues de Quimper jusqu'au cimetière qui surplombait la mer.

Quand la petite boîte grossièrement taillée avait été mise en terre, Pernelle était rentrée chez elle, où elle trouva Mamon assise dans son lit, les yeux pétillants de malice, comme à son habitude. Seule différence, elle avait perdu ses couleurs : un peu floue, elle lui apparaissait en noir et blanc. Par ailleurs, son image ne cessait de clignoter.

À cet instant, Pernelle comprit qu'elle pouvait voir les fantômes. Et lorsque Mamon se tourna vers elle et lui sourit, elle sut qu'ils pouvaient la voir aussi.

Assise dans la petite cellule sans fenêtre, Pernelle étendit les jambes et posa les mains à plat sur le béton froid. Au fil des années, elle avait conçu une série de protections contre les intrusions intempestives des morts. En effet, elle avait appris à ses dépens que les personnes décédées, les plus vieilles en particulier, manquaient prodigieusement de bonnes manières : elles surgissaient toujours au moment le moins opportun. Elles aimaient les salles de bains en particulier ; cet endroit tranquille offrant de nombreuses surfaces réfléchissantes leur convenait à la perfection. Un jour, se souvint Pernelle, alors qu'elle se brossait les dents, le fantôme d'un président américain était apparu dans le miroir devant elle. Elle avait failli en avaler sa brosse à dents.

La jeune fille s'était vite rendu compte que les fantômes ne percevaient pas certaines couleurs, comme le bleu, le vert et quelques nuances de jaune. Riche de cette connaissance, elle s'efforça d'accentuer ces couleurs dans son aura et, peu à peu, créa un écran qui la rendait invisible pour les silhouettes des morts qui se rassemblaient dans le royaume des Ombres.

Les yeux grands ouverts, Pernelle se concentra sur son aura. Blanc laiteux, son halo naturel attirait à elle tous les fantômes, à la manière d'un phare dans la nuit. Par-dessus, comme autant de couches de peinture, elle avait superposé des auras bleu électrique, vert émeraude, jaune pâle. Les unes après les autres, Pernelle éteignit les couleurs en commençant par le jaune, puis le vert, et enfin le bleu défensif.

Tels des papillons de nuit fascinés par une lanterne, les fantômes s'approchèrent, subjugués par son aura couleur de glace. Ils révélèrent leur existence tour à tour – hommes, femmes et enfants vêtus chacun des habits de son époque. Les yeux verts de Pernelle scrutèrent les images mouvantes sans s'arrêter sur l'une d'elles en particulier. Elle écarta les femmes et les fillettes en robes élégantes du XVIIIe siècle, les hommes du XIXe, en bottes, l'étui de pistolet au côté, et se concentra sur les fantômes en vêtements du XXe siècle. Son choix se porta sur un homme d'un certain âge, habillé d'un uniforme récent d'agent de sécurité. Après avoir doucement repoussé les autres silhouettes, elle interpella le vigile.

Pernelle comprenait que les sociétés modernes et sophistiquées aient peur des fantômes. Pourtant, il n'y avait aucune raison de les craindre : un fantôme n'est rien de plus que les vestiges de l'aura d'une personne, restés attachés à un endroit en particulier.

– En quoi puis-je vous être utile, madame ?

L'ombre parlait d'une voix forte, avec l'accent de la côte Est. Le fantôme était originaire de Boston sans doute. Grand et droit, tel un vieux soldat, il devait avoir une soixantaine d'années.

– Pouvez-vous me dire où je me trouve ?

– Vous êtes dans les sous-sols du siège social d'Enoch Enterprises, à l'ouest de Telegraph Hill. La Coit Tower est à une centaine de mètres d'ici, ajouta-t-il fièrement.

– Vous semblez sûr de vous.

– Un peu ! J'ai travaillé trente ans ici, pour Enoch Enterprises et d'autres avant eux. On a toujours besoin de gardien dans des endroits pareils. Je peux me vanter de ne pas avoir eu une effraction au cours de ma carrière, l'informa-t-il.

– Voilà de quoi être fier, Monsieur…

Le fantôme ne répondit pas sur-le-champ. Son image clignotait à toute allure.

– Miller, reprit-il enfin. C'était mon nom. Jefferson Miller. Ça fait un petit moment qu'on ne me l'a pas demandé. En quoi puis-je vous servir ?

– Eh bien, vous m'avez déjà été d'une grande aide. Je sais au moins que je n'ai pas quitté San Francisco.

– Où pensiez-vous être ? se renseigna le fantôme, les yeux rivés sur elle.

– Je crois que je me suis endormie. J'ai eu peur qu'on m'ait conduite loin d'ici, expliqua-t-elle.

– Seriez-vous détenue contre votre gré, madame ?

– Oui.

L'ombre s'approcha :

– Alors, ce n'est pas normal.

Il y eut une longue pause, pendant laquelle son image tremblota.

– Je crains ne pas pouvoir faire grand-chose pour vous, continua-t-il. Je suis un fantôme, comme vous voyez.

– Je sais, répondit-elle avec un sourire. Je m'interrogeais juste pour savoir si vous étiez au courant…

C'était une des raisons pour lesquelles certains fantômes demeurent au même endroit : ils ignorent simplement qu'ils sont morts !

Le vieux vigile éclata de rire :

– J'ai essayé de partir… mais quelque chose me retient. Peut-être ai-je passé trop de temps ici de mon vivant ?

– Je peux vous aider à vous en aller si vous le désirez. Il suffit d'en formuler le souhait.

– J'aimerais beaucoup, déclara Jefferson Miller. Ma femme, Ethel, est décédée dix ans avant moi. Parfois je crois entendre son appel depuis les royaumes des Ombres.

– Elle veut que vous la rejoigniiez. Oui, je peux vous aider à rompre les liens qui vous attachent à cet endroit.

– Qu'attendriez-vous de moi en échange ?

– Eh bien… peut-être accepteriez-vous de transmettre un message à mon mari ?

CHAPITRE DIX-SEPT

Sophie et Josh suivirent Scathach à travers la maison de Hécate. Tout leur rappelait qu'ils se trouvaient à l'intérieur d'un arbre : les sols, les murs et les plafonds étaient en bois ; çà et là, des bourgeons et des pousses vertes parsemaient les murs, comme si le bois continuait de grandir.

La main posée sur l'épaule de son frère, Sophie notait le moindre détail. La maison semblait composée d'une série de pièces circulaires qui communiquaient les unes avec les autres. De grands arbres à l'écorce rouge s'élevaient au centre de certaines de ces chambres, par ailleurs vides. Sur un côté, dans une salle bien plus grande que les autres, ils entraperçurent une grande mare ovale. D'immenses nénuphars à fleurs blanches se regroupaient au milieu, lui donnant l'apparence d'un gros œil immobile. Une autre pièce comportait des carillons éoliens en bois, accrochés aux branches de son arbre rouge. Chaque mobile était de taille et de forme différentes ; certains étaient décorés de gravures ou de symboles sculptés. Ils pendaient, immobiles et silencieux, jusqu'à ce que Sophie les fixe avec attention. Lentement, ils s'entrechoquèrent, émettant des sons mélodieux. On aurait dit un murmure lointain. Sophie serra l'épaule de Josh pour attirer son attention ; mais son jumeau regardait droit devant lui, le front ridé à force de se concentrer.

– Il n'y a personne dans cette maison ? s'enquit-il.

– Seulement Hécate, affirma Scathach. Les Aînés sont des créatures solitaires.

– Ils sont encore nombreux ? demanda Sophie.

Scathach s'arrêta devant une porte ouverte et regarda la jeune fille par-dessus son épaule :

– Plus que vous le pensez. La majorité d'entre eux refusent tout contact avec les humani et s'aventurent rarement hors de leur royaume des Ombres personnel. D'autres, comme les Ténébreux, vouent un culte au passé. Pour perpétuer les anciennes méthodes, ils se servent d'agents comme Dee.

– Et vous ? l'interrogea Josh. Aimeriez-vous revivre le passé ?

– Franchement, ce n'était pas si génial… surtout pour les humani.

Ils trouvèrent Nicolas Flamel dehors, assis sur une branche d'arbre qui servait de passerelle. Poussant à l'horizontale du tronc principal, elle mesurait au moins trois mètres de long et descendait vers le sol, pour s'y enfoncer près d'un bassin en forme de croissant. Sophie jeta un coup d'œil en contrebas et fut surprise de voir au milieu des algues vertes de minuscules visages presque humains qui contemplaient le ciel, bouche et yeux grands ouverts. Sur la passerelle, cinq chaises munies d'un grand dossier étaient disposées autour d'une table ronde. Des assiettes en bois magnifiquement sculptées à la main et d'élégants verres à pied en bois les attendaient, ainsi que des morceaux de pain chaud et d'épaisses tranches de fromage. Deux grandes coupes de fruits – pommes, oranges, grosses cerises – trônaient au centre de la table. L'Alchimiste pelait lentement une pomme vert émeraude à l'aide d'un éclat triangulaire de pierre noire qui ressemblait à une pointe de flèche. Il donnait aux pelures vertes la forme de lettres.

Scatty se glissa dans le siège voisin.

– Hécate ne se joint pas à nous ? demanda-t-elle.

Elle prit une lettre verte et la mâchonna.

– Je crois qu'elle se change pour le dîner, annonça Flamel, qui éplucha une autre pomme pour remplacer la lettre manquante.

Il leva les yeux :

– Josh, Sophie, asseyez-vous, s'il vous plaît. Notre hôtesse ne va plus tarder. Nous mangerons bientôt. Vous devez être fatigués.

– Je suis épuisée, avoua Sophie.

Elle peinait à garder les yeux ouverts. Elle avait peur de s'assoupir, consciente que sa fatigue était due à la magie de cet endroit qui se nourrissait de son énergie.

– Quand pourrons-nous rentrer chez nous ? demanda Josh qui refusait d'admettre que lui aussi était épuisé. Il avait mal partout, comme s'il couvait la grippe.

Nicolas Flamel coupa net un quartier de pomme et le jeta au fond de sa bouche :

– Je crains que vous ne puissiez pas rentrer avant un bon bout de temps.

– Pardon ? s'exclama Josh.

Flamel soupira, posa la pointe de flèche et la pomme, puis mit les mains à plat sur la table.

– Pour l'instant, Dee et Morrigan ne savent pas qui vous êtes. C'est la seule raison pour laquelle vous êtes en sécurité, ainsi que votre famille.

– Notre famille ? souffla Sophie, affolée.

L'idée que son père ou sa mère soient en danger lui souleva le cœur. Le choc fut aussi brutal pour Josh, dont les lèvres se crispèrent et blanchirent.

– Dee est très consciencieux, poursuivit Flamel. Il protège un secret vieux d'un millénaire, et il ne se contentera pas de vous tuer. Un malheur va arriver à tous ceux que vous connaissez ou que vous avez côtoyés. Je donne ma main à couper que *La Tasse de Café* de Fiona brûlera du sol au plafond, simplement parce que Sophie a travaillé là-bas. Fiona elle-même risque de mourir dans l'incendie.

– Elle n'a rien à voir avec cette histoire ! protesta Sophie.

– Oui, seulement Dee l'ignore. Et puis, il s'en moque. Il travaille avec les Ténébreux depuis si longtemps qu'il a autant de considération pour les humani qu'eux. Il les traite comme du bétail.

– Nous ne raconterons à personne ce que nous avons vu ! intervint Josh. De toute façon, qui nous croirait… ?

– Si on se tait, personne ne sera jamais au courant, enchérit Sophie. Nous n'en parlerons à qui que ce soit. Dee ne nous retrouvera jamais.

Tandis que les mots s'envolaient de sa bouche, Sophie comprit que c'était sans espoir. Maintenant qu'ils connaissaient l'existence du Codex, Josh et elle étaient piégés, comme l'avaient été Perry et Nicolas.

– Oh que si ! Il vous trouvera, déclara Flamel.

Il se tourna vers la Guerrière :

– Combien de temps penses-tu qu'il faudra à Dee ou aux espions de Morrigan pour découvrir où ils se cachent ?

– Pas longtemps, marmonna-t-elle. Deux heures au maximum. Les rats ou les oiseaux vous localiseront bientôt ; puis ce sera au tour de Dee d'entrer en action.

– Une fois que vous avez été enveloppés par la magie, vous êtes transformés à jamais.

Flamel agita la main droite devant lui, laissant une légère fumée vert pâle dans les airs.

– Vous laissez une trace, continua-t-il avant de souffler sur la fumée verte qui s'enroula sur elle-même et se dissipa.

– Une odeur ? s'enquit Josh.

– Oui, vous sentez la magie sauvage. Vous en avez respiré une bouffée tout à l'heure, quand Hécate vous a touchés. Qu'avez-vous senti ?

– L'orange, répondit Josh.

– La glace à la vanille, enchaîna Sophie.

– Et plus tôt, quand Dee et moi nous sommes battus, qu'avez-vous senti ?

– La menthe et les œufs pourris ! s'écria Josh.

– Tout magicien possède une odeur distinctive, une sorte d'empreinte magique. Vous devez apprendre à vous servir de vos sens. Les hommes n'en exploitent qu'une toute petite partie. Ils regardent à peine, écoutent mal, ne sentent jamais, et pensent que la seule sensation valable est celle du toucher. En revanche, qu'est-ce qu'ils parlent ! Cela explique la sous-exploitation de leurs sens... Quand vous retournerez dans votre monde, vous serez capables de reconnaître ceux qui possèdent ne serait-ce qu'un soupçon d'énergie magique.

Il coupa un autre quartier de pomme et le mangea.

– Vous remarquerez un parfum particulier, précisa-t-il, ou vous percevrez un miroitement autour de leur corps.

Sophie prit une cerise de la taille d'une tomate.

– Au bout de combien de temps cette impression s'estompe-t-elle ? voulut-elle avoir.

– Elle ne s'estompe jamais ; au contraire, elle se renforce. Rappelez-vous : à partir d'aujourd'hui, votre vie sera complètement différente.

Josh croqua dans une pomme. Du jus coula le long de son menton.

– On dirait que c'est une mauvaise nouvelle, grommela-t-il en s'essuyant avec sa manche.

Flamel, qui s'apprêtait à répondre, bondit soudain sur

ses pieds. Scathach se leva aussi, plus lentement, en silence. Sophie les imita ; seul Josh restait assis. Sophie l'attrapa par la manche et l'obligea à se mettre debout. Puis elle se tourna pour regarder la déesse aux Trois Visages.

Ce n'était pas Hécate.

La femme qu'ils avaient vue semblait avoir une cinquantaine d'années. Elle était grande et élégante, et avait des cheveux blancs coupés court, la peau noire et lisse. Celle qui avançait vers eux était beaucoup plus âgée ; pourtant elle avait un air de famille avec Hécate. « Sa mère ou sa grand-mère », songea Sophie. Grande elle aussi, elle était voûtée et s'appuyait sur un long bâton noir superbement sculpté. Un réseau de rides creusait son visage ; ses yeux enfoncés dans leurs orbites luisaient d'un jaune étrange. Sur son crâne chauve avaient été tatoués des dessins compliqués. Elle portait la même robe que Hécate, le tissu métallique se colorait à chacun de ses mouvements de rouge et de noir.

Sophie cligna des yeux, les ferma, les rouvrit... Une très légère aura entourait la femme, comme si elle exhalait une fine brume blanche. À chaque pas, elle laissait derrière elle des filets de brume.

Sans prêter attention aux autres, la vieille femme s'installa en face de Nicolas Flamel. Dès qu'elle fut assise, Flamel et Scathach prirent place, aussitôt imités par Sophie et Josh. Intrigués, les jumeaux regardèrent les convives tour à tour en attendant une explication.

La femme s'empara d'un gobelet en bois, mais ne but pas. À cet instant, quatre jeunes hommes quasiment identiques, grands et musclés, sortirent du tronc de l'arbre, chargés de plateaux croulant sous la nourriture. Ils les disposèrent au centre de la table avant de s'effacer en silence. Un détail de leur physique interpella les jumeaux : les angles de leur crâne étaient bizarres. Le front formait une arête au-dessus des yeux, le nez était court et épaté, les pommettes saillantes, le menton fuyant. Des dents jaunes étaient à peine visibles derrière les lèvres fines. Torse nu, pieds nus, ils portaient de simples kilts en cuir, sur lesquels avaient été cousues des plaques rectangulaires en métal. Le torse, les jambes et la tête étaient couverts d'épais poils roux.

Un peu gênée de les fixer ainsi, Sophie se dépêcha de détourner le regard. Ces individus ressemblaient à une espèce d'hominidés primitifs. Cependant il ne s'agissait ni de l'homme de Neandertal ni de Cro-Magnon. Son père lui avait appris à les reconnaître. Il avait aussi dans son bureau le crâne en plâtre d'un australopithèque, d'un homme de Pékin et de grands singes. Or ces quatre-là n'appartenaient à aucun de ces groupes. Et puis ils avaient les yeux d'un bleu étincelant qui laissaient paraître une profonde intelligence.

– Ce sont des Torc Allta, déclara-t-elle.

Sophie se figea quand ils se tournèrent tous vers elle. Elle avait parlé à voix haute.

Josh, qui examinait avec méfiance un morceau de poisson pêché dans un grand plat de ragoût, leva les yeux.

– Je le savais, prétendit-il.

Sophie lui donna un coup de pied sous la table.

– Menteur ! chuchota-t-elle. Tu étais trop occupé par la nourriture.

– J'ai faim, lui murmura-t-il à l'oreille. Quant à ceux-là, ils ont été trahis par leurs cheveux roux et leur nez de cochon.

– J'espère pour vous qu'ils ne vous ont pas entendus, les interrompit Flamel. Les juger sur leur apparence et commenter ce que vous découvrez serait une grosse erreur. Les critères et les normes qui s'appliquent ici n'ont rien à voir avec tout ce que vous connaissez. En ces lieux, les mots peuvent tuer… littéralement.

– Ou *vous* tuer, enchérit Scathach.

Elle avait empilé dans son assiette un assortiment de légumes, pour la plupart inconnus des jumeaux. Elle fit un signe de tête en direction de l'arbre.

– Mais vous avez raison, poursuivit-elle. Ce sont des Torc Allta sous leur forme humaine. Probablement les plus grands guerriers de tous les temps.

– Ils vous accompagneront quand vous quitterez notre monde, intervint soudain la vieille femme, dont la voix était étonnamment forte pour un corps aussi frêle.

Flamel s'inclina :

– Nous serons honorés par leur présence.

– Ne le soyez pas, lâcha la femme. Ils ne se contenteront pas de vous protéger, ils veilleront à ce que vous quittiez bien mon royaume.

Elle étira ses longs doigts sur la table. Sophie remarqua que chaque ongle était peint d'une couleur différente. Bizarrement, les dessins étaient identiques à ceux de Hécate.

– Vous ne pouvez pas rester ici, annonça soudain la femme. Vous devez partir.

Les jumeaux se dévisagèrent : pourquoi se montrait-elle aussi grossière ?

Scathach s'apprêtait à riposter quand Flamel lui attrapa la main.

– Nous n'en avons pas l'intention, répondit-il.

En cette fin d'après-midi, la lumière du soleil filtrant à travers les arbres lui tachetait le visage, transformait ses yeux pâles en miroirs.

– Quand Dee a attaqué mon magasin et pris le Codex, je me suis rendu compte que je n'avais nulle part ailleurs où aller.

– Vous auriez dû choisir le Sud, déclara la vieille femme.

Sa robe était à présent noire et les fils rouges faisaient penser à des veines.

– Vous auriez été les bienvenus là-bas. Je vous demande de vous en aller.

– Je suis venu à vous, car j'ai compris que la prophétie se réalisait, insista Flamel.

Les jumeaux qui suivaient l'échange avec attention s'étonnèrent quand il jeta un bref coup d'œil dans leur direction.

La vieille femme tourna la tête et les regarda elle aussi avec ses yeux couleur de beurre. Son visage desséché se fendit en un sourire froid qui dévoila de petites dents jaunes.

– J'y ai pensé. Je suis convaincue que la prophétie ne

se réfère pas à des humani... et encore moins à des enfants humani, siffla-t-elle.

Le mépris qu'elle affichait poussa Sophie à prendre la parole :

– J'aimerais que vous arrêtiez de parler de nous comme si nous n'étions pas là.

– De toute façon, enchaîna Josh, votre fille compte nous aider. Et si nous l'attendions, histoire de voir ce qu'elle pense ?

La femme cligna des yeux. Ses sourcils arqués trahirent son étonnement :

– Ma fille ?

Scathach écarquilla les yeux. Par surprise ou pour le mettre en garde ?

– Oui, la femme que nous avons rencontrée cet après-midi, s'obstina-t-il. Une femme plus jeune... Votre fille ou votre petite-fille. Elle nous a accueillis avec bienveillance, elle !

– Je n'ai jamais eu de fille, et encore moins de petite-fille !

Les longs pans rouges et noirs de sa robe flamboyèrent. Ses lèvres se retroussèrent et elle aboya quelques mots incompréhensibles. Ses doigts se recroquevillèrent telles des serres ; une odeur de citron vert emplit soudain l'air. De minuscules boules de lumière verte s'accumulèrent dans la paume de ses mains.

Tout à coup, Scathach planta une dague à double tranchant au milieu de la table. Celle-ci se fendit en deux avec fracas ; des éclats de bois volèrent tout autour et les coupes de fruits s'écrasèrent sur le sol. La vieille femme recula avec sa chaise. La lumière verte s'écoulait de ses doigts comme un liquide. Le filet lumineux dévala la passerelle en sifflant et en crachotant avant de disparaître dans les fourrés.

Aussitôt, les quatre Torc Allta se postèrent derrière la vieille femme, des épées courbées semblables à des faux à la main. Trois autres créatures à l'aspect porcin jaillirent des sous-bois, montèrent la passerelle au pas de charge et prirent place derrière Flamel et Scatty.

Pétrifiés de peur, les jumeaux ne comprenaient pas ce qu'il se passait. Nicolas Flamel, imperturbable, continuait à manger sa pomme. Calmement, Scathach rengaina sa dague et croisa les bras avant de s'adresser à la femme. Ses lèvres bougeaient, mais Sophie et Josh n'entendirent que le bourdonnement métallique d'un moustique.

La vieille femme ne répondit pas. Le visage aussi impassible qu'un masque, elle quitta la table, escortée par ses gardes. Ni Flamel ni Scathach ne se levèrent.

Durant le long silence qui s'ensuivit, Scathach se baissa pour ramasser quelques fruits et légumes tombés à terre, les épousseta, les remit dans la seule coupe en bois qui avait échappé à la destruction et commença à manger.

Josh ouvrit la bouche pour poser la question qui le taraudait, et qui brûlait aussi les lèvres à Sophie ; mais celle-ci lui pinça le bras sous la table pour le faire taire. Une grave crise venait de se dérouler sous leurs yeux et d'une manière ou d'une autre, Josh était impliqué.

– Cela ne s'est pas trop mal passé, vous ne trouvez pas ? lança Scathach.

Flamel finit sa pomme, puis essuya la pointe de flèche noire sur une feuille :

– Pas trop mal ? répéta-t-il.

Scathach croqua une carotte crue :

– Nous sommes encore vivants, et toujours dans le royaume des Ombres. Cela pourrait être pire ! Le soleil se couche, notre hôtesse a besoin de se reposer. Demain matin, elle sera une personne différente. Elle ne se souviendra probablement pas de l'incident de ce soir.

– Que lui as-tu dit ? demanda Flamel. Je n'ai jamais pu maîtriser la langue des Aînés.

– Je lui ai simplement rappelé le vieux devoir d'hospitalité, et je lui ai assuré que l'affront était dû à une méconnaissance de la réalité, donc involontaire. Selon les lois des Aînés, il n'y avait donc pas eu crime.

– Elle a peur…, murmura Flamel, les yeux rivés sur le grand tronc d'arbre.

Le plus gros des Torc Allta se tenait à l'extérieur et bloquait la porte.

– Elle a toujours peur à la tombée de la nuit, reprit l'Alchimiste. C'est à ce moment-là qu'elle est le plus vulnérable.

– Nous apprécierions beaucoup, intervint Sophie, que quelqu'un nous explique ce qui vient de se passer ici.

Comme tous les adolescents, elle détestait que les adultes parlent entre eux et ignorent sa présence.

Scathach lui sourit. Soudain, ses dents de vampire parurent très longues.

– Ton jumeau a réussi l'exploit d'insulter une Aînée et a failli être réduit en bouillie verte pour son crime.

Josh secoua la tête :

– Mais je n'ai rien fait !

Il chercha du soutien auprès de sa sœur tout en se remémorant sa conversation avec la vieille femme.

– J'ai simplement dit que sa fille ou sa petite-fille avait promis de nous aider.

Scathach rit doucement :

– Le problème, c'est qu'elle n'a ni fille ni petite-fille. La femme que tu as vue cet après-midi se nomme Hécate, ainsi que la vieille femme de ce soir et la jeune fille que tu rencontreras demain matin. Ces trois femmes ne font qu'une.

– La déesse aux Trois Visages, enchaîna Flamel.

– Hécate est condamnée à vieillir au cours de la journée. Jeune fille le matin, femme d'âge mûr l'après-midi, elle devient cette vieille sorcière le soir. Il ne faut surtout pas lui parler de son âge.

– Je ne pouvais pas le savoir ! s'écria Josh.

– En effet…, fit Scatty. Seulement, ton ignorance aurait pu te coûter la vie… ou pire.

– Pourquoi avez-vous démoli la table ? l'interrogea Sophie.

La table circulaire, fendue en son centre par le couteau de la Guerrière, n'était plus qu'une ruine.

– Le fer, répondit Scatty.

– Un surprenant effet secondaire de ce métal, enchaîna Flamel. Il est capable d'invalider la plus puissante des magies. La découverte du fer a réellement marqué la fin du pouvoir des Aînés dans ce monde.

Il montra aux jumeaux la pointe de flèche en pierre noire :

– Voilà pourquoi je me servais de ceci. Les Aînés deviennent nerveux en présence du fer.

– Mais vous en portez sur vous, fit remarquer Sophie à Scatty.

– Je n'appartiens pas à la Première Génération. Je ne suis pas pure comme Hécate. Je supporte le contact du fer.

Josh humecta ses lèvres sèches. Il repensait à la lumière verte qui s'était écoulée des paumes de Hécate.

– Quand vous avez dit « bouillie verte », vous pensiez à quoi exactement ? voulut-il savoir.

– À une bouillie verte et gluante, répondit Scathach. Rien de bien ragoûtant. J'ai cru comprendre que la victime restait consciente quelque temps. Dis, Flamel, je ne me souviens pas d'avoir vu quelqu'un contrarier un Aîné et survivre. Et toi ?

Flamel se leva :

– Espérons qu'elle l'aura oublié à son réveil. Sophie, Josh, allez vous reposer. La journée de demain risque d'être très longue.

– Pourquoi ? demandèrent-ils en chœur.

– Parce que demain il me faudra convaincre Hécate d'éveiller votre potentiel magique. Si vous voulez rester en vie les prochains jours, je vais devoir vous enseigner les rudiments de l'art de la magie.

CHAPITRE DIX-HUIT

Sophie et Josh suivirent Scathach à l'intérieur de l'arbre. Une fois que la porte se fut fermée derrière eux, les yeux incolores de Flamel trahirent son inquiétude. Ils l'avaient échappé belle : en un claquement de doigts, Hécate aurait pu transformer Josh en liquide bouillonnant. Aurait-elle pu le reconstituer au petit matin ? Pas sûr. Il devait éloigner les jumeaux de la déesse avant que leur ignorance ne les perde.

Flamel s'écarta de la table détruite et descendit la passerelle jusqu'au bassin. Il sauta de la branche et se retrouva sur un chemin étroit en terre battue qui le longeait. Il y avait une multitude d'empreintes dans la boue – de sangliers, d'hommes, d'un curieux mélange des deux. Il savait qu'on l'épiait, que chacun de ses mouvements était analysé par des créatures dissimulées dans les bois. Il se doutait que les Torc Allta n'étaient pas les seuls gardes de Hécate.

L'Alchimiste s'accroupit au bord de l'eau, prit une profonde inspiration et s'accorda un instant de répit. Cette journée avait été une des plus mouvementées de sa vie et il était épuisé.

Depuis l'instant où Dee avait kidnappé Perry, volé le Codex, où les jumeaux étaient apparus, il avait su que l'une des premières prophéties qu'il avait lues dans le Livre quelque cinq cents ans plus tôt se réalisait.

Les deux qui ne sont qu'un et celui qui est tout.

Le Codex était rempli d'expressions énigmatiques et de proverbes incompréhensibles. La plupart parlaient de la destruction de Danu Talis, la patrie de la race des Aînés ; mais le grimoire contenait également une série de prophéties en rapport avec le retour des Ténébreux, la destruction et l'asservissement des humani.

Le jour viendra où le Livre sera dérobé…

Pas besoin d'être devin pour comprendre.

… Et l'homme de la Reine allié au Corbeau…

Soit le Dr John Dee en personne. Il avait été le magicien personnel de la reine Élisabeth. Quant au Corbeau, c'était Morrigan.

L'Aîné sortira des Ombres…

Flamel savait que Dee travaillait depuis des siècles pour les Ténébreux. Des rumeurs laissaient entendre qu'ils étaient toujours plus nombreux à quitter leur royaume des Ombres afin d'explorer à nouveau le monde des humani.

... Et l'Immortel devra instruire le mortel. Ainsi, les deux qui ne sont qu'un deviendront celui qui est tout.

Nicolas Flamel était l'immortel de la prophétie. Il en était persuadé. Les jumeaux, ou « les deux qui ne sont qu'un », devaient être le mortel dont il serait le professeur. Par contre, il ignorait à quoi se référait l'expression « celui qui est tout ».

Par un concours de circonstances, les jumeaux étaient désormais sous sa protection, et il avait juré qu'il ne leur arriverait aucun mal. Maintenant qu'il croyait qu'ils étaient destinés à jouer un rôle crucial dans la guerre contre les Ténébreux, sa détermination était encore plus grande. Nicolas avait pris un risque incroyable en emmenant Josh et Sophie auprès de la déesse aux Trois Visages, en compagnie de Scathach qui plus est. Le différend entre la Guerrière et la déesse était plus vieux que la plupart des civilisations. Parmi les Aînés, Hécate était l'une des plus dangereuses. Dotée d'immenses talents, elle était capable d'éveiller les pouvoirs magiques enfouis dans toute créature sensible. Cependant, comme de nombreux Aînés, son métabolisme était lié au cycle jour/nuit. Elle vieillissait en une journée, mourait au coucher du soleil et renaissait à son lever sous la forme d'une jeune fille. Cette particularité troublait ses pensées, et parfois, comme tout à l'heure, la vieille Hécate oubliait les promesses faites au moment où elle était femme. Flamel espérait réussir à raisonner Hécate adolescente le lendemain au petit matin et la convaincre d'éveiller l'extraordinaire potentiel des jumeaux.

L'Alchimiste savait que chaque personne détenait une

part de magie en elle. Une fois stimulée, cette magie avait tendance à gagner en puissance sans intervention extérieure. Parfois, très rarement, les enfants présentaient des aptitudes incroyables – télépathie, télékinésie, voire une combinaison des deux. Certains se rendaient compte de ce qui leur arrivait et parvenaient à maîtriser leurs pouvoirs croissants, tandis que d'autres n'y comprenaient rien. Sans formation, sans contrôle, cette énergie magique jaillissait des enfants par vagues, déplaçait les meubles, renversait les gens par terre, creusaient des trous dans les murs et au plafond. On parlait alors de poltergeist, d'esprits frappeurs. Si Hécate éveillait les pouvoirs magiques en sommeil des jumeaux, il se servirait de ses six cents ans d'expérience pour accroître leurs talents. Non seulement il leur donnerait les clés pour se protéger, mais il commencerait à les préparer à leur avenir.

Toujours accroupi au bord du bassin, il fixait l'eau teintée de vert. Des carpes koï rouges et blanches nageaient près de la surface. Au fond, des visages quasi humains le fixaient avec leurs grands yeux vides, la bouche remplie de dents acérées comme des aiguilles. Il préféra ne pas plonger les doigts dans l'eau.

Dans tous les vieux livres de magie, on comptait quatre éléments : l'Air et l'Eau, la Terre et le Feu. Mais des siècles d'étude avaient appris à Nicolas qu'il existait en fait cinq forces de base, la cinquième étant la magie du Temps, la plus puissante de toutes. Les Aînés contrôlaient sans peine les quatre éléments ; mais le secret du temps se trouvait uniquement dans le Codex… Dee et les Ténébreux convoitaient le grimoire pour une simple et bonne raison : contrôler le temps.

Nicolas Flamel et Pernelle avaient passé une grande partie de leur longue vie à étudier les forces élémentaires. Pendant que Perry s'exerçait à différentes formes de magie, lui s'était consacré aux formules et aux théorèmes inscrits dans le Codex. Ils constituaient la base de l'étude de l'alchimie, qui était alors une branche de la science. Il avait appris à changer le métal en or et le charbon en diamant. En réalité, cela impliquait très peu de magie : il s'agissait d'une formule très complexe, qui nécessitait des mois de préparation, alors que la procédure en elle-même était d'une simplicité ridicule. Aussi, il s'enrichit au-delà de ses espérances les plus folles. Suivant les conseils de Perry, il avait fondé des hôpitaux, créé des orphelinats et financé des écoles dans son Paris natal. Il avait apprécié cette époque… Non, il l'avait adorée. La vie était tellement plus agréable alors ! Ils n'avaient jamais entendu parler de la race des Aînés, ils ne se doutaient pas que le Codex contenait autant de chapitres obscurs.

Ces derniers temps, Nicolas se réveillait parfois au beau milieu de la nuit. Une pensée l'obsédait : s'il avait su ce que renfermait le Codex, aurait-il continué ses recherches sur la pierre philosophale ? Le long de son cheminement, il était entré en contact avec la race des Aînés, notamment les Ténébreux, et le redoutable John Dee. Les événements les avaient conduits, Perry et lui à simuler leur propre mort et fuir Paris pour se cacher pendant plus d'un demi-millénaire. L'étude du Codex les avait rendus immortels ; la plupart des nuits, il répondait alors oui à sa question. Oui, en toute connaissance de cause, il aurait poursuivi ses investigations et serait devenu l'Alchimiste.

Mais en de rares occasions, comme aujourd'hui, la réponse était non. Il risquait de perdre Pernelle ; ces innocents jumeaux et Scathach, pas si innocente, étaient en danger de mort (même s'il ne devait pas être facile de la tuer). Il se pourrait aussi que le monde soit condamné par sa faute.

Cette pensée lui donna des frissons. Le Livre d'Abraham était rempli d'histoires, de légendes, de mythes et de contes. Enfin, le croyait-il. Au fil des siècles, ses recherches avaient révélé que ces histoires étaient vraies, ces contes fondés sur des faits, ces légendes et ces mythes de simples comptes rendus concernant des êtres normaux et des événements réels.

La race des Aînés existait. Il s'agissait de créatures d'apparence humaine, en tout cas pour certaines, dotées de pouvoirs divins. Les Aînés avaient régné sur la Terre pendant des dizaines de milliers d'années avant que les êtres qu'ils appelaient humani – les hommes – n'apparaissent. Les premiers humani vouaient un culte à leur race, considérant les uns comme des dieux, les autres comme des démons. Les générations successives avaient créé des mythologies et des systèmes de croyances autour d'un individu ou d'un groupe d'Aînés. Les dieux et les déesses grecs et égyptiens, sumériens, les divinités de la vallée de l'Indus, toltèques et celtes, avaient bel et bien existé. En vérité, il ne s'agissait pas d'une multitude de dieux, mais des mêmes Aînés connus sous des noms différents.

La race des Aînés se divisait en deux groupes : ceux qui travaillaient avec les humani, et ceux qui les traitaient comme des esclaves, voire de la nourriture. Les Aînés s'affrontaient lors de batailles qui duraient des siècles entiers. De temps à autre, les humani combattaient à leurs côtés ; leurs exploits étaient relatés dans de grandes légendes comme celles de Gilgamesh, Cúchulainn, Atlas et Hippolyte, Beowulf et Elie de Murom.

Quand il devint clair que ces guerres risquaient de détruire la planète, le mystérieux Abraham, à l'aide d'incantations très puissantes, obligea la race des Aînés – y compris ceux qui soutenaient les humani – à se retirer de la surface de la Terre. La plupart, comme Hécate, partirent de leur plein gré et s'installèrent dans un royaume des Ombres créé par leurs soins. Par la suite, ils n'eurent que peu de contacts avec les humani. Les autres, comme Morrigan, bien que grandement affaiblis, continuèrent à errer sur Terre et œuvrèrent pour restaurer les anciennes coutumes. D'autres encore, comme Scathach, vivaient incognito parmi les hommes. Flamel finit par comprendre que le Codex contenait les incantations qui avaient chassé les Aînés de ce monde, mais aussi celles qui pouvaient les ramener.

Or, si les Ténébreux réapparaissaient, la civilisation du XXIe siècle serait balayée en quelques heures et les créatures divines s'affronteraient de nouveau. C'était déjà arrivé ; la mythologie et l'histoire appelaient cet événement le Déluge.

Jeudi 31 Mai

À présent, Dee possédait le Livre. Il ne lui manquait que les deux pages que Flamel serrait contre sa peau. Dee et Morrigan chercheraient à les récupérer, et rien ne les arrêterait.

La tête penchée, Flamel rechercha désespérément une solution à ce problème. Si seulement Pernelle était à ses côtés… Elle aurait un plan, elle.

Une bulle éclata à la surface de l'eau.

– *La dame me demande de vous dire…*

Une autre bulle remonta du fond du bassin :

– *… qu'elle va bien.*

Flamel recula, surpris. Des volutes de brume s'élevaient au-dessus de l'eau, de petites bulles claquaient à sa surface. Une silhouette floue y apparut, celle d'un homme âgé, vêtu d'un uniforme de vigile. La forme hésita, se contorsionna au-dessus du bassin. Les derniers rayons du soleil éclairaient les gouttes d'eau, les transformant en un étincelant arc-en-ciel de lumière.

– Êtes-vous un fantôme ? demanda Nicolas.

– Oui, monsieur. Enfin, je l'étais jusqu'à ce que madame Flamel me libère.

– Vous me connaissez ?

Était-ce une ruse de Dee ? Non… Le sorcier était puissant, mais pas au point de violer les défenses du royaume de Hécate.

La brume remua et s'épaissit.

– Je crois bien que oui, monsieur. Vous êtes Nicolas Flamel, l'Alchimiste. Madame Flamel m'a demandé de vous trouver. Elle m'a suggéré de vous chercher, dans ce royaume des Ombres. Elle a entendu Dee mentionner votre présence ici.

– Elle va bien ?

– Oui. Le petit homme appelé John Dee a très peur d'elle, contrairement à l'autre femme.

– Quelle autre femme ?

– Une grande dame vêtue d'une cape en plumes noires.

– Morrigan…, grommela Flamel.

– Ouaip. Voilà le message…

Un poisson bondit au-dessus de la mare. La silhouette se désagrégea en un millier de gouttelettes qui demeurèrent suspendues dans les airs ; chacune contenait une pièce du puzzle représentant le fantôme.

– Madame Flamel vous demande de partir sans tarder. La déesse des Corbeaux rassemble ses troupes pour envahir ce royaume des Ombres.

– Elle n'y arrivera pas. Elle n'en a pas le pouvoir, elle est de la Génération Suivante.

Le poisson sauta de nouveau, éparpillant les gouttes d'eau qui reflétaient le fantôme. La voix de l'apparition se transforma en chuchotements qui mouraient au fur et à mesure que les bulles éclataient :

– Madame Flamel m'a prié de vous dire que la déesse des Corbeaux avait l'intention de réveiller Bastet.

CHAPITRE DIX-NEUF

Appuyée contre le chambranle de la porte de Sophie, Scathach fixait les jumeaux de ses yeux vert pré.

– Reposez-vous, leur conseilla-t-elle. Et ne quittez pas vos chambres. Vous entendrez peut-être des bruits étranges au-dehors – ignorez-les. Tant que vous demeurerez derrière ces murs, vous serez en sécurité.

– Quelle sorte de bruits ? demanda Josh.

Son imagination débordante lui faisait regretter le temps où il jouait à se faire peur sur *Doom* ou *Quake*…

Scathach réfléchit un instant.

– Des hurlements… Des cris d'animaux. Oh ! des éclats de rire aussi. Et, croyez-moi, vous n'aurez vraiment pas envie de savoir qui s'amuse ainsi. Dormez bien, ajouta-t-elle sans aucune ironie.

Josh Newman attendit que la Guerrière ait tourné au bout du couloir pour s'adresser à sa sœur :

– On s'en va ! Nous sommes en danger ici.

Sophie se mordit la lèvre inférieure si fort qu'elle y laissa l'empreinte de ses dents.

– Je pensais la même chose, lâcha-t-elle.

Les événements s'étaient tellement précipités cet après-midi-là qu'elle avait à peine pris le temps de respirer. Sans aucune transition, elle était passée de son salon de thé cosy à une course effrénée dans les rues de San Francisco en compagnie d'un soi-disant alchimiste de six cents ans et d'une guerrière de deux mille cinq cents ans qui en paraissait dix-sept. Vampire de son état, qui plus est.

– Je continue de chercher des caméras cachées, marmonna Sophie.

– Des caméras ? Tu crois ? On aurait été piégés par la télé ?

Mal à l'aise, Josh rougit jusqu'aux oreilles : et s'il avait fait le guignol devant le pays entier ? Jamais il ne pourrait retourner à l'école ! Il inspecta les coins de la pièce ; sans résultat. Cela ne voulait rien dire ; les caméras de la dernière génération étaient si petites qu'elles étaient pratiquement invisibles. Une pensée lui traversa soudain l'esprit :

– Et les oiseaux ? Comment tu expliques leur comportement ?

– Hum... Cette question m'obnubile. Disons que nous avons eu affaire à de remarquables effets spéciaux. Les Torc Allta ? Des animaux dressés et des hommes déguisés. Les rats dans le dojo ? Dressés eux aussi. Mais pas les oiseaux. Ils étaient trop nombreux, et ils ont carrément déchiqueté la voiture.

Oui, les corbeaux l'avaient convaincue que son frère et elle couraient un très grave danger. S'ils étaient réels, le reste l'était aussi.

Josh glissa les mains dans les poches arrière de son jean et s'approcha de la fenêtre ouverte. Le feuillage dense en frôlait le rebord. Alors qu'il n'y avait pas de vitre, pas un seul insecte parmi ceux qui voletaient à l'extérieur n'entrait dans la pièce. Josh recula d'un bond quand un serpent d'un bleu étincelant, aussi gros que son poignet, surgit d'entre les feuilles et agita une langue de quinze centimètres dans sa direction. Le reptile s'enfuit à la vue d'une boule de lumières clignotantes qui approchait à toute vitesse. Quand l'essaim passa devant la fenêtre, Josh aurait juré qu'il était composé d'une dizaine de minuscules femmes ailées. La lumière provenait de leur corps. Il s'humecta les lèvres :

– OK. Admettons que tout ceci est réel… la magie, les races anciennes, etc. Cela me conforte dans mon idée : nous devons absolument partir d'ici.

Sophie rejoignit son frère, qui lui tournait le dos, et lui posa le bras sur l'épaule. Elle était de vingt-huit secondes son aînée – moins d'une demi-minute, lui rappelait sans arrêt Josh. Comme leurs parents s'absentaient souvent, elle avait toujours endossé le rôle de grande sœur. Et même s'il mesurait cinq centimètres de plus qu'elle, il demeurait son petit frère.

– Je suis d'accord, admit-elle avec lassitude. On doit essayer de filer.

Le ton de sa voix fit pivoter Josh :

– Essayer ?

– Je suis sûre qu'ils vont nous poursuivre.

– Tu as raison ! Selon Flamel, Dee est capable de nous pister. Je suis persuadé que Flamel ou Scathach le sont aussi.

– Cela dit, Flamel n'a aucune raison de nous suivre, remarqua Sophie.

– Contrairement à Dee. Que se passera-t-il si nous rentrons chez nous alors que Dee et ses comparses seront à nos trousses ?

Sophie fronça les sourcils :

– J'y ai pensé. Flamel prétend que nous pouvons voir l'aura magique qui entoure les gens.

– C'est vrai.

– Hécate n'a pas éveillé nos pouvoirs magiques.

Elle fronça les sourcils, songeuse. Qu'avait dit Flamel exactement ?

– D'après lui, nous sentons la magie sauvage.

Josh renifla un bon coup :

– Je ne sens rien ! Ni fruit, ni orange, ni glace à la vanille. Peut-être sentirons-nous quand Hécate aura fait son boulot.

– Si nous parvenons à nous enfuir, nous allons rejoindre papa et maman dans l'Utah. On restera avec eux jusqu'à la fin de l'été en attendant que tout cela se tasse.

– Bonne idée ! Personne ne nous trouvera dans le désert. C'est drôle, les étendues de sable chaud et ennuyeux à mourir me paraissent soudain très attrayantes.

– Il n'y a qu'un problème, remarqua Sophie en désignant la porte. Cet endroit est un vrai labyrinthe. Tu crois pouvoir retourner à la voiture ?

– Hum… Je pense que oui.

Elle s'assura que son portable était bien dans sa poche :

– Allons récupérer tes affaires avant.

Les jumeaux inspectèrent le couloir. Désert, il aurait été plongé dans le noir le plus total sans les amas de cristaux disséminés çà et là qui émettaient une lumière laiteuse.

Au loin résonna un bruit effrayant, quelque chose entre le rire et le hurlement. Chaussés de leurs baskets à semelle en caoutchouc, ils se ruèrent en silence dans la chambre de Josh.

– Comment a-t-on réussi à se fourrer dans un guêpier pareil ? s'exclama Josh.

– Nous nous trouvions au mauvais endroit au mauvais moment, soupira Sophie.

Anxieuse, elle surveillait les parages du seuil de la chambre. « Ce n'est pas seulement une question de hasard », pensa-t-elle. Il se tramait ici quelque chose d'autre, et cela avait un rapport avec la prophétie dont parlait Flamel. Un rapport avec eux. Cette idée la terrifiait au plus haut point.

Les jumeaux se faufilèrent dans le couloir et traversèrent les salles circulaires avec prudence. Ils s'arrêtaient devant chacune, évitant celles d'où parvenaient des bribes de conversation dans des langues inconnues ou de la musique jouée sur des instruments impossibles à identifier. À un moment, un rire aigu et hystérique les fit se précipiter dans la chambre la plus proche. Il résonna à proximité d'eux avant de s'évanouir. Quand ils émergèrent de la pièce, tous les cristaux émettaient une lumière rouge sang.

– Je suis content de ne pas avoir croisé le chemin de celui-là ! souffla Josh, qui tremblait comme une feuille.

Sophie grogna quelque chose en réponse. Son frère ouvrait la marche, elle le suivait, la main sur son épaule.

– Tu te repères à quoi ? lui chuchota-t-elle à l'oreille. Toutes ces salles sont identiques !

– À notre arrivée, j'ai remarqué que leurs murs et leurs sols étaient sombres, alors que dans les couloirs ils étaient plus clairs. Tu sais pourquoi ? Nous marchons sur différentes teintes du bois ; c'est comme les cernes d'un arbre coupé. Il nous suffit de suivre le couloir qui mène à la teinte la plus sombre.

– Pas bête ! commenta Sophie, impressionnée.

Josh jeta un coup d'œil par-dessus son épaule et grimaça :

– Et qui disait que je perdais mon temps avec mes jeux vidéo ? Pour trouver la sortie d'un labyrinthe, il faut chercher des indices, des motifs au plafond ou sur les murs, par exemple, mémoriser chaque pas en prévision du retour.

Il s'engagea dans un autre couloir.

– Et si j'ai raison… la porte principale devrait être… ici ! finit-il, triomphant.

Les jumeaux sprintèrent à travers la grande clairière entourant l'arbre multicentenaire et longèrent le chemin bordé d'arbres qui menait à la voiture. Même si la nuit était tombée, la lune brillait si fort qu'ils se dirigeaient sans peine. S'ajoutant à une bande de poussière argentée au firmament, un nombre incroyable d'étoiles étincelantes donnaient à la nuit une étrange luminescence grisâtre. Seules les ombres demeuraient absolument noires.

Alors qu'il ne faisait pas froid, Sophie frissonna, angoissée. Josh ôta son pull à capuche et lui couvrit les épaules.

– Les étoiles sont… différentes, marmonna-t-elle. Elles brillent trop.

Elle tendit le cou pour observer le ciel à travers les branches d'Yggdrasill.

– L'étoile Polaire manque à l'appel, et je ne vois pas la Grande Ourse.

– Il n'y avait pas de lune la nuit dernière dans notre monde, enchaîna Josh, qui désigna l'astre rond, jaune et énorme à la cime des arbres.

« Décidément, pensa Sophie, il y a quelque chose qui cloche. » Elle essaya d'identifier les célèbres cratères, et soudain son estomac se noua. La main levée, elle souffla en tremblant de tout son corps :

– Ce… ce n'est pas notre lune !

Josh examina l'astre avec encore plus d'attention.

– Sa surface est… différente, lâcha-t-il. Plus lisse. Où sont ses cratères ? Je ne vois ni Kepler, ni Copernic, ni même Tycho.

– Josh ! Ce ciel date de plusieurs milliers d'années…

Sophie pencha la tête en arrière. Le clair de lune lui donnait une apparence spectrale, qui effraya Josh. Ces dernières heures lui avaient rappelé à quel point elle comptait pour lui.

– Scathach a bien dit que Hécate avait créé ce royaume des Ombres, n'est-ce pas ? fit-il. Je parie que ses souvenirs lui ont servi de modèle.

– Ce ciel étoilé et cette lune ont vraiment des centaines de milliers d'années ! conclut Sophie, sidérée.

Elle regretta de ne pas avoir son appareil photo numérique sur elle pour immortaliser cette extraordinaire lune au visage lisse.

Alors que les jumeaux scrutaient le ciel, une ombre passa devant la lune, une tache qui aurait pu être un oiseau… sauf que son envergure était trop grande et qu'aucun volatile n'avait un cou et une queue de reptile.

Josh attrapa la main de sa sœur et l'attira vers la voiture.

– Je déteste franchement cet endroit, marmonna-t-il.

Le 4 × 4 n'avait pas bougé. La lune déversait sa lumière jaune sur le pare-brise fissuré. L'éclat lunaire faisait ressortir les innombrables éraflures et creux de la carrosserie. Le toit métallique était percé de centaines de trous minuscules, l'essuie-glace arrière pendait au bout d'un morceau de caoutchouc et les rétroviseurs latéraux manquaient.

Les jumeaux regardèrent la voiture en silence, se remémorant l'attaque des corbeaux. Sophie effleura une vitre rayée côté passager. Elle tressaillit : seuls ces quelques millimètres de verre les avaient protégés des griffes des oiseaux.

– Partons ! lança Josh.

Il ouvrit la portière et s'installa au volant. Les clés se trouvaient toujours sur le contact.

– Ça me gêne un peu de quitter Nicolas et Scatty sans prévenir, déclara Sophie en s'asseyant à l'avant.

Elle pensa cependant que l'immortel Alchimiste et la Guerrière s'en sortiraient mieux s'ils étaient débarrassés d'eux. Ils savaient se défendre, et les deux adolescents ne pouvaient que les gêner.

– Nous nous excuserons le jour où nous les reverrons !

En vérité, Josh espérait bien ne plus jamais les revoir. Dans un jeu vidéo quand on meurt, on recommence simplement la partie. Là, dans ce royaume des Ombres, il n'y avait pas de deuxième chance, et les manières de mourir semblaient innombrables.

– Tu sais comment on s'en va d'ici ? demanda Sophie.

– Bien sûr !

Josh sourit. Ses dents blanches luisaient au clair de lune :

– Marche arrière. Et, surtout, on ne s'arrête sous aucun prétexte.

Il mit le contact. Il y eut un bruit métallique, un gémissement qui s'étouffa vite. Il tourna une nouvelle fois la clé. Clic.

– Josh ? fit Sophie d'une petite voix.

Son frère mit un instant à comprendre le problème.

– La batterie est à plat. Probablement vidée par la même force qui s'est attaquée à nos portables, murmura-t-il.

Il pivota sur son siège pour regarder par la vitre arrière éclatée :

– Bon, nous sommes venus par ce chemin. Nous n'avons pris ni à droite ni à gauche. Ça te dit de courir un peu ? Sophie ? Sophie !

Il se tourna vers sa sœur qui ne l'écoutait plus. Les yeux écarquillés, elle fixait le pare-brise.

Elle serra le menton de son frère entre ses doigts et l'obligea à regarder dehors. Stupéfait, il cligna des yeux, déglutit et d'un geste rapide actionna la fermeture centralisée des portes.

Devant eux était accroupie une créature de cauchemar, mi-oiseau mi-reptile, de la taille d'un petit enfant. Le clair de lune faisait briller son corps couvert d'écailles et ses ailes de chauve-souris déployées, laissant voir en transparence de petits os et des veines noires. Ses pieds griffus s'enfonçaient dans le sol moelleux et une longue queue balayait l'air. Plus que son corps, ce fut sa tête qui retint leur attention. Le crâne long et étroit, les yeux gros et ronds, il avait une bouche remplie de centaines de petites dents blanches. Il pencha la tête d'un côté puis de l'autre ; il claqua des mâchoires avant de s'approcher de la voiture en un bond.

Il y eut une agitation derrière lui, et soudain une autre créature, bien plus grosse, tomba du ciel étoilé. Elle plia les ailes et se redressa après avoir tourné son affreuse tête vers le 4 × 4.

– Ils sont peut-être végétariens… suggéra Josh.

Il fouilla à l'arrière de la voiture dans l'espoir de trouver quelque chose qui pourrait lui servir d'arme.

– Pas avec des dents pareilles, remarqua sa sœur. Je penche pour des ptérosaures.

Elle venait de se rappeler l'immense squelette suspendu du musée des Sciences naturelles de Houston, au Texas.

– Des ptérodactyles ? fit Josh, brandissant un petit extincteur.

– Les ptérosaures sont plus anciens.

Une troisième créature se posa à côté des autres. Puis, tels trois vieillards bossus, elles se dirigèrent vers la voiture.

– On aurait dû rester dans l'arbre, marmonna Sophie.

On les avait pourtant prévenus ! « Ne sortez pas de vos chambres, ne partez pas »… Après les événements de la journée, ils auraient pu deviner que le Royaume de Hécate était un endroit dangereux, voire mortel, la nuit. Et voilà ! Ils rencontraient des créatures du Crétacé…

Josh ouvrit la bouche pour lui répondre avant de la refermer sans rien dire. Il arracha la goupille et braqua l'extincteur vers les agresseurs. Il ignorait complètement ce qu'il se passerait s'il les atteignait.

Les trois créatures se séparèrent. L'une d'elles s'arrêta devant le capot pendant que les deux autres prenaient la voiture en tenailles.

– Dommage qu'on ne connaisse pas de formule magique adaptée ! chuchota Sophie.

Son cœur bondissait dans sa poitrine. Elle manquait d'air, la tête lui tournait.

À cet instant, le plus gros animal grimpa sur le capot et posa ses grandes ailes sur le métal cabossé. Il allongea son cou de reptile pour mieux examiner l'intérieur de la voiture, dévisagea les jumeaux tour à tour. Vue d'aussi près, sa bouche était énorme, ses dents terrifiantes.

Josh positionna l'extrémité du tuyau contre l'un des nombreux trous du pare-brise et visa le ptérosaure. Il surveillait en même temps sa droite et sa gauche. Ses mains étaient si moites que l'extincteur risquait à tout moment de lui échapper.

– Josh…, chuchota Sophie. Fais quelque chose ! Dépêche-toi !

– Le produit les effraiera peut-être, répondit-il sur le même ton. À moins qu'il ne les empoisonne…

– *Pourquoi nous voulez-vous du mal ?*

Le ptérosaure pencha la tête vers Josh. Sa bouche remuait, ses dents luisaient. Ses mots étaient entrecoupés de beaucoup de pops, de clics et de silences, mais la langue était bien l'anglais.

– *Nous ne sommes pas vos ennemis.*

CHAPITRE VINGT

Même à Bel Air, le quartier de Los Angeles réputé pour ses propriétés extravagantes, cette maison sortait de l'ordinaire. Vaste et tentaculaire, en marbre blanc et accessible uniquement par un chemin privé, elle avait été bâtie sur un terrain de vingt-quatre hectares entouré d'un mur de trois mètres cinquante surmonté d'une clôture électrique. Le Dr John Dee attendit dix minutes devant le portail qu'un vigile armé vérifie son identité et qu'un autre examine chaque recoin de la voiture, et même le dessous, avec une petite caméra. Dee se félicita d'avoir loué une limousine avec un chauffeur humain. En effet, il n'osait pas imaginer comment les gardiens auraient réagi face à un golem !

Dee s'était envolé de San Francisco tard dans l'après-midi à bord de son jet privé. La limousine, réservée par sa secrétaire, l'attendait à Burbank – rebaptisé aéroport Bob Hope, avait-il noté. Sur Sunset Boulevard, il s'était trouvé dans une circulation dense qui lui rappela Londres pendant l'époque victorienne.

Pour la première fois de sa très longue vie, Dee avait l'impression de perdre le contrôle des événements. Ils s'enchaînaient trop vite. D'après son expérience, cela ne présageait rien de bon. Il était bousculé par les gens – enfin, plutôt des êtres – trop avides de résultats. Ils l'avaient contraint à attaquer Flamel le jour même, alors qu'il avait encore besoin de se préparer. Et il avait eu raison. Vingt-quatre heures supplémentaires de planification et de surveillance, et ils auraient mis la main sur Nicolas, Pernelle, et le Codex dans son intégralité. Dee avait prévenu ses employeurs que Flamel leur donnerait du fil à retordre, mais ils ne l'avaient pas écouté. Pourtant il connaissait l'Alchimiste mieux que quiconque ! Au fil des siècles, il avait été plusieurs fois à deux doigts de l'attraper, à deux doigts… mais à chaque tentative, Nicolas et Pernelle parvenaient à s'enfuir.

Assis dans la voiture climatisée pendant que les vigiles continuaient leur inspection, il se souvint de sa première rencontre avec le fameux Alchimiste, Nicolas Flamel.

John Dee était né en 1527 et avait vécu sous le règne de la reine Élisabeth Ire, qu'il avait servie de nombreuses manières : en tant que conseiller, traducteur, mathématicien, astronome et astrologue personnel. Ayant eu le privilège de choisir la date de son couronnement, il avait opté pour le 15 janvier 1559 à midi. Il avait promis à la jeune princesse un long règne… Celui-ci dura quarante-cinq ans.

Le Dr John Dee était aussi l'espion de la reine. Son agent le plus influent et le plus adroit agissant sur le continent, il avait parcouru l'Europe pour elle. En tant qu'érudit et scientifique, magicien et alchimiste réputé, il était le bienvenu à la cour des rois et dans les palais des nobles. Il affirmait ne connaître que l'anglais, le latin et le grec, alors qu'en fait il parlait une dizaine de langues, en comprenait une dizaine d'autres, dont l'arabe, et baragouinait celle de l'Empire du Milieu. Ses interlocuteurs ne se méfiaient donc pas de lui, et bien souvent il utilisait leurs confidences à son avantage. Dee signait 007 au bas des documents confidentiels et codés. Cela l'amusa beaucoup que des centaines d'années plus tard, Ian Fleming, le créateur de James Bond, donnât le même nom de code à son personnage.

John Dee était l'un des magiciens les plus puissants de son époque. Il maîtrisait la nécromancie, la sorcellerie, l'astrologie et les mathématiques, la divination et la cristallomancie. Lors de ses voyages à travers l'Europe, il avait rencontré les plus grands magiciens et sorciers… y compris le légendaire Nicolas Flamel, alias l'Alchimiste.

Dee avait appris l'existence de Nicolas Flamel – prétendument mort en 1418 – par accident. Cette rencontre allait bouleverser sa vie et, de nombreuses manières, influencer le cours de l'histoire.

De retour à Paris pendant la première décennie du XVIe siècle, Nicolas et Pernelle pratiquaient la médecine auprès des pauvres et des malades dans tous les hôpitaux que les Flamel avaient fondés un siècle plus tôt. Ils vivaient et travaillaient toujours dans l'ombre de la grande cathédrale de Notre-Dame. À cette époque, Dee accomplissait à Paris une mission secrète pour la reine. Quand il croisa cet homme brun et mince et sa femme aux yeux verts dans les salles de l'hôpital, il les reconnut aussitôt : Dee était l'une des rares personnes au monde à posséder un exemplaire du chef-d'œuvre de Flamel, *Abrégé de Philosophie*, qui comprenait une gravure du fameux Alchimiste en face de la page de titre. Dee s'était présenté au médecin et à sa femme en les appelant par leur vrai nom, et aucun n'avait nié. Évidemment, ils connaissaient la réputation du célèbre personnage. Malgré les réserves de Pernelle, Nicolas fut enchanté de prendre le magicien anglais comme élève. Aussitôt, Dee quitta l'Angleterre, et il passa les quatre années suivantes à étudier auprès de Nicolas et Pernelle à Paris.

Et ce fut à Paris en l'an 1575 qu'il apprit l'existence de la race des Aînés.

Un soir tard, quand il étudiait dans sa petite chambre de bonne sous les combles de la maison de Flamel, une créature cauchemardesque descendit par la cheminée, dispersant dans sa chute du charbon et des cendres sur le tapis élimé. Il s'agissait d'une gargouille, une de ces anciennes espèces de vampire qui peuplaient les égouts et les cimetières des grandes villes d'Europe. Cette créature vivante à la chair marbrée et aux yeux noirs de jais ressemblait à ces silhouettes grossièrement sculptées qui ornaient la cathédrale. S'exprimant en grec ancien, la gargouille l'invita à une réunion sur le toit de Notre-Dame.

Cette invitation n'était pas du genre que l'on refuse ; Dee suivit donc la créature dans la nuit. D'un pas bondissant, tantôt sur deux pattes, tantôt sur quatre, elle le conduisit le long de ruelles de plus en plus étroites jusqu'aux égouts. Elle y pénétra et gagna un passage secret qui plongeait sous les fondations de la cathédrale. Derrière la gargouille, Dee gravit les mille et une marches sculptées à l'intérieur du mur et émergea enfin sur le toit.

« Attends ici ! » lui ordonna la créature.

Maintenant que sa mission était accomplie, elle s'installa sur le parapet, penchée en avant, les ailes repliées contre son corps, la queue plaquée dans son dos, ses petites cornes dressées sur le front. Elle observait sur le parvis en contrebas les flâneurs nocturnes ou les malheureux affamés qui n'avaient pas de toit. Aux yeux des passants, la gargouille ne se différenciait en aucune façon des innombrables sculptures qui ornaient la façade gothique.

Dee s'approcha du parapet pour contempler la ville. Paris s'étendait à ses pieds, avec ses milliers de lumières clignotantes – feux des cuisines, lampes à huile, bougies… –, se reflétant sur la courbe noire de la Seine, ses fumées qui s'élevaient dans l'air paisible. De son piédestal, Dee entendait le bourdonnement de la ville, le son grave d'une ruche sur le point de s'endormir. Les émanations nauséabondes de la rue lui piquaient les narines, combinaison d'odeurs d'égout, de fruits pourris et de viande avariée, de transpiration humaine et animale, de relents du fleuve…

Perché au-dessus de la célèbre rosace, Dee patientait. L'étude de la magie lui avait enseigné plusieurs vertus – la patience en était une. En tant qu'érudit, il appréciait le privilège d'admirer la capitale d'aussi haut et regrettait de ne pas avoir apporté son carnet de croquis. Il se contentait de regarder les alentours et d'engranger tous les détails dans son incroyable mémoire. Il se souvint alors d'une récente visite à Florence, où il était allé examiner les carnets de Léonard de Vinci, rédigés dans un langage indéchiffrable. Il lui avait fallu moins d'une heure pour les décrypter. En effet, personne n'avait compris que Léonard avait inventé un codage, mais aussi écrit en miroir. Les carnets contenaient de nombreux dessins d'inventions incroyables – des fusils qui tiraient plusieurs fois, un carrosse blindé qui avançait sans chevaux, une embarcation qui voyageait sous l'eau. Une en particulier avait intéressé Dee : un harnais qui, selon de Vinci, permettrait à l'homme de voler comme un oiseau. Dee n'était pas convaincu que ce modèle pouvait fonctionner, même si son rêve le plus fou était de voler. Là, hissé au sommet de Notre-Dame, Dee s'imagina en train d'enfiler les ailes de Léonard et de survoler Paris.

Ses pensées furent interrompues par un mouvement rapide non loin de lui. Il se tourna vers le nord, où une silhouette planait dans le ciel étoilé, une ombre noire qui traînait à sa suite des dizaines de petits points. Des oiseaux ? Non, ils se déplaçaient rarement la nuit. Soudain, Dee sut sans aucune équivoque la raison pour laquelle il avait été convié en ces lieux. Il fixait la large silhouette qui approchait, s'interrogeant sur son identité.

Bientôt il vit se poser à côté de lui une femme au teint blême, toute de noir vêtue, cachée sous une longue cape en plumes de corbeau.

Cette nuit-là, le Dr John Dee fit la connaissance de Morrigan. Cette nuit-là, il apprit l'existence de la race des Aînés, expulsée du monde des hommes par la magie contenue dans le Livre d'Abraham le Juif, ouvrage qui se trouvait en la possession de Nicolas Flamel. Cette nuit-là, Dee découvrit que certains Aînés souhaitaient récupérer leur statut de souverains de l'humanité. Et cette nuit-là, la déesse des Corbeaux lui promit qu'il aurait un jour la maîtrise du monde, qu'il dirigerait un empire s'étendant d'un Pôle à l'autre, de l'aube au crépuscule. Il lui suffisait simplement de voler le Livre à Flamel et de le lui remettre.

Cette nuit-là, le Dr John Dee devint le champion des Ténébreux.

Sa nouvelle mission l'avait expédié à travers le monde, mais aussi dans les nombreux royaumes des Ombres qui l'entouraient. Il avait affronté des fantômes et des vampires, des créatures qui n'avaient pas le droit d'exister hors des cauchemars, d'autres qui subsistaient depuis l'ère précédant l'arrivée des humani. Il avait combattu à la tête d'une armée de monstres et avait erré plus de dix ans dans un Au-Delà glacé. Plusieurs fois il avait craint pour sa vie, mais jamais il n'avait réellement eu peur… jusqu'à ce jour où il s'était trouvé devant l'entrée d'une propriété de Bel Air dans le Los Angeles du XXIe siècle. Au début, il ignorait tout des pouvoirs des créatures qu'il servait. Quatre siècles et demi plus tard, sa fonction lui avait appris beaucoup de choses : la mort, par exemple, était la punition la plus légère qu'ils puissent lui infliger.

Le vigile armé recula, les grandes grilles métalliques s'ouvrirent pour laisser passer la voiture de Dee, qui remonta la longue allée de gravillons blancs jusqu'au gigantesque manoir en marbre, à peine visible derrière les arbres. La nuit était tombée. La maison baignait dans l'obscurité et pendant un instant, Dee se dit qu'il n'y avait personne. Puis il songea que la créature qu'il venait voir préférait la nuit et n'avait donc pas besoin de lumière.

La voiture s'engagea dans l'allée circulaire devant l'entrée principale. Les phares éclairèrent trois silhouettes debout sur la première marche. Quand la voiture freina dans un crissement et s'arrêta, une des personnes vint lui ouvrir la portière. Il était impossible de distinguer le moindre détail dans la pénombre, mais la voix qui s'éleva était celle d'un homme doté d'un fort accent britannique.

– Docteur John Dee, je présume ? Je suis Senuhet. Veuillez me suivre, je vous prie. Nous vous attendions.

Il se tourna et monta les marches à grands pas.

Dee sortit de la voiture, épousseta son manteau hors de prix et, le cœur battant à cent à l'heure, il emboîta le pas à Senuhet, encadré par les deux autres silhouettes. Des gardes, de toute évidence. Humains ? Rien n'était moins sûr…

Dès son entrée, le magicien fut assailli par un parfum lourd et écœurant. De l'oliban ! Une gomme aromatique du Moyen-Orient, rare et incroyablement chère, utilisée en Égypte, en Grèce et jusqu'en Chine. Les larmes lui montèrent aux yeux, le nez lui picota. Les Aînés raffolaient de cet encens qui lui donnait la migraine.

Tandis que Senuhet fermait la lourde porte derrière eux, Dee put le voir de plus près : un homme petit et mince, chauve, au teint olivâtre, originaire du Moyen-Orient – d'Égypte peut-être ou du Yémen. Il ordonna : « Restez ici », et disparut dans l'obscurité, laissant le visiteur en compagnie de ses deux gardes silencieux.

Dee examina le grand hall. Dans la pénombre, il constata qu'il n'y avait aucun meuble sur le sol carrelé ; pas de tableau, pas de miroirs aux murs, pas de rideau aux fenêtres. Il connaissait l'existence de telles demeures à travers la planète, choisies par les Ténébreux qui aimaient se promener parmi les hommes et commettre leurs méfaits. Même s'ils étaient extraordinairement talentueux et dangereux, leurs pouvoirs étaient aussi très limités à cause de la prolifération du fer dans le monde moderne, qui émoussait leurs énergies magiques. Comme le plomb empoisonnait les hommes, le fer, métal de l'humanité, décimait la race des Aînés. Dee se doutait qu'il n'y en avait pas la moindre trace dans cette maison. Tout devait être en or ou en argent, jusqu'aux poignées de porte et aux robinets des salles de bains.

Les Ténébreux chérissaient leur intimité. Leur préférence allait aux endroits calmes et reculés – de petites îles, des coins de désert, des pays comme la Suisse ou des régions de l'ex-Union soviétique, les étendues arctiques du Canada, les temples de l'Himalaya ou la jungle brésilienne. Quand ils choisissaient des villes comme Los

Angeles, leur propriété était protégée par des murs et du fil barbelé en acier, la propriété sillonnée par des gardes armés et des chiens. Celui qui était assez chanceux ou fou pour atteindre la maison rencontrait immanquablement des gardes plus expérimentés, plus sombres et plus impitoyables que les autres.

– Par ici.

Dee se félicita d'avoir pu contrôler sa peur quand retentit la voix de Senuhet : celui-ci était revenu sans faire de bruit. Monteraient-ils ou descendraient-ils ? Par expérience, il rangeait les Ténébreux dans deux catégories très distinctes : ceux qui préféraient dormir sur les toits et ceux qui optaient pour les sous-sols. Morrigan, par exemple, était une créature des greniers et des toits.

Lorsque Senuhet entra dans une flaque de lumière, Dee remarqua que ses yeux étaient soulignés de khôl, ses paupières complètement noircies. Deux lignes horizontales couraient entre le coin des yeux et ses oreilles. Trois lignes blanches verticales étaient peintes sur son menton, au-dessous des lèvres. Il conduisit Dee à une porte dérobée sous l'escalier monumental et prononça un mot de passe que l'enfant-roi Toutankhamon aurait compris. Le magicien le suivit dans le couloir obscur et s'arrêta quand la porte se referma derrière eux avec un claquement sec. Il entendit l'homme avancer, puis perçut des bruits de pas dans un escalier.

Descendant. Dee aurait dû deviner que Morrigan l'enverrait auprès d'une créature des sous-sols et des tunnels.

– J'aurai besoin de lumière, annonça-t-il. Je ne veux pas tomber dans cet escalier et me briser le cou.

Sa voix semblait étouffée dans l'espace confiné.

– Il n'y a pas d'électricité dans cette maison, docteur Dee. Comme il paraît que vous êtes un magicien de renom, vous avez la permission de créer de la lumière si vous le souhaitez.

Sans un mot, Dee ouvrit la main. Une étincelle bleue naquit dans sa paume. Elle bourdonna, siffla, tournoya, puis se mit à grandir. Ayant atteint la taille d'un grain de raisin, elle se mit à émettre une lumière bleutée. Main tendue devant lui, Dee s'engagea dans l'escalier.

Il entreprit de compter les marches au fur et à mesure qu'il descendait, mais il perdit bientôt le fil, distrait par les décorations aux murs, au plafond et même au sol. Il avait l'impression de pénétrer dans un tombeau égyptien, à cette différence près que, contrairement aux nombreux autres qu'il avait visités, où les peintures étaient passées, écaillées, les objets cassés, recouverts d'une fine couche de sable, ici les ornements étaient en parfait état, brillants et inaltérés. Les couleurs, légèrement dénaturées par la lumière bleue qu'il portait, semblaient fraîches. Les pictogrammes et les hiéroglyphes resplendissaient, le nom des dieux était rehaussé à la feuille d'or.

Tout à coup, un courant d'air fit vaciller la boule bleutée qui dansa dans sa main et projeta des ombres sur les parois. Les narines de Dee frémirent : la brise transportait une odeur de vieux… de vieux et de mort ancienne.

L'escalier débouchait sur une grande cave voûtée. Des

craquements et des crissements accompagnèrent ses pas. Quand il baissa la main, la lumière pâle balaya le sol couvert de milliers de petits os blancs. On aurait dit un tapis d'ivoire. Il lui fallut un long moment pour reconnaître les squelettes de rats et de souris. Certains étaient si vieux qu'ils se réduisaient en poudre quand il les frôlait. D'autres étaient plus récents. Dee décida de ne pas poser de questions dont il redoutait la réponse et suivit son guide sans un mot, tandis que les os craquaient à chacun de ses pas. Il leva la main pour mieux éclairer la pièce qui, elle, ne contenait aucun ornement. L'humidité noircissait les murs, les moisissures verdissaient le sol et de minuscules champignons tachetaient le plafond.

– On dirait que vous avez un problème d'humidité, remarqua-t-il pour briser le silence.

– Cela n'a pas d'importance, répliqua calmement Senuhet.

– Vous êtes ici depuis longtemps ?

– En ces lieux ?

L'homme prit le temps de réfléchir :

– Moins de cent ans. Une goutte d'eau.

Une silhouette remua dans l'ombre.

– De toute façon, nous ne comptons pas rester. C'est la raison de ta venue, n'est-ce pas, Dee ?

La voix était un mélange d'un grognement étouffé et un ronronnement qui modifiait de façon étrange les mots anglais. Presque malgré lui, Dee leva la main et éclaira la silhouette élancée qui bougeait dans l'obscurité. Il vit des pieds nus aux ongles noirs et aiguisés comme des griffes, puis un épais pagne blanc parsemé de pierres précieuses et de bijoux, et une poitrine barrée de larges bandes recouvertes de caractères égyptiens…

Alors qu'il savait à quoi s'attendre, Dee ne put empêcher un halètement de surprise de s'échapper de sa bouche lorsqu'il découvrit le visage de Bastet. La tête qui surmontait ce corps de femme était celle d'un chat, élégant et couvert de fourrure, aux grands yeux jaunes à pupille verticale, au museau long et pointu, et aux oreilles triangulaires dressées. Quand elle retroussa les lèvres, la lumière froide de Dee accentua le jaune de ses dents luisantes. Bastet ! Une créature adorée des générations durant sur les terres d'Égypte.

Dee s'humecta les lèvres avant de s'incliner :

– Votre nièce, Morrigan, vous présente ses respects. Elle m'a demandé de vous transmettre le message suivant : l'heure est venue de vous venger de Celle aux Trois Visages.

Bastet se précipita sur Dee et enfonça ses griffes acérées dans les plis de son coûteux costume en soie :

– De la précision ! Répète-moi mot pour mot le message de ma nièce !

Se trouvant à quelques centimètres de son terrifiant visage, Dee remarqua que son haleine empestait la viande avariée. Il jeta la boule bleue en l'air, où elle se mit à tourbillonner sur place. Puis il enleva délicatement les griffes de Bastet de sa veste.

– Morrigan veut qu'ensemble vous attaquiez le royaume des Ombres de Hécate, annonça-t-il.

– Oui, l'heure est venue ! s'exclama Bastet, triomphante.

Le magicien hocha la tête. Son ombre s'agita sur les murs.

– En effet, fit-il. L'heure est venue pour les Ténébreux de reprendre possession de la Terre.

Bastet poussa un cri aigu et sinistre. Soudain, dans l'obscurité derrière elle grouillèrent des milliers de chats de toutes les races, couleurs et tailles. Ils formèrent autour d'elle un cercle qui ne cessait de croître.

– La chasse est ouverte, annonça-t-elle. À table !

Tête levée, les chats poussèrent en chœur des miaulements qui rappelaient les pleurs d'enfants abandonnés.

CHAPITRE VINGT ET UN

Scathach attendait près de l'énorme porte d'entrée quand Sophie et Josh regagnèrent l'arbre. Le ptérosaure sautillait derrière eux et les deux autres volaient en cercle au-dessus de leurs têtes, si bas que le battement de leurs ailes créait des tourbillons de poussière sur le sol. Bien qu'aucune menace n'ait été proférée, les jumeaux savaient qu'ils étaient gentiment mais fermement priés de regagner la maison.

Dans la pénombre, le visage de Scathach était d'une étrange pâleur ; ses cheveux roux paraissaient d'un noir profond. Elle serrait les mâchoires de colère ; pourtant elle s'adressa à eux d'une voix neutre.

– Dois-je vraiment vous expliquer pourquoi votre geste était aussi stupide que dangereux ?

Josh s'apprêtait à répondre, mais Sophie lui pinça le bras pour le faire taire.

– Nous voulions juste rentrer chez nous, déclara la jeune fille sur un ton las.

Elle connaissait d'avance la réponse de la Guerrière.

– Impossible.

Sur ce, Scathach tourna les talons.

Les jumeaux hésitèrent longuement sur le seuil de la porte. Ils regardèrent le ptérosaure qui avait penché sa tête de reptile et les fixait avec ses gros yeux à pupille verticale. Sa voix résonna, assourdie, dans leurs têtes.

« Ne vous laissez pas impressionner par Scathach. Elle aboie beaucoup, mais ne mord pas. »

La créature ouvrit la bouche en montrant des centaines de dents triangulaires. Un sourire peut-être ?

« Je pense qu'elle s'inquiétait pour vous. »

Puis il leur tourna le dos, prit son élan en quelques bonds et s'envola dans un claquement d'ailes.

– Pas un mot ! chuchota Sophie à son frère.

Les railleries et les commentaires de Josh les mettaient toujours dans l'embarras. Alors que Sophie parvenait à garder le silence, Josh ne pouvait s'empêcher de critiquer et de faire des remarques.

– Tu ne vas pas me commander ! répliqua le garçon, l'air peu rassuré.

Cela s'expliquait par sa peur panique des reptiles, peur qui remontait au jour où il était parti camper avec leur père et était tombé dans un nid de crotales. Par chance, le serpent venimeux qui s'y trouvait venait de manger et choisit de l'ignorer, ce qui laissa à Josh les quelques secondes nécessaires pour ramper hors du piège. Il en avait fait des cauchemars pendant des semaines, et encore aujourd'hui, quand il était particulièrement stressé, en période d'examen, par exemple. Les immenses ptérosaures semblaient sortir de ses cauchemars les plus sombres. Lorsqu'ils avaient bondi dans la nuit, le cœur de Josh s'était mis à battre tellement fort que son torse tressautait. Quand la gueule aux dents longues s'était penchée sur lui, il était au bord de l'évanouissement. Là, plusieurs minutes après le départ des ptérosaures, il sentait encore les perles de sueur glacées qui lui coulaient le long du dos.

Les jumeaux suivirent donc Scathach dans la maison de Hécate. À présent, ils percevaient les mouvements dans l'ombre, le craquement du plancher sous leurs pieds… Les murs en bois grinçaient comme si la maison bougeait, remuait, se déplaçait. Ils constatèrent aussi que les voix, les hurlements et cris avaient cessé.

Scathach les conduisit dans une pièce circulaire et vide, où les attendait Nicolas Flamel. Il fixait les ténèbres dehors, les mains dans le dos. La pièce était éclairée par l'énorme lune qui s'approchait désormais de l'horizon : une partie était baignée d'une lumière crue et argentée, l'autre était plongée dans l'obscurité. Scatty alla se poster à côté de Flamel. Elle croisa les bras sur sa poitrine et, impassible, dévisagea les jumeaux.

– Vous auriez pu vous faire tuer, murmura Flamel sans se retourner. Voire pire.

– Vous ne pouvez pas nous retenir ici, rétorqua Josh,

dont la voix paraissait trop forte au milieu du silence ambiant. Nous ne sommes pas vos prisonniers.

L'Alchimiste jeta un œil par-dessus son épaule. Il portait ses petites lunettes rondes et, dans la pénombre, on ne voyait pas ses yeux derrière la monture argentée.

– Non, effectivement, déclara-t-il avec un accent français très prononcé. Vous êtes prisonniers des circonstances, des coïncidences, de la malchance... si vous y croyez.

– Pas moi, marmonna Scathach.

– Moi non plus, enchaîna Nicolas, qui leur fit face.

Il ôta ses lunettes et se pinça l'arête du nez. Des cernes noirs s'étaient formés sous ses yeux pâles et il serrait les lèvres.

– D'une manière ou d'une autre, nous sommes tous prisonniers ici... Prisonniers des événements. Il y a bientôt sept cents ans, j'ai acheté un livre d'occasion abîmé écrit dans un langage incompréhensible. Ce jour-là, je suis devenu moi aussi un prisonnier, pis que si l'on m'avait mis derrière des barreaux. Il y a deux mois, Josh, tu n'aurais pas dû me demander du travail et toi, Sophie, tu n'aurais pas dû commencer le tien à *La Tasse de Café*. Mais vous avez accepté ces places, et à cause de cette décision vous vous retrouvez ici avec moi ce soir.

Il lança un regard en coin à Scathach :

– Bien sûr, une certaine école de pensée suggère que c'était votre destin de travailler pour nous, de rencontrer Pernelle et moi et de nous suivre dans cette aventure.

– Le destin, répéta Scathach.

– Alors, nous n'aurions pas de libre arbitre ? s'offusqua Sophie. Tout aurait été écrit d'avance ? Je n'y crois pas une seule seconde.

Elle secoua la tête. Cette idée allait à l'encontre de toutes ses convictions. Ainsi, on pouvait prédire l'avenir ? Ridicule !

– Je suis d'accord avec elle, lança Josh, défiant les deux autres.

– Et pourtant..., poursuivit Flamel sans changer de ton. Si je vous disais que le Livre d'Abraham, un ouvrage rédigé il y a plus de cent mille ans, parle de vous ?

– Impossible, bredouilla Josh, terrifié par ce que cela impliquait.

– Eh oui ! s'exclama Flamel, les bras écartés. Et tout ceci ? Ce soir, vous avez rencontré les nathairs, les gardiens ailés du royaume de Hécate. Vous avez entendu leur voix dans vos têtes. L'un comme l'autre n'est-il pas impossible ? Et les Torc Allta ? Est-ce possible que ces créatures existent en dehors des mythes ?

– Et nous ? enchaîna Scathach. Nicolas a presque sept cents ans, et je suis si vieille que j'ai vu la naissance et l'effondrement de plusieurs empires. Notre existence est-elle inconcevable, elle aussi ?

Ni Josh ni Sophie ne pouvaient l'affirmer.

Nicolas vint poser la main sur leurs épaules. Aussi grand qu'eux, il les regarda droit dans les yeux.

– Vous devez accepter le fait d'être coincés dans ce monde impossible. Si vous partez, vous provoquerez la perte de votre famille et de vos amis et, selon toute probabilité, vous serez la cause de votre propre mort.

– Sans oublier une chose, remarqua Scathach sur un

ton amer. Étant mentionnés dans le Livre, vous étiez censés venir ici.

Les jumeaux interrogèrent Flamel du regard.

– C'est vrai, fit-il. Ce livre est rempli de prophéties – certaines se sont accomplies, d'autres se réaliseront tôt ou tard. Or, il mentionne « les deux qui ne sont qu'un ».

– Et vous croyez que…, chuchota Sophie.

– Oui, je crois que cette prophétie parle de vous. Rectification : j'en suis persuadé.

Scathach rejoignit Flamel :

– Cela signifie que vous avez désormais beaucoup d'importance. Non seulement à nos yeux, mais à ceux de Dee et des Ténébreux aussi.

– Pourquoi ? demanda Josh, les lèvres sèches. Pourquoi sommes-nous si importants ?

L'Alchimiste chercha du soutien auprès de Scatty, qui hocha la tête :

– Dis-leur. Ils ont le droit de savoir.

Les jumeaux se doutaient que l'instant était crucial. Les yeux braqués sur l'Alchimiste, Sophie glissa la main dans celle de son frère, qui lui serra les doigts.

– Le Codex a prédit que les deux qui ne sont qu'un viendront sauver le monde – ou le détruire.

– Comment ça, le sauver ou le détruire ? s'écria Josh. Il faut absolument que ce soit l'un ou l'autre !

– Le mot utilisé dans le Codex est l'ancien symbole babylonien qui signifie les deux, expliqua Flamel. Je pense depuis toujours que l'un des jumeaux, c'est-à-dire vous, a le pouvoir de sauver le monde, tandis que l'autre a celui de le détruire.

Sophie donna un coup de coude dans les côtes de son frère :

– Là, il parle de toi !

Flamel recula de quelques pas.

– Dans deux heures, quand Hécate sera levée, je lui demanderai d'éveiller vos pouvoirs magiques. Je crois qu'elle le fera. Je prie pour qu'elle le fasse, ajouta-t-il avec ferveur. Ensuite, nous partirons.

– Et où irons-nous ? s'enquit Josh au moment où Sophie demandait :

– Hécate ne nous autorisera pas à rester ici ?

– J'espère pouvoir persuader d'autres Aînés ou des hommes immortels de vous instruire. Et, non, nous ne pouvons pas rester ici. Dee et Morrigan ont contacté l'une des Aînées les plus redoutables : Bastet.

– La déesse égyptienne des chats ? souffla Sophie.

Surpris, Flamel cligna des yeux :

– Je suis impressionné !

– Nos parents sont archéologues, vous vous souvenez ? En général, les parents lisent des histoires à leurs enfants le soir. Les nôtres préféraient les mythes et les légendes.

– Très bien… À l'heure qu'il est, Bastet et Morrigan rassemblent leurs troupes pour lancer une attaque unilatérale sur le royaume des Ombres de Hécate. Je les soupçonne de vouloir tenter un assaut pendant la nuit. Mais, pour l'instant, ils n'ont donné aucun signe de vie, et le soleil va bientôt se lever. Ils savent qu'ils n'auront pas de seconde chance, et toutes leurs forces doivent être en position. En ce moment, ils pensent que nous ignorons et leur projet, et l'implication de Bastet. Par chance, nous sommes prêts à les accueillir.

– Comment avez-vous appris leurs projets ? voulut savoir Sophie.

– Pernelle me l'a dit, déclara Flamel.

Il anticipa la question suivante :

– C'est une femme pleine de ressources ! Elle a convaincu un esprit désincarné de me transmettre ce message.

– Un esprit désincarné ? répéta Sophie. Vous voulez dire un fantôme ?

Elle fut surprise par le naturel avec lequel elle parlait désormais de fantômes.

– Exactement.

– Que se passera-t-il s'ils assaillent le royaume ? demanda Josh. Quelqu'un peut me dire à quel genre d'attaque on aura droit ?

Flamel se tourna vers Scatty :

– Je n'étais pas né la dernière fois que des Aînés se sont affrontés.

– Moi si, grommela Scatty. La majeure partie des humani ne s'en est pas aperçue…

Elle haussa les épaules :

– L'afflux d'énergies magiques dans les royaumes des Ombres aura des répercussions sur le climat et la géologie locale. Il y aura peut-être des tremblements de terres, une tornade ou deux, des ouragans et de la pluie ; on pourra même parler de déluge. Et moi, je déteste la pluie, ajouta-t-elle. Une des raisons pour lesquelles j'ai quitté Hibernia.

– Nous devons faire quelque chose, déclara Sophie. Prévenir les gens.

– Et quelle forme prendrait cet avertissement ? lança Flamel. « Une bataille magique aura bientôt lieu et provoquera séismes et inondations » ? Tu t'imagines en train d'annoncer cela au téléphone à la télé locale ou à la station de météo la plus proche ?

– Nous devons…, insista Sophie.

– Rien du tout ! l'interrompit l'Alchimiste. Nous devons simplement vous éloigner d'ici, ainsi que les pages du livre.

– Et Hécate ? s'enquit Josh. Sera-t-elle capable de se défendre ?

– Contre Dee et Morrigan, oui. Mais contre leur alliée Bastet, je n'en sais rien, répondit Scatty. Je ne connais pas sa puissance.

– Elle est plus forte que vous ne le pensez.

Tous se tournèrent vers la porte où se tenait une fillette d'une douzaine d'années. Elle frottait ses yeux jaunes et bâillait. Quand elle leur sourit, elle montra des dents étonnamment blanches, qui contrastaient avec sa peau noire. Elle portait une toge courte, coupée dans le même tissu iridescent que la vieille Hécate avait revêtu la veille. Cette fois-ci, la robe était striée de fils or et vert. Ses cheveux blancs comme la neige tombaient en boucles sur ses épaules.

L'Alchimiste s'inclina :

– Bonjour. Vous vous êtes levée avant l'aube ?

– Comment pourrais-je dormir avec tout ce remue-ménage ? maugréa Hécate. La maison m'a réveillée.

– La maison…, commença Josh.

– La maison, déclara Hécate, est vivante.

Josh avait plein de commentaires à faire, mais se rappelant la menace d'être transformé en bouillie verte, il décida de les garder sagement pour lui.

– J'ai cru comprendre que Morrigan et ma sœur aînée Bastet envisageaient d'assaillir mon royaume ?

Nicolas jeta un rapide coup d'œil à Scathach qui haussa imperceptiblement les épaules. Comment Hécate l'avait-elle appris ?

– Vous aurez compris que j'entends tout ce qui se passe dans cette maison, la moindre parole prononcée, chuchotée, voire pensée, ajouta la toute jeune Hécate qui dévisagea longuement Josh.

Elle sourit. À cet instant, elle ressemblait beaucoup aux versions plus vieilles d'elle-même. Son sourire lui tordit les lèvres, mais n'illumina pas son regard. Lorsqu'elle traversa la pièce, Sophie remarqua que la maison réagissait à sa présence. À l'endroit où elle s'était tenue sur le seuil, des pousses vertes avaient jailli ; sur le linteau et l'encadrement apparaissaient de petites fleurs multicolores.

La déesse aux Trois Visages se posta devant Nicolas Flamel, qui la suivait des yeux, inquiet. Elle leva la tête :

– J'aurais préféré que vous ne soyez pas venus en ces lieux. J'aurais préféré que vous évitiez de troubler la paix de ma retraite. J'aurais préféré ne pas avoir à me battre contre ma sœur et ma nièce. Et j'aurais très certainement préféré ne pas avoir à choisir un camp.

Scathach croisa les bras sur sa poitrine et lança un regard noir à la déesse :

– Tu n'as jamais aimé choisir de camp, Hécate. Pas étonnant, tu as trois visages.

Pendant un court instant, Sophie entraperçut quelque chose de sombre et d'immensément vieux dans les yeux de la fillette.

– J'ai survécu à ce millénaire parce que je me suis fiée uniquement à moi-même, riposta Hécate. Mais j'ai su choisir mon camp quand la bataille en valait la peine.

– Et aujourd'hui, intervint doucement Flamel, je pense qu'il est temps de choisir à nouveau. Vous seule pouvez décider : cette bataille en vaut-elle la peine ?

Hécate ignora sa question et fit volte-face. Elle agita sa petite main dans les airs, et aussitôt les auras des jumeaux émirent une lumière dorée et argentée.

Tête penchée, elle observa longuement les bulles d'argent qui miroitaient dans le cocon entourant Sophie, suivit du regard les veines d'or qui sillonnaient de haut en bas l'aura de Josh.

– Vous avez peut-être raison, lâcha-t-elle. Ce Codex maudit parle certainement d'eux. Je n'avais pas rencontré des auras aussi pures depuis des siècles. Ils possèdent un incroyable potentiel inexploité.

Flamel hocha la tête :

– Si j'avais le temps, je les instruirais dans les règles de l'art, j'éveillerais peu à peu leurs pouvoirs latents… Hélas, les événements jouent contre moi, et le temps est un luxe que je n'ai pas. Or il est en votre pouvoir de débloquer leur potentiel. Il vous suffit d'un instant, alors que, moi, il me faudrait des années.

Hécate jeta un coup d'œil à l'Alchimiste par-dessus son épaule :

– Ce n'est pas pour rien s'il faut pour cela de nombreuses années. Les humani n'utilisent pas leurs sens. Et tu me suggères d'éveiller ces deux-là en un rien de temps ! Pas question. La surcharge sensorielle les détruirait, les rendrait fous.

– Mais…, commença Flamel.

– Je ne le ferai pas.

Elle se tourna vers les jumeaux :

– Ce qu'il veut obtenir pourrait vous tuer… si vous aviez de la chance.

Sur ce, Hécate sortit de la pièce, laissant des empreintes herbeuses dans son sillage.

CHAPITRE VINGT-DEUX

Les jumeaux restèrent sans voix un long moment.

– Que voulait-elle dire ? finit par demander Josh.

Sans lui répondre, Nicolas se précipita à la suite de Hécate.

– Elle exagère, cria-t-il du couloir. Pour vous faire peur.

– Eh bien, ça a marché, marmonna Josh.

Il regarda Scathach, mais celle-ci lui tourna le dos et quitta la pièce elle aussi.

– Hé ! l'interpella-t-il. Revenez ! J'ai des questions à vous poser !

La colère grondait en lui. Il en avait assez d'être traité comme un gamin. Sa sœur et lui avaient droit à quelques réponses.

– Josh ! essaya de le calmer Sophie.

Il alla rejoindre Scathach dans le parc. Sa sœur le suivit. Une fois à côté de Scathach, il tendit la main vers son épaule. Ses doigts n'eurent pas le temps de la toucher : il fut soulevé dans les airs, tourné, puis retourné, avant d'être jeté au sol. Le choc fut si fort qu'il en eut le souffle coupé. Il leva les yeux : Scathach pointait sur lui son épée. Sa voix n'était qu'un chuchotement :

– Hier soir, tu as insulté une déesse de la race des Aînés. Aujourd'hui, tu as réussi à en agacer une de la Génération Suivante. Et le soleil n'est pas encore levé !

La Guerrière rengaina son épée et se tourna vers une Sophie abasourdie. Tout s'était passé si vite !

– Il est toujours comme ça ? l'interrogea-t-elle.

– Comment ? demanda Sophie.

– Stupide, imprudent, inconscient… Je continue ?

– Pas besoin. Oui, il est toujours comme ça. Et parfois, c'est pire.

Pendant leur enfance, elle taquinait souvent son frère sur ses « gènes d'action », tandis qu'elle possédait « ceux de la réflexion ». Il était à la fois impulsif et téméraire, mais, pour être honnête, elle le trouvait aussi loyal et digne de confiance.

Scathach aida Josh à se relever :

– Si tu continues à cette allure, tu ne survivras pas longtemps dans ce monde !

– Je voulais juste vous poser quelques questions.

– Tu as de la chance. Il y a plusieurs siècles de là, je t'aurais sans doute tué. J'avais du tempérament à l'époque, déclara-t-elle. Depuis, j'ai beaucoup travaillé mon self-contrôle.

Jeudi 31 Mai

Josh se frotta le bas du dos. Si Scathach l'avait aplati sur les pierres, il aurait été grièvement blessé. Par chance, elle avait pris soin de l'expédier sur l'herbe et la mousse.

– Cela ressemblait à une prise de judo, remarqua-t-il, la voix tremblotante, désireux de paraître décontracté, et surtout de changer de sujet.

– Oui, quelque chose du genre…

– Où avez-vous appris le judo ?

– Nulle part. J'ai créé l'ancêtre lointain de la plupart des arts martiaux qui sont étudiés de nos jours, affirma la guerrière rousse, les yeux verts pétillant de malice. D'ailleurs, cela ne vous ferait pas de mal si je vous montrais deux ou trois mouvements simples.

– Ou plus compliqués, rectifia Josh. Nous avons pratiqué le taekwondo deux ans, quand nos parents enseignaient à Chicago, le karaté un an à New York… ou était-ce Boston ?

– Vous avez créé le judo ? lâcha Sophie d'une voix qu'elle voulait neutre.

– Non, le judo moderne a été créé par Jigoro Kano, mais il a fondé son système de combat sur le jiu-jitsu, proche de l'aïkido, qui a été développé au XIVe siècle. Je devais être au Japon à cette époque. Sachez que tous les arts martiaux possèdent une racine commune. C'est-à-dire moi, déclara modestement Scatty. Bon, si vous connaissez un peu le taekwondo et le karaté, c'est un bon début. Nous pouvons nous entraîner en attendant Nicolas.

– Où est-il ? voulut savoir Sophie, qui jeta un coup d'œil en direction de l'arbre-maison. Est-ce qu'il demande à Hécate d'éveiller nos pouvoirs magiques ?

– Oui, fit Scatty.

– Mais elle a dit que cela nous tuerait ! s'alarma Josh.

Il commençait à croire que Flamel ne souhaitait pas simplement les protéger, sa sœur et lui. L'Alchimiste manigançait quelque chose.

– Ce n'était qu'une supposition de sa part, poursuivit Scatty. Elle aime bien jouer les grandes tragédiennes.

– Alors, Nicolas est sûr que nous ne courons aucun danger ? insista Josh.

– Non, pas vraiment, répondit Scatty avec le sourire. Je résume : vous êtes en péril. En revanche, si Hécate éveille vos pouvoirs, vous serez en grave danger.

Nicolas Flamel suivit Hécate dans la maison. La jeune femme effleurait les murs du bout des doigts, faisant naître des traînées de feuilles et de fleurs dans son sillage.

– J'ai besoin de votre aide, Hécate. Je ne peux pas réussir seul, lui cria-t-il.

La déesse l'ignora. Elle s'engagea à grands pas dans un couloir droit. Sous ses pieds apparaissaient de petites touches de gazon, qui continuaient de pousser au passage de Flamel. Arrivé au milieu du couloir, il avait de l'herbe jusqu'aux genoux, puis à la taille… Bientôt, l'endroit fut rempli d'herbes aussi hautes que lui et tranchantes. Les brins semblaient chuchoter entre eux.

Nicolas Flamel laissa sa colère croissante embraser son aura. Il ferma le poing droit, puis écarta les doigts d'un coup. L'air s'emplit d'une forte odeur de menthe acidulée. Aussitôt, l'herbe s'aplatit devant lui, comme couchée par un vent violent, et l'Alchimiste eut juste le temps de voir la fillette entrer dans une pièce aménagée dans un renfoncement. À quelques secondes près, il serait passé devant l'ouverture sans la voir.

– Assez joué maintenant ! s'exclama-t-il en y entrant à son tour.

Hécate fit volte-face. Elle avait vieilli pendant qu'elle courait devant lui. Là, il lui donnait une quinzaine d'années. Son visage rappelait un masque très laid, ses yeux jaunes brillaient de colère :

– Comment oses-tu me parler sur ce ton ?

Menaçante, elle leva la main :

– Tu sais quel sort t'attend !

– Vous n'oseriez pas, déclara Flamel avec un calme qu'il ne ressentait absolument pas.

– Et pourquoi pas ? s'enquit Hécate, surprise.

La déesse n'avait pas l'habitude d'être contredite.

– Parce que je suis le Gardien du Livre.

– Celui que tu as perdu…

– Je suis aussi le Gardien qui apparaît dans les prophéties du Livre, l'interrompit Flamel. L'avant-dernier, pour être plus clair. Les jumeaux y sont cités également. Vous qui prétendez avoir connu Abraham, vous savez à quel point ses prophéties et ses prédictions étaient précises.

– Il avait souvent tort, marmonna Hécate.

– En tant que Gardien, je vous demande une chose, que je crois essentielle à la survie de la race des Aînés, et de celle des humani. Je veux que vous éveilliez les pouvoirs magiques des jumeaux.

– Cela risque de les tuer, lui rappela la déesse d'un

ton qui prouvait bien que peu lui importait si le bétail humani vivait ou mourait.

– C'est une éventualité, admit Flamel qui sentit une boule glacée se former dans son estomac. En revanche, si vous ne nous aidez pas, ils sont sûrs de mourir.

Hécate s'approcha de la fenêtre. Sur la pelouse en pente, Scathach montrait aux jumeaux une série de coups de poing. Ils imitaient chacun de ses gestes. Flamel rejoignit la déesse.

– Quelle tristesse ! soupira-t-il. Dire que tout, y compris la survie de la race humaine, repose sur les épaules de ces adolescents !

– Tu sais pourquoi les humani ont triomphé et la race des Aînés a été bannie pour toujours ? lui demanda-t-elle soudain.

– À cause du fer, non ?

– Oui, à cause du fer. Nous avons survécu à la chute de Danu Talis, nous avons survécu au déluge et à l'âge de Glace. Et là, environ trois mille ans plus tard, un simple ouvrier qui travaillait le bronze s'est amusé avec ce nouveau métal. Un homme ! Et pourtant il est parvenu à éradiquer une race entière, millénaire. Les grands changements sont souvent le fait d'une seule personne.

Hécate se tut. Les jumeaux lançaient des coups de pied et de poing en tournant autour de Scathach.

– Argent et or. Les auras les plus rares, marmonna-t-elle.

En un battement de cœur, l'aura des adolescents rayonna autour d'eux.

– Si je les éveille et que cela les tue, seras-tu capable de vivre avec leur mort sur la conscience ?

– Je suis si vieux maintenant ! Si vieux… murmura Nicolas. Savez-vous combien d'amis j'ai enterrés au fil des siècles ?

– Leur disparition t'a-t-elle touché à l'époque ? poursuivit-elle, un soupçon de curiosité dans la voix.

– J'ai eu de la peine pour chacun d'entre eux.

– Et aujourd'hui ?

– Aujourd'hui, ils me manquent encore.

La déesse posa la main sur son épaule :

– Alors, tu es encore humain, Nicolas Flamel. Le jour où tu t'en moqueras, tu deviendras comme Dee et ceux de son espèce.

Elle reprit son observation des jumeaux, qui essayaient en vain de frapper Scathach. Elle se baissait, se penchait, esquivait les coups sans changer de place. Vus de loin, ils ressemblaient à trois gamins normaux qui pratiquaient une de ces nouvelles danses à la mode. Hécate savait pourtant que ces trois-là n'avaient rien d'ordinaire.

– D'accord, finit-elle par céder. J'éveillerai leurs pouvoirs. Le reste est de ton ressort. Tu devras les instruire.

Flamel inclina la tête pour qu'elle ne voie pas les larmes qui brillaient dans ses yeux. Si les jumeaux survivaient à l'Éveil, il y avait une chance, bien qu'infime, qu'il revoie Pernelle.

Il toussa pour s'éclaircir la voix :

– Dites-moi… L'homme qui a le premier travaillé le fer, ce forgeron d'il y a trois mille ans… Qu'est-il devenu ?

– Je l'ai tué, pourquoi ? répondit Hécate, qui écarquilla innocemment ses yeux jaunes. Sa découverte annonçait notre perte. Avais-je le choix ? Mais il était trop tard. L'usage du fer n'était plus un secret pour personne.

Sous les yeux de Flamel, Josh aida sa sœur à se relever. Celle-ci lui fit un croche-pied, si bien qu'il tomba par terre de tout son poids. Leurs rires retentissaient, forts et clairs, dans le ciel orangé. Nicolas pria pour que, cette fois-ci, il ne soit pas trop tard.

CHAPITRE VINGT-TROIS

Les chats de San Francisco quittèrent la ville au cœur de la nuit.

Seuls ou à plusieurs, chats de gouttière, balafrés et faméliques, ou bien chats domestiques, dodus au poil lisse, de toutes les tailles, de toutes les formes, pure race ou bâtards, à poil long ou court, ils se faufilaient dans l'ombre par vagues silencieuses. Ils envahissaient les ponts, grouillaient dans les ruelles, se précipitaient dans les passages souterrains, bondissaient sur les toits.

Direction : le nord.

Ils croisaient des noctambules estomaqués et terrifiés, contournaient rats et souris, trop pressés pour les croquer, ignoraient les nids d'oiseaux. Et même s'ils se déplaçaient dans le silence le plus total, leur exode s'accompagnait d'un bruit extraordinaire.

Cette nuit-là, les aboiements rauques de centaines de milliers de chiens résonnèrent à travers la ville de San Francisco.

*
**

Le Dr John Dee était triste.

Triste, et un peu effrayé aussi. C'était une chose de vouloir attaquer Hécate dans son royaume des Ombres, mais c'en était une autre d'attendre à l'entrée de son monde invisible et de regarder chats et oiseaux répondre en masse à l'appel de leurs maîtresses respectives, Bastet et Morrigan. Que pouvaient ces pauvres créatures contre la magie ancestrale de Hécate de la race des Aînés ?

Dee patientait dans un gigantesque Hummer noir au côté de Senuhet, le domestique de Bastet. Ils ne s'étaient pas adressé la parole pendant le court vol dans le jet privé de Dee entre Los Angeles et San Francisco, alors qu'un millier de questions lui brûlaient les lèvres. Dee avait retenu la leçon au fil des décennies : les serviteurs des Ténébreux, comme lui-même, n'aimaient pas être questionnés.

Vers deux heures du matin, ils avaient atteint l'entrée du royaume de Hécate, juste à temps pour voir arriver les premières créatures de Morrigan. Les oiseaux venaient du nord et de l'est par groupes sombres, dans un battement d'ailes terrifiant, et se posaient sur les arbres de Mill Valley. Ils étaient si nombreux que les branches cassaient sous leur poids.

Puis arrivèrent les chats.

Jeudi 31 Mai

Ils émergeaient de l'obscurité en un flux constant de fourrure puis se figeaient face à l'ouverture camouflée du royaume des Ombres. Quand il regarda à l'extérieur, Dee ne distingua pas le sol, tant il y avait de chats au mètre carré.

Enfin, l'horizon pâle se teinta d'une couleur saumonée. Senuhet prit une petite statue noire au fond du sac qu'il portait autour du cou et la déposa sur le tableau de bord.

Le magnifique chat égyptien qu'elle représentait était aussi grand que son auriculaire.

– Maintenant ! murmura Senuhet.

Les yeux de la statue rougeoyèrent.

– Elle arrive, affirma le serviteur de Bastet.

– Pourquoi n'avons-nous pas attaqué plus tôt, quand Hécate dormait ? demanda Dee.

Bien qu'il ait côtoyé les Ténébreux pendant plusieurs centaines d'années, il se rendait compte qu'en vérité il ne savait pas grand-chose d'eux. Bizarrement, cette pensée le réconforta. Après tout, la méconnaissance était réciproque.

Senuhet désigna les chats et les oiseaux regroupés autour de la voiture :

– Nous attendions nos alliés.

Dee hocha la tête. À cet instant, Bastet devait traverser plusieurs royaumes des Ombres en bordure du monde humain. L'aversion de la race des Aînés pour le fer était telle que les moyens de transport modernes leur étaient interdits. Ses fines lèvres esquissèrent un sourire narquois.

Voilà pourquoi ils auraient toujours besoin d'agents comme Senuhet et lui.

Il sentit plus qu'il ne vit les oiseaux remuer dans les arbres. Ils furent un demi-million, peut-être plus, à tourner la tête en même temps vers l'ouest. Au début, il ne discerna rien, puis une silhouette apparut, haut dans le ciel étoilé. Morrigan !

Dee savait qu'au cœur de toute légende se trouvait un brin de vérité. Tandis que la créature blême surgissait sur la voûte céleste, sa cape en plumes flottant derrière elle telles d'énormes ailes de corbeau, Dee crut deviner l'origine des légendes sur Nosferatu, le vampire. Au cours de sa longue vie, il avait rencontré de nombreux vampires, mais aucun n'était aussi terrifiant que la déesse des Corbeaux.

Morrigan se posa sur le sol devant le Hummer. Les chats se dispersèrent au dernier moment, quand elle replia sa cape pour atterrir. Dans la pénombre, seul l'ovale blanc de son visage était visible. Elle avait les yeux aussi noirs que la nuit ; on eût dit deux trous brûlés dans du papier.

Les chats se mirent à feuler ; l'air trembla lorsque Bastet sortit soudain de l'ombre. La déesse des Chats portait la robe en coton blanc des princesses égyptiennes et brandissait une lance aussi grande qu'elle. Bastet s'avança dans la mer de félins qui se sépara en deux devant elle avant de se refermer. D'une tête de plus que Morrigan, elle s'inclina légèrement devant la déesse des Corbeaux.

– Nièce, l'heure est-elle venue d'agir ? ronronna-t-elle.

– Oui, dit Morrigan, qui s'inclina à son tour.

D'un geste vif, elle écarta sa cape et révéla un arc anglais. Elle le détacha, puis prit une flèche dans le carquois à sa hanche.

Les deux Ténébreuses s'élancèrent en même temps vers la haie impénétrable et la traversèrent.

Chats et oiseaux les suivirent. Senuhet ne cachait pas sa joie.

– C'est le début, commenta-t-il.

Il rassembla ses armes – deux épées égyptiennes recourbées, en bronze – et sauta hors de la voiture.

« Ou la fin », pensa Dee.

Cependant il garda ses craintes pour lui.

VENDREDI 1er Juin

CHAPITRE VINGT-QUATRE

Postés en bordure de l'antique forêt, Josh et Sophie contemplaient trois petites créatures ailées qui ressemblaient beaucoup à des dragons. Elles dansaient et tournoyaient entre les premiers rais de soleil.

– Je ne veux pas que tu le fasses, murmura Josh, tête baissée.

Sophie posa la main sur son bras :

– Pourquoi ?

Elle se plaça devant lui pour l'obliger à la regarder. Jetant un coup d'œil par-dessus l'épaule de son frère, elle constata que Flamel, Scatty et Hécate les observaient. Autour d'eux s'affairaient des milliers de Torc Allta, certains sous leur forme humaine, et d'autres, porcine, tous sur le pied de guerre. Les sangliers portaient des armures en cuir sur l'arrière-train et le dos tandis que les hommes brandissaient des lances et des épées en bronze. Une nuée de nathairs volait dans le ciel et les herbes hautes ondulaient au passage d'une multitude de créatures invisibles. Les gardes avaient pris position autour d'Yggdrasill. Hissés sur les plus grosses branches, embusqués à chaque fenêtre, ils se tenaient prêts, arcs et lances à la main.

Sophie fixa les yeux bleus et étincelants de son frère. Pleins de larmes retenues, ils lui renvoyèrent le reflet de ses traits déformés. La devançant, il lui prit la main et serra doucement ses doigts :

– Je ne veux pas qu'on te fasse du mal.

Sophie se contenta de hocher la tête. Elle aussi refusait l'idée que quelque chose puisse arriver à son jumeau.

Trois énormes ptérosaures les survolèrent. Leurs ailes immenses soulevèrent des tourbillons de poussière, mais ni Sophie ni Josh ne les regardèrent.

– Nicolas affirme qu'il y a des risques, poursuivit Josh. Selon Hécate, l'Éveil est dangereux, peut-être mortel. Et s'ils avaient raison ? Et si cela tournait mal ?

– Nous devons le faire. Nicolas a dit…

– Je ne lui fais pas totalement confiance, l'interrompit Josh. J'ai l'impression qu'il mijote quelque chose. Il est trop pressé que Hécate éveille nos pouvoirs malgré les dangers que cela implique.

– D'après lui, ce serait notre seule chance de survie, insista Sophie.

– Hier, il nous a obligés à fuir la libraire pour que nous restions en vie, et voilà qu'aujourd'hui nous devons être instruits pour être à l'abri des agissements de Dee et de ces Ténébreux ! Crois-moi, Sophie, Nicolas Flamel joue un double jeu.

Sophie jeta un regard vers l'Alchimiste. Elle le connaissait depuis deux mois ; elle avait même écrit sur son blog qu'elle le trouvait cool. Elle réalisait à présent qu'elle ne savait rien de lui. Nick Fleming, alias Nicolas Flamel, était en vérité un imposteur. Un menteur. Il la fixait avec une telle intensité que pendant un instant elle crut qu'il entendait leur conversation.

– Nous ne sommes pas obligés d'être éveillés tous les deux, continua Josh. Laisse-moi y aller.

– Et qu'est-ce que je deviendrais si cela tournait mal ?

Cette fois-ci, ce fut Josh qui resta bouche bée. L'idée que Sophie ne fasse plus partie de sa vie le terrifiait.

Sa sœur serra ses mains dans les siennes.

– Depuis le jour de notre naissance, nous avons tout vécu ensemble, murmura-t-elle. De plus, comme maman et papa étaient très souvent absents, il n'y avait que toi et moi. Tu as toujours pris soin de moi, et j'ai toujours pris soin de toi. Je ne veux pas que tu subisses seul cette… opération. Nous traverserons cette épreuve tous les deux, comme nous l'avons toujours fait pour tout.

Josh observa longuement sa sœur. Il assistait à la naissance d'une nouvelle Sophie.

– Tu es sûre ?

– Je n'ai jamais été aussi sûre de mon existence.

Aucun n'avoua sa peur de subsister si un malheur arrivait à l'autre au cours de l'Éveil.

Josh finit par hocher la tête. Il pressa la main de sa

jumelle et, ensemble, ils s'avancèrent pour faire face à l'Alchimiste, Hécate et Scatty.

– Nous sommes prêts, déclarèrent-ils.

– Morrigan est dans les parages, les informa Scatty tandis qu'ils suivaient Nicolas et Hécate au cœur de l'arbre.

Elle avait enfilé un pantalon noir, un T-shirt à col roulé noir sans manches et des Rangers à semelle épaisse. Elle avait attaché dans son dos deux courtes épées, dont la garde dépassait un peu par-dessus ses épaules. Elle s'était grimé les yeux et les pommettes en noir. Son maquillage donnait à son visage une saisissante apparence cadavérique.

– Bastet l'accompagne, continua-t-elle. Elles viennent de pénétrer dans le royaume des Ombres.

– Hécate peut les retenir, n'est-ce pas ? s'enquit Sophie.

Elle n'avait eu qu'un aperçu des pouvoirs de la déesse, et l'idée qu'une puissance encore plus forte soit aux portes du royaume l'effrayait.

Scatty haussa les épaules :

– Je n'en sais absolument rien. Elles sont arrivées en force. Leurs armées les suivent.

– Leurs armées ? répéta Josh. Quel genre d'armée ? Des hommes de boue ?

– Non, pas de golems, cette fois-ci. L'une est céleste : elle se compose d'oiseaux. L'autre, terrestre, rassemble des chats.

Sophie éclata d'un rire nerveux :

– Des oiseaux et des chats ! Drôles de soldats !

Scatty la foudroya du regard. Ses yeux entourés de peinture noire étaient terrifiants.

– Souviens-toi de l'attaque des corbeaux sur le pont !

Sophie eut soudain la nausée. Les images de ces corbeaux noirs déchaînés tambourinant contre le pare-brise de la voiture, perçant le capot en métal, la hanteraient le restant de ses jours.

– Imagine un rassemblement de dizaines de milliers d'oiseaux…

– Des dizaines de milliers, répéta Sophie.

– Voire des centaines de milliers, se reprit Scatty, qui s'engagea dans un couloir étroit. Les nathairs envoyés en éclaireurs estiment leur nombre à un demi-million.

– Vous n'aviez pas parlé de chats ? demanda Josh.

– Si. On n'a pas pu tous les compter.

Josh et Sophie commençaient à réaliser le terrible danger qui les guettait. Ils allaient peut-être mourir dans cet étrange royaume des Ombres, et nul ne le saurait jamais. Josh chassa les larmes qui lui brouillaient la vue. Leurs parents se demanderaient toute leur vie ce qui leur était arrivé.

Le couloir donnait sur un autre, encore plus étroit. Le plafond y était si bas que les jumeaux durent avancer courbés. Il n'y avait pas de marches dans ce passage en spirale descendante. Lentement, ils s'enfoncèrent sous l'arbre. Les parois s'assombrirent ; le bois lisse était à présent couturé de racines hélicoïdales qui s'accrochaient à leurs cheveux. L'air humide sentait la glaise et la terre fraîche, les feuilles en décomposition et les jeunes pousses.

– La maison est vivante ! s'exclama Sophie quand ils s'engagèrent dans un autre couloir en colimaçon tapissé de racines noueuses. Cet arbre a des pièces, des fenêtres, des bassins… Nous marchons à l'intérieur, et pourtant il est vivant !

Elle trouvait l'idée à la fois fascinante et terrifiante.

– Cet arbre est né d'une graine d'Yggdrasill, l'Arbre-Monde, expliqua Scatty, en caressant les racines nues.

Elle approcha sa paume de son visage et inspira longuement l'arôme végétal.

– Il y a plusieurs millénaires, quand Danu Talis a été englouti, quelques Aînés ont réussi à sauver des échantillons de flore et de faune et à les acclimater ailleurs. Mais seuls deux d'entre eux, Hécate et Odin, sont parvenus à faire pousser des graines d'Yggdrasill. Odin, tout comme Hécate, était plus puissant que la magie.

Les sourcils froncés, Josh essaya de se rappeler l'histoire d'Odin, un dieu nordique borgne, croyait-il. Il n'eut pas le temps de demander des détails à Scatty : elle s'était faufilée dans une ouverture tapissée de racines tortueuses. Nicolas Flamel s'y était arrêté et attendait que la Guerrière et les jumeaux le rattrapent. Ses yeux pâles étaient cernés, une ridule verticale s'était formée entre ses sourcils. Il leur parla en choisissant ses mots avec soin ; sa nervosité faisait ressortir son accent français.

– J'aurais aimé que vous ne subissiez pas ceci. Mais, vous devez me croire, il n'y a pas d'autre solution.

Il posa une main sur l'épaule droite de Sophie et l'autre

sur l'épaule gauche de Josh. Leurs auras s'illuminèrent un instant et dégagèrent un parfum de glace à la vanille et d'orange.

– Quand vous nous avez aidés, Pernelle et moi, vous vous êtes, hélas, mis en grand danger. Si… lorsque Hécate aura éveillé vos pouvoirs magiques, je vous apprendrai quelques sortilèges de protection et vous présenterai des spécialistes des cinq formes anciennes de magie. J'espère qu'ils voudront bien compléter votre éducation.

– Nous allons devenir magiciens ? fit Sophie.

Cela ne la réjouissait pas. Elle ne cessait de se répéter les paroles de Scatty : une fois leur pouvoirs éveillés, ils courraient un danger encore plus grand.

– Magiciens, sorciers, nécromanciens, mages, et même enchanteurs. Maintenant, entrez et faites ce qu'elle vous dira. Je sais que vous avez peur ; il n'y a aucune honte à cela. Tout va bien se passer.

Il leur décocha un sourire qui n'éclaira pas ses yeux inquiets :

– Quand vous sortirez de cette salle, vous serez des personnes différentes.

– Je ne veux pas changer, chuchota Sophie.

Elle aurait tant voulu remonter le temps, quand la vie était ordinaire et ennuyeuse ! Oui, elle donnerait n'importe quoi pour revenir à un monde assommant.

Flamel recula, puis fit signe aux jumeaux d'entrer :

– À l'instant où vous avez posé les yeux sur Dee, vous avez commencé à changer. Il n'est plus question de faire demi-tour.

***

Il faisait sombre dans la pièce souterraine. Les jumeaux ne se lâchaient pas la main.

Au fur et à mesure qu'ils avançaient dans la cavité, plus large qu'il n'y semblait, leurs yeux s'accoutumaient à la pénombre verdâtre. Une mousse épaisse couvrait les racines entremêlées et émettait une lumière vert jade, leur donnant l'impression d'être sous l'eau. L'air était chargé d'humidité, si bien que des gouttes s'accumulaient dans leurs cheveux et sur leur peau telles de minuscules perles de sueur. Bien qu'il ne fît pas froid, les jumeaux frissonnaient.

– Vous devriez être honorés, retentit la voix de Hécate devant eux. Je n'ai pas éveillé d'humani depuis des générations.

– Qui…, commença Josh.

Mais sa voix se brisa. Il toussota avant de reprendre, déterminé à ne pas laisser transparaître sa peur :

– Comment s'appelle le dernier humani que vous avez éveillé ?

– Cela remonte à loin ! Au XIIe siècle, selon votre mesure du temps, j'ai éveillé un homme des terres d'Écosse. Je ne me souviens plus de son nom.

Instinctivement, Sophie et Josh surent qu'elle mentait.

– Que lui est-il arrivé ? demanda Sophie.

– Il est mort. Tué par un grelon.

Elle lâcha un drôle de gloussement aigu.

– Ce devait être un sacré grelon, murmura Josh.

– En effet…

Là, tous deux comprirent qu'elle n'était pas étrangère à la mort mystérieuse de cet homme. Aux yeux de Josh, la déesse ressembla soudain à une enfant coléreuse.

– Et maintenant qu'est-ce qu'on fait ? demanda-t-il. On s'assoit ? On reste debout ? On s'allonge ?

– Rien de tel ! s'emporta Hécate. Ceci n'est pas à prendre à la légère. Pendant des milliers de générations, vous autres, humani, avez délibérément mis de la distance entre vous et ce que vous appelez en ricanant « magie ». Mais sachez que la magie n'est que l'utilisation de tout le spectre des sens. Les humani ont étouffé leurs sens. Aujourd'hui, ils ne voient qu'une minuscule portion du spectre visible, ils n'entendent que les sons les plus forts ; leur odorat est extrêmement pauvre, et ils ne distinguent que le sucré et le salé.

Hécate se déplaçait dans la pièce. Ils n'entendaient pas de bruit de pas, seul le son de sa voix voyageait. Quand elle parla dans leur dos, ils sursautèrent en même temps.

– Autrefois, l'humanité avait besoin de ces sens pour survivre.

Il y eut une longue pause avant qu'elle ne reprenne la parole. Elle se trouvait si près de Sophie que son souffle souleva les cheveux de la jeune fille.

– Puis le monde a changé. Danu Talis a sombré dans les vagues, l'Âge des Lézards est passé, l'Ère de Glace est arrivée et les humani ont… évolué.

Ce mot semblait injurieux dans sa bouche.

– Ils sont devenus apathiques et arrogants. Comme

ils avaient de moins en moins recours à leurs sens, ceux-ci ont fini par s'assoupir.

– Nous aurions perdu nos pouvoirs magiques à cause de notre paresse ? demanda Josh.

Sophie réprima un grommellement : un de ces jours, ils auraient de sérieux ennuis à cause de lui.

La réponse de Hécate fut étonnamment douce, presque gentille :

– Ce que vous appelez « magie » n'est que le fruit de votre imagination, exacerbé par vos sens, puis façonné par votre aura. Plus celle-ci est puissante, plus grande est la magie. Vous détenez tous les deux un potentiel extraordinaire. L'Alchimiste a raison : vous pourriez devenir les plus grands magiciens que le monde ait jamais connus. Mais il y a un problème.

La pièce s'éclaira un peu, et ils purent voir la silhouette de la femme au centre, sous un enchevêtrement de racines semblable à une main aux doigts écartés qui aurait traversé le toit.

– Les humani ont appris à vivre sans leurs sens. Votre cerveau filtre tellement d'informations que vous évoluez dans une espèce de brouillard. Je peux éveiller vos pouvoirs latents, au risque de surcharger vos sens. Êtes-vous prêts à courir ce péril ?

– Je suis prête, affirma Sophie avant que son frère ne proteste.

Une raillerie supplémentaire de sa part, et dieu savait quel châtiment la déesse leur aurait réservé.

Hécate se tourna vers Josh.

Il chercha sa sœur du regard dans la pénombre. La

lumière verte lui donnait un air malade. L'Éveil serait dangereux, peut-être fatal, et il ne pouvait pas laisser Sophie subir cette épreuve toute seule.

– Je suis prêt, déclara-t-il.

– Alors, commençons.

CHAPITRE VINGT-CINQ

Dee attendit que le dernier oiseau et le dernier chat aient pénétré dans le royaume des Ombres de Hécate pour quitter la voiture et s'approcher à pas lents de l'ouverture camouflée. Senuhet, le domestique de Bastet, était déjà loin, pressé de suivre sa maîtresse au combat. Dee ne s'était pas montré aussi enthousiaste : c'était une très mauvaise idée, d'arriver le premier sur le champ de bataille. Les soldats à l'arrière avaient une espérance de vie un peu plus longue… Par ailleurs, il était fort probable que les gardes de Hécate patientaient en nombre au-delà de la barrière invisible, prêts à les égorger. Cela ne faisait pas de lui un lâche, raisonna-t-il. Il se montrait simplement prudent ; or la prudence l'avait maintenu en vie pendant plusieurs siècles.

Cependant, il ne pouvait pas s'éterniser à l'extérieur.

Vendredi 1er Juin

Ses maîtres inhumains ne l'avaient pas engagé pour qu'il reste les bras croisés. Le petit homme ajusta son manteau en cuir à deux mille dollars avant de passer l'ouverture, laissant derrière lui l'air frais du matin pour entrer…

… sur un champ de bataille.

Une multitude de corps gisaient sur le sol, et pas un seul n'était humain.

Les oiseaux de Morrigan avaient changé d'apparence dans le royaume de Hécate, devenant presque humains… Aussi grands et minces que leur maîtresse, ils possédaient des ailes de chauve-souris. Reliées à des corps d'homme par une peau translucide, elles se terminaient par des griffes assassines. Ils avaient conservé leur tête d'oiseau.

Quelques chats reposaient sur une épaisse couche de plumes. Eux aussi avaient pris une apparence humaine et, comme Bastet, ils avaient gardé leur tête de chat. Leurs pattes, un croisement entre des mains d'homme et des griffes de félin, étaient équipées d'ongles incurvés et acérés ; leur corps était recouvert d'un fin duvet.

En revanche, Dee n'aperçut aucun soldat de Hécate, et soudain il eut très peur : qui la déesse employait-elle pour garder son royaume ? Il sortit des plis de son manteau l'épée autrefois connue sous le nom d'Excalibur et avança sur le chemin qui menait à un immense arbre baigné par la brume matinale. Le soleil levant dardait des rayons rouge sang sur l'antique lame noire.

– Des hommes-oiseaux, marmonna Scathach avant d'ajouter un juron dans la langue celtique de sa jeunesse.

Elle détestait ces créatures, elles lui donnaient de l'urticaire. Elle se tenait à l'entrée d'Yggdrasill et regardait l'armée de Morrigan sortir de la forêt. Dans toutes les mythologies, il y avait des histoires d'hommes qui se transformaient en oiseaux et d'oiseaux qui se transformaient en êtres à moitié humains. Au cours de sa longue vie, Scatty en avait rencontré un certain nombre. Elle avait failli mourir alors qu'elle se battait contre une Sirin, une très belle femme au corps de chouette. Depuis cette rencontre, elle était allergique aux plumes. Déjà, la peau la démangeait et les narines la picotaient. Les créatures de Morrigan semblaient malhabiles, on eût dit des bossus traînant leurs vieilles carcasses sur le sol. Minables guerriers, ils remportaient la victoire grâce à leur nombre.

Puis apparurent les hommes-chats de Bastet. Ils se déplaçaient lentement, à pas furtifs, certains debout, la plupart à quatre pattes. Devant Scatty se tenaient les plus grandes légendes félines d'Afrique et d'Inde. Contrairement aux oiseaux, les hommes-chats étaient des guerriers implacables, rapides comme l'éclair ; leurs griffes infligeaient des dégâts irréparables. Scathach renifla – elle était aussi allergique aux chats.

L'étrange armée s'arrêta, peut-être surprise par l'incroyable arbre de la taille d'un gratte-ciel, ou perplexe à la vue d'une seule adversaire entre ses portes ouvertes. Soudain, comme obéissant à un ordre unique, la masse grouillante bondit en avant.

La Guerrière pencha la tête de droite et de gauche, roula des épaules, et deux courtes épées apparurent dans ses mains. Elle les croisa au-dessus de sa tête.

C'était le signal qu'attendaient les Torc Allta et les

nathairs. Surgissant à l'improviste, des centaines de lézards terrifiants dévalèrent du ciel, le soleil dans le dos. Ils volaient en cercles immenses ; leurs grandes ailes soulevaient d'énormes tourbillons de poussière et de sable, qui aveuglèrent et embrouillèrent chats et oiseaux. Puis les Torc Allta dissimulés dans les herbes hautes et derrière les racines tordues d'Yggdrasill jaillirent face aux assaillants. Scatty se précipita dans les profondeurs de la maison, poursuivie par les bruits d'affrontement qui lui firent penser à l'heure du repas au zoo de San Francisco.

– Nous manquons de temps ! hurla Scathach à Flamel.

– Combien sont-ils ?

– Trop ! Les Torcs Allta et les nathairs ne les retiendront pas plus que quelques minutes.

– Et Morrigan ? Et Bastet ?

– Je ne les ai pas vues. Mais elles arrivent et là…

Elle ne termina pas sa phrase. Hécate étant occupée à éveiller les jumeaux, rien ni personne ne résisterait aux deux Ténébreuses.

– Elles sont là, affirma Flamel.

Scatty s'approcha de lui. Ils se connaissaient depuis plus de trois cents ans, et même si elle était plus âgée de deux millénaires, elle le considérait comme son père. Quant à son vrai géniteur, elle ne se souvenait plus de lui.

– Emmène les jumeaux et fuyez. Je les retarderai aussi longtemps que possible.

L'Alchimiste posa la main sur l'épaule de la Guerrière.

Une petite bulle d'énergie éclata entre eux et ils brillèrent un instant. Inconsciemment, il s'adressa à elle dans la langue de sa jeunesse, le français.

– Pas question. Nous partirons d'ici ensemble. Nous avons besoin des jumeaux, Scatty. Toi, moi, mais aussi le monde entier. Eux seuls ont la capacité de s'élever contre les Ténébreux et de les empêcher d'accomplir leurs sinistres desseins.

Scatty jeta un coup d'œil sur la salle sombre :

– Tu leur demandes beaucoup. Quand comptes-tu leur dire toute la vérité ?

– Quand l'heure sera…

– Le temps joue contre nous, l'interrompit Scatty. Tu commences déjà à vieillir. Je le vois sur ton visage, autour de tes yeux. Tes cheveux grisonnent.

– Je sais. Le sortilège d'immortalité s'affaiblit. Pernelle et moi vieillirons d'un an chaque jour que nous passerons sans l'élixir d'immortalité. Nous serons morts à la fin du mois. Mais peu importe ! Si les Ténébreux sortent vainqueurs de cet affrontement, le monde des humani aura cessé d'exister d'ici là.

– Assurons-nous que cela n'arrive pas.

Scatty se détourna, et s'assit par terre, le dos droit, les jambes croisées, les pieds appuyés sur les cuisses en position du lotus, les bras tendus devant elle, les mains serrées sur la garde de ses épées. Si les chats et les oiseaux envahissaient la maison et découvraient le couloir, ils devraient se mesurer avec elle pour atteindre Hécate – et la Guerrière le leur ferait payer chèrement.

Hécate avait fourni à Flamel une sorte de crosse, en

fait une branche d'Yggdrasill. La brandissant dans ses deux mains, il se posta devant la porte de la pièce où la déesse et les jumeaux travaillaient. Si un assaillant parvenait à passer Scathach, il aurait affaire à lui. Scatty se battrait avec ses épées, ses mains et ses pieds ; ses armes à lui étaient potentiellement plus destructrices. Il leva la main. L'espace étroit s'emplit d'une forte odeur de menthe, son aura scintilla et un halo vert l'enveloppa. Bien qu'il fût encore puissant, chaque utilisation de la magie l'épuisait et le privait de ses forces vitales. Scatty avait raison : il vieillissait. Il ressentait certaines douleurs et courbatures qu'il n'avait jamais connues. Même sa vue n'était pas aussi perçante que la veille. S'il devait utiliser ses pouvoirs, cela accélérerait le processus de vieillissement ; mais il était déterminé à donner à Hécate tout le temps nécessaire. Il scruta la pénombre derrière lui. Que se passait-il dans cette pièce ?

– Nous commencerons par l'aîné, annonça Hécate.

Alors que Josh inspirait pour protester, Sophie lui écrasa les doigts au point d'en faire craquer les articulations. Il lui donna un coup de pied à la cheville en guise de représailles.

– C'est la tradition, continua la déesse. Sophie… Au fait, quel est votre nom de famille ? Et le prénom de vos parents ?

– Newman. Ma mère s'appelle Sara, et mon père Richard.

Sophie avait buté sur les mots : elle n'avait pas l'habitude de les appeler autrement que papa et maman.

La lumière devint plus brillante ; les contours de Hécate apparurent sur le fond des murs luisants. Bien que son visage fût encore plongé dans l'obscurité ses yeux reflétaient la lumière verte tels des éclats de verre poli. Elle appliqua la paume de sa main contre le front de Sophie.

– Sophie, fille de Sara et Richard, du clan Newman, de la race humani…

La déesse commença en anglais avant de glisser lentement dans une magnifique langue lyrique qui remontait à la nuit des temps. L'aura de Sophie se mit à luire ; une brume argentée et lumineuse l'enveloppa. Une brise fraîche lui caressa la joue, et soudain elle s'aperçut qu'elle n'écoutait plus le discours de Hécate. La jeune fille voyait la bouche de la déesse bouger, mais les bruits de son propre corps assourdissaient ses paroles – l'air qui entrait et sortait de son nez, le flux du sang dans ses oreilles, le battement continu de son cœur dans sa poitrine. Une pression s'exerçait sur ses tempes comme si son cerveau grossissait dans son crâne. Une douleur courut le long de sa colonne vertébrale et se diffusa dans tous ses membres.

Puis la pièce s'éclaira. Hécate, plus vieille de quelques années, l'observait dans des torrents de lumière miroitante et pétillante. L'aura de la déesse ! Les lumières vrillèrent, puis s'enroulèrent autour du bras de Hécate, s'écoulèrent le long de ses doigts et tout à coup, après un étrange picotement, Sophie les sentit pénétrer dans son crâne. Pendant un instant, elle fut prise de vertige.

Elle était désorientée. Ses oreilles bourdonnaient, mais elle comprenait à nouveau les paroles de Hécate.

– … J'éveille ces terribles pouvoirs en toi…

La déesse effleura le visage de Sophie, caresse de glace et de feu :

– Voici les sens que les humani ont abandonnés…

Elle posa les pouces sur les yeux de Sophie :

– Voir avec acuité…

La vue de Sophie s'aiguisa ; la pièce obscure s'enflamma, chaque ombre comportait des détails fascinants. Elle voyait le moindre fil, la moindre maille de la robe de Hécate, distinguait chacun de ses cheveux, suivait les ridules qui apparaissaient au coin de ses yeux.

– Entendre avec clarté…

Sophie aurait dit qu'on lui avait enlevé du coton des oreilles. Elle entendait vraiment, comme si elle écoutait de la musique non plus avec son iPod, mais avec la chaîne de sa chambre. Tous les sons de la pièce étaient magnifiés, intensifiés – la respiration de son frère, les petits craquements de l'arbre gigantesque, les grattements des créatures invisibles se déplaçant entre les racines. La tête légèrement penchée, elle écoutait les bruits de bataille au loin, les cris des oiseaux, les rugissements des chats, les grognements des sangliers.

– Goûter avec pureté…

Les doigts de Hécate effleurèrent les lèvres de Sophie, et soudain sa langue la picota. Elle s'humecta les lèvres, à la recherche des traces du fruit qu'elle avait mangé plus tôt, et découvrit qu'elle savourait l'air ambiant, riche et terreux. Elle distinguait même les gouttelettes d'eau dans l'atmosphère.

– Toucher avec délicatesse…

Son épiderme prit vie. Le tissu doux de son T-shirt, la toile raide de son jean, sa chaîne en or avec son signe astrologique autour de son cou, ses chaudes chaussettes en coton lui procuraient des sensations différentes au contact avec la peau.

– Sentir avec intensité…

Sophie fut rejetée en arrière tellement l'explosion de parfums fut violente. Les yeux inondés de larmes, elle fut envahie par les odeurs épicées du monde particulier de Hécate, les émanations écœurantes de son environnement souterrain, le déodorant longue-durée de son frère, qui à l'évidence ne tenait pas ses promesses, le gel prétendument sans parfum de ses cheveux, le dentifrice mentholé qu'elle avait utilisé.

L'aura de la jeune fille se mit à luire ; une brume argentée s'élevait de sa peau tel le brouillard au-dessus d'un lac, formant un ovale pâle autour de son corps. Elle ferma les yeux et leva le visage. Couleurs, odeurs et sons se précipitaient sur elle. Ils étaient plus éclatants, plus forts, plus puissants que jamais. Maintenant que ses sens fonctionnaient à plein régime, l'effet était presque douloureux… Non, elle avait mal, très mal. Ses tempes palpitaient, ses os la lançaient, même sa peau la démangeait. Tout était… trop. La tête de Sophie partit en arrière et, malgré elle, ses bras se soulevèrent… Elle se mit à flotter à dix centimètres du sol terreux.

– Sophie ? chuchota Josh, incapable de dissimuler sa panique. Sophie…

Enveloppée d'une lueur argentée ondoyante, sa sœur remuait doucement en l'air. La lumière qui se dégageait de son corps était si forte qu'elle tapissait la pièce sombre de reflets chatoyants. Il se serait cru dans une scène de film d'horreur particulièrement impressionnante.

– Ne la touche pas, lui ordonna Hécate. Son corps essaie d'assimiler le trop-plein de sensations. C'est le moment critique.

La bouche de Josh devint toute sèche :

– Critique ? Que voulez-vous dire par « critique » ?

Les morceaux du puzzle commencèrent à se mettre en place dans son esprit. Ses pires craintes étaient sur le point de se réaliser !

– Dans la plupart des cas, le cerveau ne supporte pas les sensations intenses de l'Éveil.

– Dans la plupart des cas ? murmura-t-il, consterné.

– Presque à chaque fois, explicita Hécate, une note de regret dans la voix. D'où ma réticence.

Josh posa la question, à laquelle il ne voulait absolument pas obtenir de réponse.

– Que se passe-t-il alors ?

– Le cerveau s'éteint. La personne plonge dans un coma dont elle ne ressort jamais.

– Et… et Flamel connaissait les risques ? demanda Josh, qui sentait une boule de colère se former dans son estomac.

Il avait la nausée. L'Alchimiste savait que l'Éveil allait sans doute plonger Sophie dans le coma, et pourtant il n'avait pas hésité à les pousser à l'accomplir. La rage brûlait en lui, suscitant une panique et une terrible impression de trahison. Il pensait que Flamel était son ami. Il avait eu tort.

– Il vous avait prévenus du danger, remarqua Hécate.

– Il ne nous a pas tout dit ! répliqua Josh.

– Nicolas Flamel garde toujours des parts d'ombre.

Un côté du visage de Hécate était balayé par la lumière argentée qui émanait de Sophie, l'autre était enveloppé de noir. Soudain, ses narines se dilatèrent, elle écarquilla les yeux, leva la tête vers le plafond de racines.

– Non ! lâcha-t-elle. Non !

Sophie ouvrit d'un coup les yeux et cria :

– Au feu !

– Ils brûlent l'Arbre-Monde ! hurla Hécate, le visage déformé par l'horreur.

Elle écarta Josh et se rua dans le couloir, le laissant seul avec celle qui était jusque-là sa jumelle. Il fixa la fille qui flottait dans les airs, ne sachant que faire, n'osant la toucher. Pour la première fois de leur existence, ils étaient différents, d'une manière qu'il ne parvenait même pas à concevoir.

CHAPITRE VINGT-SIX

– Nous devons partir.

Nicolas Flamel posa la main sur l'épaule de Josh et le secoua pour le ramener à la réalité.

Le garçon se tourna vers l'Alchimiste. Des larmes coulaient sur ses joues sans qu'il s'en aperçoive.

– Sophie…, chuchota-t-il.

– Elle va s'en sortir, affirma Flamel.

Des cris résonnaient dans le couloir, le choc des armes se mêlait aux grondements des humains et des animaux. Soudain éclata le rire triomphant de Scathach. Flamel s'approcha de Sophie, qui flottait toujours à dix centimètres du sol. Son aura pâlit quand il lui prit la main. Doucement, il l'attira vers lui. Dès que ses pieds touchèrent la terre battue, toutes ses forces s'envolèrent, et Flamel la rattrapa in extremis avant qu'elle s'effondre, inconsciente.

Josh se précipita vers sa sœur et repoussa Flamel pour la prendre dans ses bras et la poser par terre. L'aura faiblissante de Sophie lui transmit des faisceaux d'énergie, mais il ne fit pas attention aux picotements. Quand il leva les yeux vers Flamel, il affichait un masque de colère.

– Vous le saviez ! cria-t-il avec véhémence. Vous saviez à quel point c'était dangereux. Ma sœur risque de rester dans le coma !

Flamel s'agenouilla à côté de Josh.

– Au contraire, je savais que cela n'arriverait pas, répondit-il avec calme. Son aura – votre aura – est trop forte. J'avais la certitude que vous y survivriez tous les deux. Je ne vous aurais jamais mis en danger délibérément. Je le jure.

Il prit le poignet de Sophie pour vérifier son pouls, mais Josh écarta sa main. Il ne le croyait pas. Il aurait aimé, mais les mots de l'Alchimiste sonnaient faux.

Ils sursautèrent quand un couinement félin de douleur s'éleva dans le couloir, suivi de la voix de Scatty :

– Il faut qu'on parte. Pas une minute à perdre !

L'odeur de bois brûlé s'intensifiait ; des volutes de fumée grises apparaissaient déjà dans la pièce.

– Allons-y ! Nous en discuterons plus tard, décida Flamel.

– Là, vous pouvez compter sur moi…, siffla Josh.

– Je t'aide à la porter ?

– Pas question ! trancha-t-il en prenant sa sœur dans ses bras.

Désormais, lui seul s'occuperait d'elle. Comme elle était légère ! Tout à coup, il ne regrettait plus les fastidieux mois d'entraînement de football qui l'avaient rendu plus fort.

L'Alchimiste ramassa la crosse, qu'il avait posée contre un mur, et l'agita devant lui. L'extrémité s'illumina de vert, laissant échapper de légères traînées de fumée émeraude dans les airs.

– Prêt ? demanda-t-il.

Sa sœur serrée contre lui, Josh hocha la tête.

– Quoi qu'il arrive, quoi que tu voies, ne t'arrête pas, ne te retourne pas, lui ordonna Flamel. Toute cette ménagerie qui rôde dans ce couloir n'hésitera pas une seconde à te tuer, crois-moi.

Josh suivit Flamel hors de la pièce. Il se figea, stupéfait. Scatty se tenait au milieu de l'étroit couloir, ses deux courtes épées brumeuses devant elle, tenant en respect des dizaines de créatures plus terrifiantes les unes que les autres. Il s'attendait à croiser des monstres, mais pas des créatures aussi horribles ! Ni hommes ni bêtes, juste un curieux mélange des deux. Des hommes à tête de chat crachaient et attaquaient Scatty ; des étincelles jaillissaient quand ses épées frappaient leurs griffes. Des hommes à la tête de corbeaux la harcelaient, essayant de lui crever les yeux et de la transpercer avec leur bec.

– Scatty, baisse-toi ! hurla Flamel.

Sans prendre le temps de vérifier si elle avait entendu, il tendit les bras et visa avec sa crosse. Son aura verte s'illumina tandis que l'air s'emplissait d'une odeur âcre de menthe. Une sphère de lumière émeraude tournoya à l'extrémité du bâton, puis s'en détacha avec un « pop ! » sonore. Scatty se baissa au moment où la boule fendait les airs et heurtait le plafond au-dessus d'elle, y laissant une marque brillante. Des gouttes vertes et gluantes commencèrent à en couler. La tête couturée d'un chat tigré surgit dans le tunnel, gueule ouverte, crocs luisants. Quand il aperçut Scatty, il allongea un violent coup de patte vers elle. À cet instant, une goutte de lumière visqueuse s'écrasa sur le crâne de l'homme-chat, qui devint soudain hystérique. Il recula dans le couloir, où il attaqua tout ce qui passait à sa portée. Un homme-oiseau qui s'avançait dans l'ouverture fut lui aussi aspergé de lumière verte. Ses ailes noires se déchirèrent, et il tomba au sol avec un croassement lugubre. Josh remarqua que la lumière verte, qui avait la consistance du miel, brûlait les créatures, mais n'avait aucun effet sur le bois. Préoccupé par l'état de Sophie, il oubliait toute prudence. Sa sœur respirait par saccades et derrière ses paupières closes ses yeux dansaient.

Scatty se releva tant bien que mal, puis se précipita vers Flamel et Josh.

– Très impressionnant ! marmonna-t-elle. J'ignorais que tu en étais capable.

Flamel fit tournoyer la crosse tel un chef d'orchestre :

– Ceci canalise mes pouvoirs.

Scatty regarda autour d'elle :

– Nous sommes pris au piège, on dirait.

– Hécate est partie par là, fit Nicolas en désignant à sa droite une barrière de racines rugueuses apparemment impénétrable. Je l'ai vue quitter la chambre en traversant ce mur.

Il s'approcha de la paroi noueuse et tendit le bras… qui disparut jusqu'au coude.

– Je passe la première, décida Scatty.

Alors qu'elle s'était battue comme une furie contre une armée puissante de chats et d'oiseaux, elle n'avait aucune cicatrice sur le corps ; sa chevelure était impeccable. Elle n'eut même pas besoin de reprendre son souffle. « Les vampires respirent-ils ? » se demanda Josh.

Scatty croisa ses épées sur la poitrine et s'élança vers le mur de racines.

Flamel et Nicolas se dévisageaient quand sa tête surgit dans l'enchevêtrement végétal :

– La voie est libre.

– Je ferme la marche, décréta Flamel, qui s'écarta pour laisser passer Josh. Je m'occuperai de ceux qui oseront nous suivre.

Josh se contenta de hocher la tête, sans lui adresser la parole. Il était toujours furieux contre cet homme qui avait mis en danger la vie de sa sœur ; mais il lui était aussi reconnaissant de se battre pour eux, de risquer sa vie pour protéger la leur. Serrant Sophie dans ses bras, il s'approcha du mur fait de racines noueuses et de terre compacte, ferma les yeux… et avança. L'humidité le fit frissonner. Quand il rouvrit les paupières, Scatty se tenait dans une petite pièce composée de racines tortueuses d'Yggdrasill. À la lueur verte émise par les touffes de mousse qui la tapissaient, il aperçut une volée de marches étroites et irrégulières s'enfonçant dans la pénombre derrière Scatty. La Guerrière penchait la tête, mais Josh n'eut pas le temps de lui demander ce qu'elle entendait, car Flamel jaillit du mur. Il souriait. Du bout de sa crosse s'échappait un gaz vert.

– Cela devrait les retenir quelque temps ! lança-t-il.

– On y va ! cria Scatty dès que l'Alchimiste les eut rejoints.

L'escalier était si étroit que Josh dut avancer en crabe, tête baissée, Sophie tout contre lui pour que les murs en bois brut ne lui égratignent pas le visage et les jambes. De peur de tomber et de lâcher sa sœur, il testait chaque marche du talon avant de s'y hisser. Il réalisa soudain que l'escalier était taillé dans l'écorce du grand arbre, et il songea qu'un monument comme Yggdrasill était sûrement truffé de passages secrets, de pièces cachées, de salles oubliées et d'escaliers perdus. Hécate connaissait-elle l'emplacement de tous ? Les neurones en ébullition, il se demanda qui avait creusé ces marches dans le bois vivant. Ce ne pouvait pas être Hécate…

Plus ils montaient, plus l'odeur âcre de brûlé leur piquait la gorge, et plus les bruits de bataille se rapprochaient. Les miaulements se muaient en cris humains ; les piaillements d'oiseaux, mêlés aux grognements des sangliers et les sifflements des nathairs, leur glaçaient le sang. Quand le groupe parvint à la surface, la chaleur et la fumée s'accrurent et un autre son leur parvint : un râle sourd.

– Plus vite ! lança Scatty dans la pénombre. Nous n'avons pas une seconde à perdre.

Vendredi 1er Juin

Le calme feint de la Guerrière effraya Josh davantage que si elle avait crié.

– Attention maintenant, poursuivit-elle. Nous avons atteint une ouverture. Nous sommes au bout d'une racine épaisse, à une trentaine de mètres du tronc. C'est-à-dire assez loin du champ de bataille.

Quand le garçon émergea à l'air libre, il vit Scatty baignant dans la lumière de l'aube qui transperçait le rideau de lianes au-dessus de sa tête. Elle se tourna vers lui. Alors que des reflets d'or coloraient sa chevelure et couraient sur la lame de ses courtes épées, Josh découvrit la terrifiante Guerrière antique qu'elle était. Ils étaient encerclés par des bruits de bataille ; mais, plus fort que tout, il y avait ce râle qui vibrait dans les profondeurs terrestres.

– Qu'est-ce que c'est ? demanda-t-il.

– Les hurlements d'Yggdrasill, répondit Scatty sur un ton lugubre. Les ennemis de Hécate ont mis le feu à l'Arbre-Monde.

– Pourquoi ?

Josh trouvait l'idée horrifiante. L'arbre millénaire n'avait fait de mal à personne ! Ce geste prouvait le mépris qu'avaient les Ténébreux pour la vie.

– Les pouvoirs de la déesse sont liés inextricablement à lui. Grâce à la magie de Hécate, il a pu vivre aussi longtemps ; grâce à la force vitale d'Yggdrasill, elle est restée puissante. En le détruisant, ils sont persuadés qu'ils vont la détruire.

Essoufflé, en sueur, le visage rouge, Flamel surgit en haut des marches.

– Je vieillis, lâcha-t-il avec un petit sourire. Scatty ? Quel est le plan ?

– Il est simple. Nous partons d'ici aussi vite que possible.

La Guerrière fit pivoter l'épée de sa main gauche afin que la lame s'aplatisse contre son avant-bras. Elle montra quelque chose avec la garde. Flamel et Josh s'approchèrent d'elle et jetèrent un coup d'œil à travers le rideau de lianes. À l'autre bout du parc, John Dee avançait lentement dans les sous-bois. L'épée à lame noire qu'il tenait à deux mains jetait des reflets bleus et froids.

– Dee, chuchota Flamel. Jamais de ma vie je n'aurais imaginé être aussi content de le voir !

Scatty et Josh le dévisagèrent, surpris.

– Dee est humain… Cela signifie qu'il a utilisé un moyen de transport humain pour venir, expliqua l'Alchimiste.

– Une voiture ! précisa Scatty. Qu'il a dû laisser à l'extérieur du royaume des Ombres.

Josh s'apprêtait à lui demander pourquoi à l'extérieur quand la réponse lui vint à l'esprit :

– Il savait que, s'il la conduisait jusqu'ici, la batterie se déchargerait !

– Regardez…, murmura Scatty.

Un des immenses Torc Allta émergea des herbes hautes derrière Dee. Le redoutable sanglier se dressa sur ses membres postérieurs, atteignant trois fois la taille de l'homme.

– Il va le tuer, marmonna Josh.

La lame de Dee émit une lumière bleue et soudain,

le petit homme se jeta en arrière dessinant un arc dans l'air avec son épée. Ce geste brusque surprit la créature qui esquiva aisément la lame avant de se figer. À l'endroit où l'épée l'avait effleurée, une fine couche de glace se forma. Les minuscules cristaux étincelèrent aux premières lueurs du jour. Aussitôt, la glace recouvrit le bras du Torc Allta, son torse, glissa le long de ses puissantes pattes, remonta jusqu'à ses épaules et sa tête. En une poignée de secondes, le sanglier monstrueux fut emprisonné dans un bloc de glace veinée de bleu. Dee se releva, brossa son manteau ; puis, sans prévenir, frappa la glace avec la garde de son épée. Le bloc se brisa en millions de morceaux, chacun contenant un fragment du Torc Allta.

– Une des épées élémentaires ! remarqua Scatty. Excalibur, l'Épée de Glace. Je la croyais perdue depuis des siècles, jetée dans le lac à la mort d'Artorius.

– On dirait que le docteur l'a retrouvée, commenta Flamel.

Chose bizarre, Josh n'était même pas surpris d'apprendre que le roi Arthur avait existé. Il se demanda au passage quelles autres figures mythiques avaient vraiment vécu.

Dee se précipita de l'autre côté de l'immense arbre, où la bataille faisait rage, à en juger par les bruits. L'odeur de fumée était plus forte à présent. Piquante et âcre, elle tournoyait et s'enroulait autour du tronc, transportait avec elle les relents du passé et les parfums d'épices depuis longtemps oubliés. Le bois claquait, craquait, la sève bouillait, éclatait... Le râle sourd faisait vibrer tout l'arbre.

– J'ouvre la voie, déclara Scatty en se ruant à travers les lianes.

Aussitôt, trois hommes-oiseaux se jetèrent sur elle, suivis par deux hommes-chats courant à quatre pattes.

– Nous devons l'aider ! s'exclama Josh, désespéré.

– Scathach n'a pas besoin de notre aide, déclara Flamel. Elle va d'abord les éloigner de nous…

En effet, la Guerrière courut dans les sous-bois à pas légers. Ses lourdes rangers ne faisaient aucun bruit sur le sol moelleux. Oiseaux et chats la suivaient de près.

– Elle se postera à un endroit stratégique, afin que ses assaillants se regroupent face à elle, et elle les combattra.

Sous les yeux ébahis de Josh, Scatty surgit des sous-bois et fit face à ses assaillants, le dos contre un chêne noueux. Les chats l'attaquèrent à coups de griffes, mais ses courtes épées étaient plus rapides. Bientôt des étincelles jaillirent au bout de leurs pattes. Un oiseau s'élança en battant des ailes, toutes serres dehors. Scatty planta l'une de ses épées dans le sol et attrapa au vol la patte de la créature. Elle souleva l'oiseau au-dessus de sa tête avant de le jeter au milieu des chats hargneux. Instinctivement, l'oiseau se débattit, si bien qu'au bout de quelques secondes, les animaux se rossaient entre eux. Deux autres oiseaux atterrirent parmi les félins dans un braillement hideux. Pendant ce temps, Scatty arracha son épée du sol et fit signe à Flamel et Josh de sortir de leur cachette.

Flamel tapa l'épaule de Josh :

– Vas-y ! File la rejoindre.

– Et vous ?

– Je reste ici quelques instants pour te couvrir.

Malgré le danger que leur faisait courir Flamel, Josh ne doutait pas une seconde qu'il les protégerait. Il hocha la tête et fonça au travers du rideau de lianes, sa sœur contre sa poitrine. Le bruit de bataille était épouvantable mais il n'y fit pas attention et préféra fixer le sol devant lui, se méfiant des racines qui pourraient le faire trébucher. Entre ses bras, Sophie remua, cligna des yeux. Josh resserra son étreinte.

– Ne bouge pas, lui conseilla-t-il sans savoir si elle l'entendait.

Il changea de direction, bifurqua sur la droite, loin des créatures qui s'entredéchiraient ; il eut cependant le temps de remarquer la gravité de leurs blessures et leur retour systématique à l'état animal. Deux félins amochés et trois corbeaux en loques levèrent la tête de la poussière et le regardèrent passer. Josh entendit Flamel courir derrière lui, sentit la menthe dans l'air matinal : l'Alchimiste procédait à la magie. Le garçon serra les mâchoires. Encore une quinzaine de pas, et il aurait rejoint Scatty. Auprès d'elle, il serait en sécurité. Au moment où il l'atteignait, elle écarquilla les yeux, horrifiée. Il regarda par-dessus son épaule : une grande femme à tête de chat et munie de griffes, vêtue des tenues somptueuses de l'Égypte antique, fit un bond de plusieurs mètres et atterrit sur le dos de Flamel, qui s'écroula sur le sol. Une griffe incurvée telle une faux jaillit et coupa son bâton en deux. Puis la créature rejeta la tête en arrière, siffla et cracha, triomphante.

CHAPITRE VINGT-SEPT

Pernelle Flamel fut escortée hors de sa cellule souterraine par quatre petits gardes vêtus de cuir noir et coiffés de casques intégraux. Étaient-ils humains ? Pernelle ne détecta aucune trace d'aura, aucun battement de cœur, aucun signe de respiration. Quand ils se regroupèrent autour d'elle, elle sentit une légère odeur de vieux et de mort ; on eût dit des œufs pourris, des fruits gâtés. C'étaient sûrement des êtres artificiels qui avaient grandi dans des cuves de liquide bouillonnant et putride. Fasciné par l'idée de créer ses propres serviteurs, Dee avait passé des décennies à confectionner des golems, des simulacres et des homuncules.

Sans dire un mot, avec des gestes saccadés, les quatre silhouettes la conduisirent le long d'un couloir étroit et mal éclairé. Pernelle faisait exprès d'avancer à pas lents ;

cela lui donnait le temps de reprendre des forces et d'absorber des impressions. Le fantôme de Jefferson Miller lui avait dit qu'elle se trouvait dans les sous-sols d'Enoch Enterprises, à l'ouest de Telegraph Hill, près de la célèbre Coit Tower. Les sous-sols… Les murs étaient humides, l'air si froid que son souffle se transformait en buée. À l'extérieur de la cellule, loin des sortilèges et des envoûtements, elle sentait ses forces revenir peu à peu. Pernelle cherchait un sort qu'elle pourrait jeter aux gardes. En vain : son entrevue avec le fantôme de M. Miller l'avait épuisée et une migraine lancinante l'empêchait de se concentrer.

Une silhouette se matérialisa soudain devant elle. À travers la brume blanche de sa respiration, elle aperçut un visage.

Pernelle jeta un coup d'œil à ses gardes : pas la moindre réaction de leur part. Elle inspira profondément, retint son souffle pour réchauffer l'air dans ses poumons, puis elle expira tout doucement. Une silhouette se forma dans la brume blanche, celle de Jefferson Miller.

Pernelle fronça les sourcils. Son fantôme aurait dû être loin à l'heure qu'il était. À moins… à moins qu'il ne fût revenu lui apporter une information.

Nicolas !

Aussitôt, elle sut que son mari était en danger. Pernelle inspira une autre bouffée d'air et se concentra fort sur Nicolas, le visualisa avec précision – son visage étroit et mélancolique, ses yeux pâles, ses cheveux coupés court. Elle sourit lorsqu'elle le revit plus jeune, avec sa chevelure épaisse et brune, plus longue que la sienne. Il se coiffait toujours en queue-de-cheval, attachée par un ruban de velours pourpre. Elle expira, et l'air se transforma en nuage blanc dans lequel apparut de nouveau Jefferson Miller. Pernelle fixa les yeux du fantôme où se réfléchit l'image de son époux, piégé sous la patte de la déesse à tête de chat.

Rage et terreur enflèrent en elle ; migraine et fatigue s'envolèrent d'un coup. Ses cheveux poivre et sel se dressèrent sur sa tête, comme soulevés par un vent fort. Des étincelles bleues et blanches d'électricité statique crépitèrent sur toute leur longueur. Une aura blanche enveloppa son corps à la manière d'un cocon. Ses gardiens réagirent trop tard. Quand ils frôlèrent l'aura de Pernelle, ils furent catapultés dans le couloir comme frappés par une décharge électrique. Un garde essaya de se jeter sur elle. Peine perdue ! Son aura le propulsa au plafond avec une telle force que son casque se décrocha. La silhouette glissa le long du mur, bras et jambes tordus. Découvrant son visage, Pernelle comprit qu'elle avait bien affaire à des simulacres. Celui-là n'était pas terminé : sa face et sa tête n'étaient qu'un amas de chair nue, sans yeux, nez, bouche ni oreilles.

La femme s'élança vers la sortie. Avisant une flaque d'huile sur le sol, elle s'accroupit au-dessus. Elle se concentra très fort et effleura la surface avec son index et son auriculaire. Son aura blanche grésilla, l'huile fuma un instant avant de s'éclaircir… Pernelle observait à présent la scène qu'elle avait entraperçue dans les yeux du fantôme. Son époux était à la merci de Bastet ! Derrière eux, Scatty bataillait pour repousser chats et oiseaux en furie pendant que Josh, adossé à un arbre, tenait une branche comme une batte de base-ball et frappait ceux qui s'approchaient de trop. Allongée à ses pieds, Sophie remuait à peine et clignait des yeux, hagarde.

Pernelle balaya du regard le couloir. Des bruits parvenaient de loin, une cavalcade sur les dalles en pierre. D'autres gardes arrivaient ! Elle pouvait s'enfuir et se cacher ou se battre contre ses gardiens vu qu'elle avait récupéré quelques forces. Mais ce n'était pas ainsi qu'elle allait aider Nicolas et les enfants.

Elle fixa de nouveau la flaque. Hécate résistait à l'attaque combinée de Morrigan, de ses oiseaux et des chats de Bastet. Dee se faufilait derrière la déesse. Dans sa main étincelait une épée d'un bleu empoisonné. Au fond, Yggdrasill brûlait, assailli par des flammes ardentes rouges et vertes.

Il ne lui restait qu'une chose à faire. Un geste désespéré et dangereux, qui, si elle réussissait, la laisserait totalement épuisée, sans défense. Les créatures de Dee n'auraient plus qu'à la ramasser et à la transporter où ils voudraient.

Elle n'y réfléchit pas à deux fois.

Penchée sur la flaque, elle posa sa main droite, paume vers le haut, dans sa main gauche et se concentra au maximum. Son aura oscilla, puis s'écoula le long de ses bras comme un torrent de fumée. Celui-ci s'assembla dans sa paume ouverte, puis se répandit tel du liquide le long des creux et des rides de sa chair. Une paillette de lumière argentée apparut dans un pli de sa peau. Elle se solidifia pour former une sphère parfaite qui se mit à tournoyer et grandir. À présent, les fils blancs et glacés de son aura ruisselaient le long de ses bras. En un clin d'œil, la sphère prit la taille d'un œuf ; Pernelle se hâta de jeter la boule d'énergie aurique pure dans la flaque. Elle prononça trois mots.

– Sophie, réveille-toi !

CHAPITRE VINGT-HUIT

« *Sophie, réveille-toi !* »

Sophie Newman ouvrit brusquement les yeux. Elle les referma aussitôt et se boucha les oreilles. Les lumières étaient trop éblouissantes, trop vives, les bruits de bataille incroyablement forts et distincts.

« *Sophie, réveille-toi !* »

Cette voix… La jeune fille se força à ouvrir de nouveau les yeux et à regarder autour d'elle. Personne. Et pourtant, elle avait entendu Pernelle Flamel comme si elle s'était tenue à son côté. Sophie était adossée contre l'écorce rugueuse d'un chêne. À sa droite, Josh, une épaisse branche entre ses mains, essayait désespérément de repousser d'effroyables créatures.

Avec lenteur, Sophie se leva en s'accrochant à l'arbre. Son dernier souvenir tenace était une odeur âcre de bois vert en train de brûler. Elle se souvint d'avoir crié : « Au feu ! » Puis lui revint une série d'images confuses – un tunnel étroit, des créatures à tête d'oiseau, au crâne de chat. Des rêves, sans doute…

Tandis que sa vue s'accommodait et qu'elle découvrait le paysage alentour, Sophie comprit qu'elle n'avait pas rêvé.

Des oiseaux et des chats les encerclaient par centaines. Des hommes à tête de félin rôdaient dans les herbes hautes, tentant de s'approcher d'eux à quatre pattes ou sur le ventre. Toutes griffes dehors, ils crachaient et sifflaient. Des hommes-oiseaux se laissaient tomber des branches au-dessus d'eux, pendant que d'autres, à terre, se jetaient sur Josh et le frappaient avec leurs becs monstrueux.

À l'autre extrémité de la clairière, Yggdrasill brûlait. L'arbre millénaire gémissait, craquait ; des panaches de sève ardente en jaillissaient tels des feux d'artifice. Pourtant, au fur et à mesure que le bois brûlé tombait, de nouvelles pousses fraîches et vertes prenaient sa place. Sophie intercepta un autre bruit… Yggdrasill. Grâce à son ouïe, désormais d'une sensibilité incroyable, elle saisit des mots, des phrases, des extraits de chansons, des fragments de poèmes mêlés aux cris d'agonie de l'arbre. Au loin, Hécate essayait avec la force du désespoir d'éteindre l'incendie tout en se battant contre Morrigan, les chats et les oiseaux. L'adolescente remarqua que les nathairs avaient disparu du ciel et qu'il restait très peu de Torc Allta auprès de la déesse.

Plus près d'elle, Sophie aperçut la chevelure rousse de

Scatty. Elle aussi était entourée de plusieurs dizaines de chats et d'oiseaux. La Guerrière effectuait une sorte de danse complexe. Ses épées jumelles scintillaient tandis qu'elles repoussaient les créatures hurlantes. En fait, Scatty tentait de se frayer un chemin jusqu'à Nicolas Flamel qui gisait, face contre terre, sous les griffes de la plus terrifiante des créatures : Bastet, la déesse des Chats. Grâce à sa vue ultraperçante, la jeune fille aurait pu compter les poils de la moustache du félin. Elle vit également une gouttelette de salive briller sur ses crocs puissants, puis tomber sur sa proie.

Flamel surprit le regard de Sophie. Il avait du mal à respirer à cause de la lourde créature qui le plaquait contre le sol.

– Cours ! fit-il dans un râle. Cours.

« Sophie, j'ai très peu de temps... »

La voix de Pernelle résonnait dans l'esprit de la jeune fille, mettait tous ses sens en éveil.

« Voilà ce que je te demande : laisse-moi parler à travers toi... »

Josh remarqua que sa sœur se relevait, vacillante, les mains plaquées sur les oreilles pour étouffer les sons assourdissants, les yeux clos. Ses lèvres bougeaient comme si elle parlait toute seule. Il frappa deux hommes à tête de moqueur polyglotte qui se précipitaient sur lui. La lourde branche en atteignit un sur le bec, si bien qu'il recula, sonné. L'autre contournait Josh, qui comprit tout de suite ses intentions : il allait s'en prendre à Sophie ! Aussitôt, le garçon pivota pour lui assener un coup de branche. À cet instant, un grand homme mince à la tête de chat tigré bondit sur lui. Josh le visa avec sa branche, mais l'homme-chat esquiva le coup avant de sauter en l'air, gueule ouverte, crocs luisants. L'adolescent hoqueta en comprenant que sa sœur et lui étaient en très mauvaise posture. Il devait se rapprocher de sa jumelle, la protéger… Seulement, il n'en avait pas le temps. Il ferma les yeux au moment où la bête sauvage s'écrasait sur son torse. Il s'attendait à sentir la brûlure de ses griffes, à entendre le feulement rauque… Il ne perçut qu'un gentil ronronnement. Il cligna des yeux, stupéfait, en découvrant entre ses bras un chaton ébouriffé.

Sophie ! Il pivota et se figea.

L'aura de Sophie enveloppait son corps de sa lumière argent. Elle était si dense qu'elle reflétait les rayons du soleil et faisait penser à une armure médiévale. Des étincelles argentées pétillaient dans ses cheveux et dégoulinaient sur ses doigts tel du liquide.

– Sophie ? chuchota Josh, transporté de joie.

Sa sœur allait bien !

Lentement, elle tourna la tête vers lui et, là, il eut le choc de sa vie : elle ne le reconnaissait pas.

Bien décidé à lui crever les yeux avec son bec, l'homme-oiseau se précipita sur elle. Sophie claqua des doigts, et de minuscules gouttes argentées éclaboussèrent le volatile. Aussitôt, il se replia sur lui-même pour se transformer en une grive désorientée.

Elle passa devant son frère et se dirigea droit sur Bastet.

– Ne va pas plus loin, fillette, lui ordonna Bastet, sa patte griffue levée.

La jeune fille écarquilla les yeux, montra les dents dans un sourire carnassier. Pour la première fois de sa vie, Josh avait peur de sa sœur. Ce n'était pas sa Sophie ! Cette personne terrifiante ne pouvait être sa jumelle.

Quand elle parla, un coassement rauque sortit de sa bouche.

– *Vous n'avez pas idée de ce dont je suis capable.*

Les grands yeux félins de Bastet clignèrent à toute allure :

– Tu ne peux rien contre moi, fillette.

– *Je ne suis pas une fillette. Vous avez beau être très vieille, vous n'avez jamais rencontré quelqu'un comme moi. Je possède des pouvoirs inexploités assez forts pour neutraliser votre magie. Je peux restituer à ces oiseaux et ces chats leur forme originelle.*

Sophie pencha la tête, geste que Josh connaissait bien. Cela signifiait que sa sœur écoutait quelqu'un avec attention. Soudain, elle tendit la main vers la Ténébreuse.

– *À votre avis, que se passerait-il si je vous touchais ?*

Bastet siffla et immédiatement trois gros hommes-chats se ruèrent sur la jeune fille. Sophie leva le bras ; une longue lanière d'énergie ondulante jaillit de sa main. Le fouet cingla les chats, crépita sur leurs corps. Ils se figèrent avant de rouler sur le sol, où ils se contorsionnèrent en se transformant en chats ordinaires, deux matous de gouttière à poil court et un persan décharné. Ils se redressèrent sans perdre une seconde et s'enfuirent, la queue entre les jambes.

Sophie agita le fouet d'énergie au-dessus de sa tête

pour disperser des gouttes d'argent dans toutes les directions.

– *Voici un avant-goût de mes pouvoirs...*

La cravache argentée claqua à chacun de ses mots.

*
**

Scatty se frotta les yeux en découvrant à la place de ses trois assaillants un merle d'Amérique, un roselin familier et un bruant chanteur. L'homme-chat aux traits exotiques s'était métamorphosé, lui, en un siamois penaud.

Sophie ne cessait de faire claquer son fouet. Les ennemis fuyaient sous la pluie d'argent qui leur redonnait leur apparence initiale.

– *Éloignez-vous de Nicolas*, ordonna-t-elle, alors que ses lèvres n'étaient pas en synchronie avec ses paroles, *ou nous dévoilerons votre vraie apparence, Bastet, alias Mafdet, Sekhmet, Menhit...*

Lentement, Bastet recula, puis se redressa de toute sa hauteur. Elle écarquillait ses yeux de chat :

– Cela fait très longtemps que l'on ne m'a pas appelée ainsi. Qui es-tu ? Certainement pas une fillette humani moderne !

Les lèvres de Sophie bougèrent, mais les mots mirent du temps à suivre :

– *Méfiez-vous d'elle, Bastet. Elle vous conduira à votre perte.*

La fourrure de la tête de Bastet se hérissa, ses bras nus se couvrirent de chair de poule. À pas lents, elle recula, pivota, puis courut en direction d'Yggdrasill en flammes.

Vendredi 1er Juin

Pour la première fois depuis des millénaires, elle avait peur.

Nicolas se remit sur ses pieds et tituba jusqu'à Sophie, Josh et Scatty.

– Pernelle ? demanda-t-il à voix basse.

Le regard vitreux, Sophie tourna la tête vers lui sans le voir. Sa bouche remua ; puis, comme dans un film mal doublé, les mots surgirent :

– *Je suis retenue à San Francisco, dans les sous-sols d'Enoch Enterprises. Je suis saine et sauve. Conduis les enfants vers le sud, Nicolas.*

S'ensuivit un long silence. Quand elle reprit la parole, Sophie avait du mal à suivre l'afflux de mots. L'aura argentée de la jeune fille se décolorait, ses yeux se fermaient :

– *Auprès de la Sorcière.*

CHAPITRE VINGT-NEUF

Le Dr John Dee commençait à s'affoler. Les choses n'allaient pas assez vite, et il y avait de fortes chances qu'il doive se mêler au combat.

Flamel, Scatty et les jumeaux avaient réussi à sortir d'Yggdrasill et ils se démenaient à l'extrémité opposée de la clairière. Ils se trouvaient à deux cents mètres environ de lui, mais il ne pouvait pas les rejoindre sans traverser le champ de bataille. Les derniers Torc Allta résistaient aux hommes-chats et aux hommes-oiseaux. Les nathairs avaient été définitivement vaincus. Au début, les reptiles ailés avaient semé le chaos et la confusion parmi les chats et les oiseaux, mais la plupart avaient été tués dès leur atterrissage, et les rescapés chancelaient sur le sol, hébétés. L'armée imposante des Torc Allta s'était réduite telle une peau de chagrin ; dans une heure au maximum, il n'y aurait plus un seul sanglier-garou vivant en Amérique du Nord.

Or il ne pouvait pas se permettre d'attendre aussi longtemps. Il devait coincer Flamel. Maintenant. Et récupérer les pages du Codex aussi vite que possible.

De sa cachette derrière un buisson, Dee observait les Aînées. Entourée des derniers Torc Allta assurant sa protection, Hécate se tenait sur le seuil de sa maison-arbre. Pendant que les sangliers repoussaient les attaques des chats et des oiseaux, elle affrontait seule les forces combinées de Morrigan et de Bastet.

Les trois déesses ignoraient les créatures qui se battaient autour d'elles. Pour un non-initié, les Aînées étaient simplement en train de se dévisager. Dee, lui, remarqua les nuages gris teintés de violet qui s'accumulaient au-dessus d'Yggdrasill. Les délicates fleurs blanches et dorées éparpillées à son pied fanaient et se transformaient en une pâte noire. Une affreuse couche de moisissure apparaissait sur les dalles en pierre du sentier. Dee sourit – la fin n'était pas loin. En effet, combien de temps Hécate pouvait-elle tenir contre deux Aînées, tante et nièce ?

Étonnamment, la déesse ne montrait aucun signe de faiblesse.

Soudain, elle contre-attaqua.

Alors que l'air empestant le brûlé demeurait calme, une brise venue de nulle part secoua la cape de Morrigan et gifla la grande Bastet, qui inclina la tête et s'arc-bouta contre le vent. Les dessins de la robe métallique de Hécate tourbillonnèrent à une vitesse aveuglante ; les couleurs devinrent floues.

De plus en plus inquiet, Dee vit une ombre flotter au-dessus des herbes flétries. Tout à coup, une nuée de petites mouches noires se posa sur la tête de Bastet, grouilla dans ses oreilles, son nez. La déesse des Chats hurla à la mort et tituba en arrière, se frottant le visage. Elle se roula dans les hautes herbes pour se débarrasser des insectes ; mais il en arrivait toujours plus. Bientôt, les mouches furent rejointes par des fourmis rouges et des araignées recluses, qui entreprirent d'envahir son corps. À quatre pattes, Bastet secoua la tête et cria de douleur ; puis elle déguerpit à travers le parc, tantôt se roulant dans l'herbe, tantôt rampant à moitié. Elle se jeta dans une petite mare avant de continuer sa course. L'épais tourbillon finit par l'abandonner. Prise de frénésie, elle se frotta le visage et les bras au point de se griffer. Quand elle fit demi-tour, l'essaim, plus fourni que jamais, se reforma aussitôt dans les airs devant elle.

À cet instant, Dee songea que Hécate pourrait gagner. Elle avait réussi un coup de maître en séparant Bastet de Morrigan ; s'assurer que Bastet ne revienne pas tenait du génie.

Comprenant qu'elle ne retournerait pas au pied d'Yggdrasill, Bastet laissa éclater sa rage. Elle décida de s'en prendre à Flamel, Scatty et les jumeaux, qui essayaient toujours de repousser son armée de chats. Sous les yeux de Dee, elle effectua un bond incroyable et atterrit sur le dos de Flamel. Cette prouesse sembla lui apporter une certaine satisfaction. Dee s'accorda enfin un léger sourire, qui s'évanouit très vite : il était encore piégé de ce côté du parc… Comment éviter Hécate ?

Pendant ce temps-là, Yggdrasill se consumait. Des sections entières brûlaient, des feuilles en flammes et des bouts de bois noircis tombaient en tourbillonnant, des bandes de sève explosaient pendant la chute des branches. Pourtant les pouvoirs de Hécate paraissaient inaltérés. Frustré, le sorcier grinça des dents. Ses recherches indiquaient que Hécate avait insufflé la vie à cet arbre en lui donnant un peu de ses propres forces vitales. En retour, plus il poussait, plus il renouvelait les pouvoirs de la déesse. C'était Dee qui avait eu l'idée d'incendier l'arbre, pensant que cela affaiblirait Hécate. Or, au contraire, cela n'avait servi qu'à attiser sa colère et à la rendre plus dangereuse encore.

À cet instant, les lèvres de Hécate esquissèrent un sourire, et Morrigan chancela avant de faire un pas en arrière. Dee comprit alors que là, dans son royaume des Ombres, la déesse aux Trois Visages était simplement trop forte pour eux.

Son tour était venu d'entrer en scène.

Restant à l'ombre des arbres et des herbes hautes, il entreprit de contourner le tronc gigantesque d'Yggdrasill. Il fut obligé de s'accroupir et de se cacher au moment où un Torc Allta s'écrasa dans les buissons, juste devant lui, une dizaine d'hommes-chats et deux fois plus d'hommes-oiseaux accrochés à son dos.

Ayant repris son avancée, Dee sortit des sous-bois à l'opposé de l'endroit où combattaient Hécate et Morrigan. À sa droite, il perçut de l'agitation autour du groupe de Flamel – oiseaux et chats s'éparpillaient dans toutes les directions. Il constata avec stupéfaction qu'il assistait à la fuite d'animaux ordinaires, et non pas de créatures à moitié humaines. Les sortilèges de transformation de Bastet et de Morrigan ne faisaient donc plus effet ? Hécate était-elle si puissante ? Il devait mettre un terme à tout ceci sans perdre une seconde !

Le magicien brandit sa courte épée. Une lumière d'un bleu sale s'enroula autour de la lame, et la vieille arme vrombit, comme si une brise invisible courait le long de son fil. Les serpents entortillés sur la garde se réveillèrent à la vie en sifflant.

Tenant l'arme des deux mains, Dee appuya la pointe de la lame contre l'écorce noueuse de l'arbre millénaire et poussa.

Excalibur s'enfonça dans le bois sans rencontrer de résistance. Pendant un long moment, il ne se passa rien ; puis Yggdrasill se mit à gémir. Ce son ressemblait au cri d'un animal à l'agonie. Grondement sourd au départ, il se transforma vite en une plainte aiguë. Au niveau de la blessure, une tache bleue apparut. Un liquide semblable à de l'encre s'écoula sur le tronc et s'infiltra dans le sol. Puis une lumière bleue et huileuse courut le long des veines du bois. Les cris d'Yggdrasill décuplèrent, jusqu'à devenir des ultrasons. Les Torc Allta survivants s'effondrèrent, se tordant de douleur, les mains sur les oreilles. Les hommes-oiseaux se mirent à tourner en rond ; les hommes-chats sifflaient et crachaient à l'unisson.

La traînée bleue poursuivit sa course autour de l'arbre, recouvrant tout d'une fine couche de cristaux glacés qui réfléchissaient la lumière. Des arcs-en-ciel bleu nuit, vert pourpre miroitaient dans les airs.

La tache huileuse se répandit, se dirigea vers le haut et envahit les branches. Elle transformait tout ce qu'elle touchait en cristaux. Même le feu ne put lui échapper. Les flammes se pétrifièrent, dessinèrent des formes compliquées, puis se fissurèrent en toiles d'araignée, telle la surface gelée d'un étang, avant de se dissoudre en une poussière brillante. Quand la tache bleue eut atteint les feuilles, elles durcirent et se détachèrent des branches. Elles ne tombèrent pas en spirale sur le sol, mais s'écrasèrent lourdement et se cassèrent en mille morceaux dans un bruit de verre brisé. De leur côté, les branches solidifiées par la glace se séparaient du tronc et se désagrégèrent par terre. Dee se jeta sur la gauche pour éviter d'être transpercé par une branche gelée d'un mètre. Puis il retira la lame de pierre de l'arbre millénaire et courut à l'abri.

Yggdrasill se mourait. Tels des icebergs lâchés dans l'océan, d'immenses morceaux d'écorce se détachaient et recouvraient le merveilleux royaume des Ombres d'éclats de glace.

Tout en surveillant la chute des branches, Dee contourna l'arbre au pas de course. Il devait voir Hécate.

La déesse aux Trois Visages se mourait elle aussi.

Debout devant son Yggdrasill en perdition, elle arborait tour à tour ses trois visages – jeune fille, femme d'âge mûr et vieillarde. Le changement se produisait tellement vite que sa chair n'avait pas le temps de suivre, si bien qu'elle se retrouvait coincée entre deux phases : des yeux jeunes dans un visage vieux, une tête de fillette sur un corps de femme, un corps de femme avec des bras d'enfant… Sa robe en perpétuelle évolution avait perdu toutes ses couleurs et affichait le même noir d'ébène que sa peau.

Côte à côte, Bastet, Morrigan et Dee assistèrent aux derniers moments de Hécate et d'Yggdrasill.

Couvert d'un écrin de glace, l'Arbre-Monde avait totalement bleui. Des racines gelées avaient jailli du sol ; d'énormes trous étaient apparus dans le tronc massif, mettant à nu les pièces circulaires, désormais envahies de bleu.

Les transformations de Hécate ralentirent. Ses différents aspects mettaient plus de temps à se matérialiser, car la tache bleue grimpait lentement le long de son corps, lui durcissait la peau, la changeant elle aussi en cristaux de glace.

Morrigan jeta un coup d'œil sur l'épée de Dee avant de détourner le regard.

– Après toutes ces années passées à notre service, Dee, tu parviens encore à nous surprendre ! lança-t-elle. J'ignorais que tu possédais l'Épée de Glace.

– Je me félicite de l'avoir apportée, déclara le sorcier sans lui répondre directement. Les pouvoirs de Hécate étaient plus forts que nous ne le pensions. Mais au moins, j'avais raison de croire que sa puissance était liée à l'arbre.

À présent, Yggdrasill se résumait à un bloc de glace compact. De son côté, Hécate était recouverte d'un drap glacé, même si derrière les cristaux bleus, ses yeux couleur de beurre brillaient encore. Bientôt, la cime de l'arbre se mit à fondre ; de l'eau sale coulait le long du tronc, y creusait de profonds sillons.

– Quand j'ai compris qu'elle avait le pouvoir de neutraliser vos sortilèges, j'ai décidé de passer à l'action, expliqua Dee. J'ai vu les chats et les oiseaux recouvrer leur forme originelle.

– Ce n'était pas Hécate, grogna soudain Bastet.

Son accent était prononcé, sa voix animale.

Perplexes, Morrigan et Dee se tournèrent vers la déesse des Chats. Celle-ci désigna l'autre extrémité du parc :

– C'était la fille. Quelqu'un parlait à travers elle, quelqu'un qui connaissait mes vrais noms, quelqu'un qui s'est servi de son aura pour brandir un fouet d'énergie pure. Voilà ce qui a renversé nos sortilèges.

Dee regarda le chêne, autour duquel s'étaient regroupés Flamel, Scatty et les jumeaux. Ils avaient disparu. Il s'apprêtait à ordonner aux chats et aux oiseaux survivants de les pourchasser quand Senuhet sortit des sous-bois en titubant. Maculé de boue et de sang, le vieil homme avait perdu une de ses épées incurvées en bronze. L'autre était cassée.

– Flamel et les autres se sont échappés, lâcha-t-il. Je les ai suivis jusqu'à la bordure du royaume des Ombres. Ils ont volé notre voiture.

Hurlant de rage, John Dee fit volte-face et jeta Excalibur en direction d'Yggdrasill. L'épée de pierre se planta dans l'Arbre-Monde avec un bruit solennel de cloche. La note aiguë et sereine vibra longuement… Yggdrasill commença à se fissurer. De grandes fractures déchirèrent la cime de l'arbre et s'élargirent au fur et à mesure qu'elles descendaient. En quelques instants, l'arbre se couvrit de zigzags et de craquelures. Puis, d'un seul coup, Yggdrasill se brisa en mille morceaux qui s'écrasèrent sur Hécate, réduisant sa statue de glace en poussière.

CHAPITRE TRENTE

Josh Newman ouvrit en grand la portière du 4 × 4 noir et constata avec un immense soulagement que les clés étaient sur le contact. Il tint la portière arrière ouverte pendant que Nicolas Flamel se précipitait dans la voiture, Sophie dans ses bras. Avec mille précautions, il l'allongea sur la banquette. Scatty jaillit de la barrière de feuilles et remonta le sentier en trombe, un large sourire aux lèvres.

– Alors là ! s'exclama-t-elle en se jetant à l'arrière du véhicule. Des millénaires que je ne m'étais pas autant amusée !

Josh s'installa au volant, le régla à sa hauteur et tourna la clé. Le gros moteur V6 vrombit aussitôt.

Flamel s'installa côté passager et claqua la porte.

– Demi-tour !

Josh passa une vitesse, agrippa le volant en cuir avec

les deux mains et appuya à fond sur l'accélérateur. L'énorme Hummer partit en avant, projetant pierres et cailloux. Le jeune conducteur braqua et reprit l'étroit chemin du retour. La voiture cahotait dans les ornières, les branches et les buissons frappaient ses flancs, rayant la peinture impeccable.

Alors que le soleil s'était levé sur le royaume des Ombres et dans le monde réel, la route était encore plongée dans l'obscurité. Josh avait beau chercher, il ne trouvait pas les feux. Inquiet, il ne cessait de regarder dans les rétroviseurs, s'attendant à tout moment à voir surgir du mur végétal Morrigan ou la déesse des Chats. Quand enfin le sentier déboucha dans une clairière baignée de lumière, il tourna à droite et le lourd 4 × 4 s'engagea sur le bitume sinueux. Josh leva le pied : le Hummer perdit de la vitesse.

– Tout le monde va bien ? demanda le garçon, la voix tremblotante.

Il régla le rétroviseur pour mieux voir à l'arrière. Sa jumelle était allongée sur la large banquette en cuir, la tête sur les cuisses de Scatty. La Guerrière lui essuyait le front avec un morceau de son T-shirt en lambeaux. Sophie était pâle comme la mort ; ses paupières étaient fermées et ses yeux bougeaient dans tous les sens. Elle s'agitait comme si elle faisait un cauchemar. Scatty surprit le regard de Josh dans le miroir et lui lança un sourire d'encouragement :

– Elle va s'en sortir.

– Vous pouvez faire quelque chose ? demanda Josh à Flamel.

Il ne savait plus quoi penser de l'Alchimiste à présent. D'un côté, il leur avait fait courir un grand danger, et de l'autre, il les avait défendus bec et ongles.

– Non, répondit Flamel sur un ton las. Elle est épuisée, c'est tout.

Nicolas aussi semblait épuisé. Ses vêtements étaient éclaboussés de boue et de sang séché. Il avait des plumes d'oiseaux dans les cheveux et ses mains portaient les traces de sa rencontre avec les chats.

– Laissons-la dormir, ajouta-t-il. Quand elle se réveillera, dans quelques heures, elle ira bien. Je te le promets.

Josh hocha la tête. Concentré sur la route, il ne souhaitait pas poursuivre cette conversation. Il doutait que sa sœur aille bien un jour. La manière dont elle l'avait regardé ! Elle ne l'avait pas reconnu… Ce regard vide et fixe, cette voix qui sortait de sa bouche et qui n'était pas la sienne. Sa sœur, sa jumelle avait été métamorphosée.

Ils croisèrent un panneau indiquant Mill Valley et tournèrent à gauche. Josh ignorait où ils allaient. Son seul désir était de s'éloigner le plus possible du royaume des Ombres. En fait, non : il voulait rentrer chez lui, reprendre une vie normale, oublier cette annonce du journal universitaire que lui avait apportée son père : *« Librairie recherche assistant. Pas de lecteurs, des travailleurs. »*

Il avait envoyé un CV, et quelques jours plus tard il avait été convoqué à un entretien. N'ayant rien d'autre à faire ce jour-là, Sophie était venue avec lui. Elle l'avait attendu devant un thé chaï dans le café d'en face. Lorsqu'il était sorti de *La Petite Librairie*, un grand sourire aux lèvres et le contrat en poche, il avait découvert que sa sœur avait elle aussi trouvé du travail, à *La Tasse de Café*. Ils travailleraient l'un en face de l'autre ! Parfait ! Et tout avait été parfait, jusqu'à la veille, quand cette folie avait commencé. Il avait du mal à croire qu'aussi peu de temps s'était écoulé depuis… Il regarda de nouveau Sophie dans le rétroviseur. Immobile, elle semblait se reposer enfin. Il fut soulagé de voir des couleurs réapparaître sur ses joues.

Qu'avait fait Hécate ? Non, qu'avait fait Flamel ? La faute revenait à l'Alchimiste. La déesse ne voulait pas éveiller les pouvoirs de jumeaux, elle connaissait les dangers. Flamel l'avait contrainte, et c'était à cause de lui que le royaume des Ombres de Hécate était en perdition et que Sophie était devenue une étrangère.

Quand il avait commencé à travailler avec cet homme qui se faisait appeler Nick Fleming, Josh le trouvait un peu étrange et excentrique, voire bizarre. Au fil du temps, il avait cependant appris à l'apprécier et à l'admirer. Fleming était le contraire de son père. Drôle, il s'intéressait à tout ce qui passionnait Josh et était incollable en futilités. Richard, le père de Josh, n'était heureux et à l'aise que devant une salle remplie d'étudiants ou à quatre pattes dans la boue.

Fleming était différent. Quand Josh citait Bart Simpson, Fleming ripostait avec du Groucho Marx, dont il lui montra tous les films. Ils partageaient un grand amour de la musique – même s'ils n'avaient pas les mêmes goûts. Josh fit connaître à son patron Green Day, Lamb et Dido. Fleming lui recommanda Peter Gabriel, Genesis et Pink Floyd. Josh le laissait écouter de la trance et de l'ambient sur son iPod, et Fleming lui passait des CD de Mike Olfield et de Brian Eno. Josh l'initia aux blogs et lui montra celui qu'il tenait avec Sophie. Ils avaient même commencé à mettre le stock de la librairie en ligne.

Parfois, il pensait que Fleming était le grand frère qu'il n'avait pas eu. Et, aujourd'hui, cet homme l'avait trahi.

En fait, il lui avait menti depuis le début. Il ne s'appelait pas Nick Fleming. Soudain, une horrible question se forma dans l'esprit de Josh. Les yeux rivés sur la route, il la posa à voix basse :

– Vous saviez que tout cela arriverait ?

Flamel s'adossa au siège en cuir et se tourna vers lui. Le visage dans l'ombre, l'Alchimiste serrait sa ceinture de sécurité contre sa poitrine.

– De quoi parles-tu ? demanda-t-il, l'air de rien.

– Je ne suis plus un enfant, s'emporta Josh. Alors, répondez-moi sincèrement.

À l'arrière, Sophie marmonna dans son sommeil. Le garçon s'obligea à baisser le ton :

– Votre précieux Livre avait-il prédit cette journée ?

Scatty remua sur son siège. Josh comprit qu'elle se penchait en avant pour écouter la réponse de Flamel.

Celui-ci prit tout son temps.

– Il y a certaines choses que tu dois savoir sur le Livre d'Abraham le Juif, finit-il par dire.

Quand Josh ouvrit la bouche pour poser une nouvelle question, Nicolas se dépêcha de poursuivre :

– Laisse-moi terminer. J'ai toujours su que le Codex était un livre ancien. Je ne savais simplement pas à quel point. Hier, Hécate m'a appris qu'elle était présente quand Abraham l'a créé… ce qui remonte à dix mille ans. Aujourd'hui, nous pensons que l'humanité est apparue à l'âge de pierre. Mais la vérité est tout autre. La race des Aînés gouvernait la Terre bien avant. Il nous reste des bribes de cette réalité dans nos mythes et nos légendes. Selon ces histoires, ils pouvaient voler, possédaient des vaisseaux pour traverser les océans ; ils contrôlaient la météo et avaient même mis au point une sorte de technique de clonage. En d'autres mots, ils avaient accès à une science tellement développée que nous la nommerions « magie ».

Josh secoua la tête. Que penser ? Que croire ?

– Avant que tu ne me dises que tout cela est un peu tiré par les cheveux, réfléchis au bond qu'a fait récemment la race humaine. Si on avait affirmé à tes parents qu'ils pourraient, par exemple, emporter tous leurs disques dans leur poche, l'auraient-ils cru ? Aujourd'hui, nous disposons de téléphones plus sophistiqués que les premières fusées qui ont été envoyées dans l'espace, de microscopes capables de voir des atomes. Nous soignons des maladies qui étaient mortelles il y a cinquante ans. Et ce n'est pas fini ! Nous menons une existence que tes parents qualifieraient d'impossible ; tes grands-parents, eux, auraient utilisé le terme de magie.

– Vous n'avez pas répondu à ma question, insista Josh en veillant à ne pas dépasser la limite de vitesse.

Ils ne pouvaient pas se permettre d'être arrêtés.

– J'ignore de quoi était capable la race des Aînés, lança Josh. Abraham consignait-il dans le Codex des prédictions ou ce qu'il avait vu ? Connaissait-il l'avenir ? Le voyait-il ?

Il chercha le regard de Scatty dans le rétroviseur :

– Tu le sais, toi ?

Elle haussa les épaules, esquissa un sourire :

– Je suis de la Génération Suivante. La plupart des Aînés avaient disparu quand je suis née ; Danu Talis était depuis longtemps englouti sous les flots. J'ignore ce dont ils étaient capables. Connaissaient-ils l'avenir ?

Elle s'interrompit pour réfléchir :

– Parmi ceux que j'ai rencontrés, certains avaient ce don : la Sibylle… Thémis et Mélampe, bien sûr. Mais ils se trompaient très souvent. Si mes voyages m'ont appris une chose, c'est que nous créons notre propre avenir. J'ai assisté à des désastres sans nom que personne n'avait prédits. J'ai aussi entendu des prophéties, annonçant pour la plupart la fin du monde, qui ne se sont pas réalisées.

Une voiture les doubla sur la petite route de campagne, la première qu'ils aient vue ce matin-là.

– Je vous pose de nouveau la question, fit Josh, qui luttait pour garder son calme. Et cette fois, contentez-vous de me répondre par oui ou par non : est-ce que le Codex avait prédit les événements que nous venons de vivre ?

– Non, s'empressa de répondre Flamel.

– J'entends un « mais » quelque part…, intervint Scatty.

L'Alchimiste secoua la tête :

– En effet, il y a un petit « mais ». Le manuscrit ne

parle ni de Hécate, ni du royaume des Ombres, ni de Dee, Bastet ou de Morrigan. Mais…

Il poussa un long soupir :

– Il existe plusieurs prophéties concernant des jumeaux.

– Des jumeaux, répéta Josh. Des jumeaux en général, ou Sophie et moi en particulier ?

– Le Codex parle de jumeaux or et argent, « les deux qui ne sont qu'un et celui qui est tout ». Ce n'est pas une coïncidence si vos auras sont en argent et en or purs. Alors oui, je suis persuadé que le Codex parle de toi et ta sœur.

Il se pencha vers Josh :

– Et si tu veux savoir depuis quand je suis au courant, voici la réponse : je m'en suis douté hier seulement, quand Sophie et toi vous êtes précipités à mon secours à la librairie. Hécate a confirmé mon intuition lorsqu'elle a rendu vos auras visibles. Je vous jure que mon but ultime est de vous protéger.

Josh secoua la tête. Il avait du mal à croire Flamel. Au moment où il allait poser une question, Scatty lui mit la main sur l'épaule. Elle s'adressa à lui avec calme et sérieux ; son accent celte était plus prononcé que d'habitude :

– Écoute. Je connais Nicolas Flamel depuis très longtemps. L'Amérique était à peine colonisée quand nous nous sommes rencontrés. C'est un homme qui peut paraître dangereux et sournois, rusé et prêt à tout. C'est un ami fidèle et un ennemi implacable. Mais n'oublie pas qu'il vient d'une époque où la parole d'un homme était précieuse. S'il t'assure qu'il a agi ainsi pour vous protéger, je te suggère de le croire.

Josh freina avant de tourner. Au bout d'un moment, il secoua la tête et poussa un profond soupir :

– Je vous crois.

Toutefois, au fond de lui, il ne cessait d'entendre les dernières paroles de Hécate : « Nicolas Flamel garde toujours des parts d'ombre. » Et il avait la nette impression que l'Alchimiste ne leur disait pas tout ce qu'il savait.

Soudain, Nicolas lui tapa le bras :

– Ici ! Arrête-toi !

– Pourquoi ? Que se passe-t-il ? s'inquiéta Scatty, les mains sur ses épées.

Josh mit son clignotant et gara le Hummer devant un restaurant dont le panneau venait de s'allumer.

– Tout va bien, affirma Flamel. C'est simplement l'heure du petit déjeuner.

– Super ! Je meurs de faim ! s'exclama Scatty. Je pourrais manger un cheval. Si je n'étais pas végétarienne, bien entendu, et si je mangeais du cheval…

« Et si tu n'étais pas un vampire », pensa Josh, qui préféra se taire.

Sophie se réveilla alors que Scatty et Flamel commandaient à l'intérieur des plats à emporter. Aussitôt, elle s'assit sur la banquette. Josh sursauta et poussa un cri d'étonnement. Il s'agenouilla sur son siège pour mieux la regarder.

– Sophie ? bredouilla-t-il.

Il était terrifié à l'idée de revoir cette expression étrange dans ses yeux.

– Si tu savais à quoi je rêvais…, soupira Sophie en s'étirant.

Ses vertèbres craquèrent quand elle tourna la tête.

– J'ai mal partout ! ajouta-t-elle.

– Tu… tu te sens comment ? demanda Josh avec prudence.

À première vue, il avait bien affaire à sa sœur…

– Comme si je me remettais d'une sale grippe. Où sommes-nous ? À qui appartient cette voiture ?

Josh grimaça. Ses dents blanches brillèrent dans l'ombre :

– Nous l'avons volée à Dee. Nous sommes sur la route qui part de Mill Valley. On retourne à San Francisco, je pense.

– Que… que s'est-il passé là-bas ?

Josh lui décocha un large sourire :

– Tu nous as sauvés, grâce à tes pouvoirs nouvellement éveillés. Tu as été incroyable ! Tu avais une sorte de fouet d'énergie argenté, et chaque fois qu'il touchait un homme-chat ou un homme-oiseau, ils reprenaient leur forme initiale.

Elle secoua la tête, l'air perplexe.

– Tu ne te souviens de rien ? demanda-t-il.

– De très peu de choses. Je me rappelle que Pernelle me parlait, me disait quoi faire. Je la sentais déverser son aura en moi… Je pouvais l'entendre, la voir… en quelque sorte.

Elle prit une profonde inspiration au point d'en frissonner :

– Ils sont venus la chercher. Après, je ne me souviens plus de rien.

– Qui ?

– Les hommes sans visage. Ils étaient nombreux. Je les ai vus l'emmener.

– Comment ça, des hommes sans visage ?

Sophie écarquillait les yeux, l'air terrifié :

– Ils n'avaient pas de visage.

– Des masques alors ?

– Non, Josh, pas des masques. Sur leur peau lisse il n'y avait ni yeux, ni nez, ni bouche.

L'image qui se créa dans l'esprit de Josh le perturba tellement qu'il décida de changer de sujet. Il choisit ses mots avec soin :

– Dis, tu te sens… différente ?

Sophie prit le temps de réfléchir. Pourquoi son frère s'inquiétait-il autant pour elle ?

– Différente ? Comment ?

– Tu te souviens du moment où Hécate a éveillé tes pouvoirs ?

– Oui.

– Et… qu'est-ce que tu as ressenti ? demanda-t-il sur un ton hésitant.

Une étincelle argentée brilla dans les yeux de sa sœur :

– C'était comme si quelqu'un avait appuyé sur un interrupteur dans ma tête, Josh. Je me suis sentie vivante. Oui, pour la première fois de ma vie, j'étais vivante !

Josh l'écoutait, torturé par la jalousie. Du coin de l'œil,

il aperçut Flamel et Scatty qui sortaient du restaurant, les bras chargés de sacs.

– Et comment te sens-tu maintenant ?

– Je meurs de faim.

Ils prirent leur petit déjeuner en silence – burritos, œufs au plat, saucisses, pains ronds, le tout arrosé de soda. Scatty, elle, mangea des fruits et but de l'eau.

Rassasié, Josh s'essuya la bouche avec une serviette et ôta les miettes de son jean. Il n'avait pas mangé à sa faim depuis son déjeuner de la veille.

– Je me sens de nouveau humain ! lança-t-il.

Il jeta un regard en coin à Scatty :

– Sans vouloir vous offenser…

– Pas de problème, lui assura Scatty. Croyez-moi, je n'ai jamais rêvé d'être humaine, même s'il doit y avoir certains avantages, ajouta-t-elle sans expliquer sa pensée.

Nicolas ramassa les restes de leur repas et les fourra dans un sac en papier. Puis il tapota l'écran du GPS accroché au tableau de bord :

– Quelqu'un sait comment ça marche ?

Josh hocha la tête :

– En théorie… On entre une destination, et la machine nous indique le meilleur chemin pour s'y rendre. Je ne vous garantis rien : mon père n'a pas le GPS dans sa voiture. Il conduit une Volvo qui n'est plus toute neuve…

– Tu saurais le faire fonctionner ? demanda Flamel.

– Peut-être.

– Bien sûr qu'il en est capable, les interrompit Sophie. Josh est un génie de l'informatique !

– Un génie, c'est vite dit, marmonna son frère tout en appuyant sur ON.

L'écran carré s'alluma ; une voix condescendante les mit en garde contre les dangers de taper une adresse tout en conduisant ; puis elle ordonna à Josh d'appuyer sur OK pour indiquer qu'il avait entendu et accepté la mise en garde. L'écran clignota avant d'indiquer la position du Hummer sur une route secondaire. Le mont Tamalpais était désigné par un petit triangle en haut de l'écran et des flèches pointaient vers le sud et San Francisco. Le chemin de terre qui conduisait au royaume des Ombres de Hécate n'y apparaissait pas.

– Nous devons aller vers le sud, déclara Flamel.

Josh tapota sur les boutons pour obtenir le menu principal.

– OK. J'ai besoin d'une adresse.

– Mets le bureau de poste au coin de Signal Street et d'Ojai Avenue, à Ojai.

À l'arrière, Scatty remua sur son siège :

– Oh non ! Pas Ojai. Je t'en prie, ne me dis pas qu'on va là-bas !

Flamel se retourna :

– Pernelle m'a dit d'aller vers le sud.

– Los Angeles est au sud. Mexico est au sud. Quoi d'autre… ? Le Chili ! Et j'en passe…

– Pernelle m'a demandé de conduire les enfants chez la Sorcière, expliqua patiemment Flamel. Et la Sorcière vit à Ojai.

Sophie et Josh se dévisagèrent sans rien dire.

Scatty s'adossa à son siège et poussa un long soupir :

– Cela ferait une différence si je disais que je ne veux pas y aller ?

– Aucune.

Sophie se pencha entre les deux sièges pour examiner l'écran :

– Le trajet prendra combien de temps ? Nous sommes loin ?

– On va rouler une bonne partie de la journée, répondit Josh.

Ses cheveux frôlèrent ceux de sa sœur, et une petite étincelle jaillit.

– Nous devons prendre l'autoroute n° 1, traverser le pont de Richmond...

Son index suivait les lignes colorées :

– Puis la 1-580, qui devient plus loin la 1-5.

Surpris, il cligna des yeux :

– On la suit sur plus de quatre cent trente kilomètres !

Il appuya sur un autre bouton, qui lui fournit des données précises.

– Nous sommes à six cent cinquante kilomètres d'Ojai, ce qui nous fait un voyage de six heures et demie au moins. Dire que jusque-là je n'avais pas fait plus de quinze bornes d'un seul coup !

– Eh bien, voilà un bel entraînement, remarqua l'Alchimiste avec le sourire.

– Et si vous nous parliez un peu plus de cette sorcière ? suggéra Sophie.

Flamel boucla sa ceinture de sécurité :

– Nous rendons visite à la Sorcière d'Endor.

Josh démarra la voiture, puis jeta un bref regard à Scatty dans le rétroviseur :

– Une vieille ennemie ?

Scathach grimaça.

– Pire, marmonna-t-elle. Ma grand-mère…

CHAPITRE TRENTE ET UN

Le royaume des Ombres disparaissait.

À l'ouest, les nuages s'étaient dissipés, si bien qu'il ne restait plus que quelques étoiles scintillantes et une lune surdimensionnée. Les unes après les autres, les étoiles s'éteignaient ; la lune s'effrangeait.

– Nous n'avons pas beaucoup de temps, remarqua Morrigan.

Accroupi, Dee rassemblait les fragments glacés de Hécate. Il crut percevoir de la peur dans la voix de Morrigan.

– Mais si ! grommela-t-il.

– Nous ne pouvons pas nous permettre de rester ici quand le royaume des Ombres n'existera plus, déclara-t-elle.

Elle le toisait, impassible. Il devina sa nervosité à la

manière dont elle serrait sa cape de plumes noires contre elle.

– Pourquoi ? demanda-t-il.

Il n'avait jamais vu la déesse des Corbeaux dans pareil état et se délectait de sa gêne.

Morrigan leva la tête vers l'obscurité qui gagnait du terrain. Dans ses yeux noirs se reflétaient les dernières étoiles.

– Eh bien, parce que nous cesserions d'exister nous aussi. Nous serions aspirés par le néant, murmura-t-elle.

Au loin, les montagnes se transformaient en un nuage de poussière qui tournoyait dans le ciel noir avant de se disperser.

– Je te parle d'une vraie mort, ajouta-t-elle.

Dee était accroupi parmi ce qui restait d'Yggdrasill. Autour de lui, le monde magnifique de Hécate se réduisait en poussière, emporté par des vents invisibles. La déesse avait créé son royaume à partir de rien, et maintenant qu'elle n'était plus là pour assurer sa cohésion, il retournait à son état originel. Les montagnes s'étaient envolées comme des grains de sable dans le désert ; les immenses forêts s'estompaient lentement tandis que la lune perdait ses formes et sa clarté, tel un ballon de baudruche dégonflé. À l'est, dans le ciel d'un bleu immaculé, le soleil dardait ses rayons dorés.

La déesse des Corbeaux se tourna vers sa tante :

– Combien de temps avant que tout disparaisse ?

Dans un grognement, Bastet haussa ses larges épaules :

– Qui sait ? Même moi, je n'ai jamais assisté à la mort

d'un royaume des Ombres entier. Une question de minutes, peut-être…

– Je n'ai pas besoin de plus, fit Dee.

Il posa Excalibur par terre. La lame en pierre polie réfléchissait l'obscurité avançant par l'ouest. Dee aligna sur l'épée trois gros morceaux de glace, derniers vestiges de Hécate.

Penchées au-dessus de Dee, Morrigan et Bastet examinèrent la lame sur laquelle ondulaient leurs reflets distordus.

– Que dois-tu faire de si important ? demanda Bastet.

– Hécate habitait ici, répondit le sorcier. Et c'est ici, sur les lieux de sa mort, que les connexions avec son âme sont les plus fortes.

– Les connexions ? grommela Bastet, qui finit par comprendre ce qu'il manigançait.

Il allait pratiquer le plus noir et le plus dangereux de tous les arts obscurs.

– De la nécromancie, chuchota Dee. Je compte parler à la défunte déesse. Elle a passé tellement de millénaires sur ces terres qu'elle en fait partie. Je parie que sa conscience demeure active et attachée à cet endroit.

Quand il toucha la poignée de l'épée, la pierre noire émit une lueur jaune et les serpents sculptés sur la garde s'animèrent. Ils sifflèrent et agitèrent furieusement la langue avant de se solidifier de nouveau. Au fur et à mesure que la glace fondait, l'eau courait sur la lame, la couvrait d'une fine couche luisante.

– Maintenant, nous allons voir ce que nous allons voir, marmonna-t-il.

L'eau sur la lame se mit à bouillonner et à gicler ; elle grésillait en crépitant. Dans chaque bulle apparut un visage – celui de Hécate. Ses trois apparences se succédaient à toute allure. Cependant ses yeux couleur de beurre, remplis de haine, étaient rivés sur Dee.

– Parlez-moi ! lui cria-t-il. Je vous l'ordonne. Pourquoi Flamel est-il venu ici ?

– *Pour vous échapper*, répondit la voix à travers l'eau.

– Parlez-moi des enfants humains.

À leur grande surprise, des images apparurent sur la lame. Extrêmement nettes, elles montraient l'arrivée de Flamel et des jumeaux, deux enfants pâles et craintifs assis à l'arrière du 4 × 4 cabossé et éraflé.

– *Flamel est persuadé que ce sont les jumeaux légendaires mentionnés dans le Codex.*

Morrigan et Bastet se pressèrent contre Dee, oubliant le néant qui les guettait. À l'ouest, il n'y avait plus aucune étoile au firmament. La lune et de grandes portions de ciel avaient disparu, cédant la place à l'obscurité totale.

– Ce sont eux ? demanda Dee.

Une autre image se dessina sur la lame, leur montrant les auras argentée et dorée des jumeaux.

– Le soleil et la lune, murmura Dee.

Devait-il être horrifié ou transporté de joie ? En tout cas, ses soupçons étaient confirmés. Dès l'instant où il les avait vus ensemble, il s'était douté que ces adolescents étaient jumeaux.

– Ces enfants sont-ils ceux annoncés par la légende ? insista-t-il.

Bastet colla sa grosse tête contre celle de Dee. Ses

immenses moustaches lui chatouillaient le visage, mais il ne prit pas le risque de le lui dire. Ses dents acérées étaient trop près ! Elle sentait le chat mouillé et l'oliban. Dee était sur le point d'éternuer quand la déesse des Chats tendit la main vers l'épée. Quand il l'intercepta, il eut l'impression de serrer la patte d'un lion. Ses griffes rétractées étaient dangereusement proches de son poignet.

– S'il vous plaît, ne touchez pas la lame, dit-il. Il s'agit d'un sortilège délicat. Nous avons encore le temps de lui poser une ou deux questions.

Il désigna l'horizon à l'ouest, où les bords de la Terre s'effritaient avant de s'envoler en une traînée de poussière multicolore.

Bastet fixa la lame noire avec intensité :

– Ma sœur a – ou plutôt avait – un don très spécial. Elle savait éveiller les pouvoirs des autres. Demande-lui si elle s'est occupée de ceux de ces jumeaux humani.

Dee venait d'obtenir la réponse à la question qui le tarabustait : pourquoi Flamel avait-il emmené ces gamins ici ? Forcément ! Autrefois, on croyait que la magie de Hécate était la plus puissante de toutes.

– Avez-vous éveillé les pouvoirs magiques des jumeaux ? s'empressa-t-il de demander.

Une petite bulle éclata.

– *Non.*

Surpris, Dee manqua tomber à la renverse. Il s'attendait à un oui franc. Flamel aurait-il échoué ?

– Elle ment ! grommela Bastet.

– Impossible, rétorqua Dee. Elle doit répondre sans détours à chaque question.

– J'ai vu la fille de mes propres yeux, gronda la déesse égyptienne. Je l'ai vue agiter un fouet d'énergie aurique pure. Je n'avais jamais rencontré une telle puissance de ma vie ! Pas depuis le Temps des Aînés, en tout cas.

Dee lui lança un regard sévère :

– Vous avez vu la fille… Mais le garçon ? Que faisait-il ?

– Je ne l'ai pas remarqué.

– Ah ! s'exclama Dee sur un air triomphant.

Il se tourna vers l'épée. Les plumes de la cape de Morrigan frémirent.

– Que ce soit ta dernière question, docteur, ordonna la déesse.

Le trio leva les yeux. Une obscurité absolue était sur le point de les engloutir.

– Avez-vous éveillé la fille ?

Une bulle éclata, et le long de l'épée défilèrent des images de Sophie en lévitation, entourée de son aura argentée.

– *Oui.*

– Et le garçon ?

L'épée montra un Josh tapi dans un coin de la pièce sombre.

– *Non.*

Les doigts crochus de Morrigan se refermèrent sur les épaules de Dee et l'obligèrent à se redresser. Il attrapa son épée. Quand il la secoua, des gouttelettes d'eau bouillonnantes basculèrent dans le néant.

Vendredi 1er Juin

Le trio mal assorti – l'imposante Bastet, la ténébreuse Morrigan et le petit humain – s'enfuit à toute allure pendant que, derrière eux, le monde sombrait dans le vide. Les rescapés de leur armée d'hommes-chats et d'hommes-oiseaux erraient sur le champ de bataille. Quand ils virent leurs chefs se sauver, ils se dépêchèrent de les suivre. Bientôt, la troupe de survivants se précipitait vers l'est et les derniers reliquats du royaume des Ombres. Senuhet boitillait derrière Bastet, l'appelait par son nom, la suppliait de s'arrêter et de l'aider.

Malheureusement, le monde se dissolvait trop vite. Il engloutissait oiseaux et chats, arbres séculaires et orchidées rarissimes, créatures magiques et monstres mythiques. Il consumait l'ultime sortilège de Hécate.

Soudain, le néant s'empara du soleil. Le monde s'assombrit et s'acheva là.

CHAPITRE TRENTE-DEUX

Morrigan et Bastet sautèrent à travers l'enchevêtrement de branches. Les deux déesses portaient Dee entre elles. L'instant d'après, le mur de feuilles s'évanouit et l'un des nombreux sentiers sinueux menant au mont Tamalpais apparut. Elles trébuchèrent, si bien que Dee s'affala dans la poussière.

– Et maintenant ? grogna Bastet. Avons-nous perdu, ont-ils gagné ? Nous avons détruit Hécate, mais elle a eu le temps d'éveiller la fille.

John Dee se releva avec difficulté et brossa son manteau. Il était tout froissé ; la manche déchirée, et un morceau de tissu de la taille d'un poing manquait dans la doublure. Puis il essuya Excalibur avec soin avant de le glisser dans le fourreau caché sous son manteau.

– Oublions la fille pour le moment, dit-il. Nous devons nous concentrer sur le garçon. C'est lui la clé.

Morrigan secoua la tête ; les plumes de sa cape bruissèrent :

– Arrête de jouer aux devinettes !

Elle scruta le ciel dégagé du matin, où un nuage gris se forma presque aussitôt.

– Il a assisté à l'Éveil des incroyables pouvoirs magiques de sa sœur. Que croyez-vous qu'il ressente à présent ? Est-il apeuré, en colère, jaloux ? Se sent-il seul ?

Il dévisagea tour à tour Morrigan et la déesse des Chats :

– Ce garçon est aussi puissant que sa jumelle ! Existe-t-il une autre personne sur ce continent qui serait en mesure d'éveiller ses pouvoirs ? Auprès de qui Flamel peut-il l'emmener ?

– Annis la Noire ? suggéra Morrigan avec hésitation. Elle vit dans les Catskill.

– Trop imprévisible, répliqua Dee. Elle ne se gênera pas pour les manger.

– Perséphone ? Elle aurait été aperçue dans le nord du Canada, enchaîna Bastet.

Dee fit non de la tête :

– Les années qu'elle a passées dans le royaume de l'Au-Delà l'ont rendue folle. Il n'y a pas plus dangereuse qu'elle.

Morrigan serra sa cape autour de ses épaules. Le nuage au-dessus de sa tête s'épaississait.

– Je ne vois personne d'autre en Amérique du Nord,

fit-elle. J'ai croisé Lilith en Autriche, et je sais qu'Érichto se cache en Thessalie.

– Vous avez oublié quelqu'un…, lâcha Dee.

– Qui ? grogna Bastet, les sourcils froncés, le nez plissé.

Le magicien se tourna vers la déesse des Corbeaux :

– Vous !

Morrigan recula d'un bond. Elle écarquilla ses grands yeux noirs. Elle se mordilla les lèvres. Une ondulation parcourut les plis de sa cape noire et en ébouriffa les plumes.

– Tu te trompes ! siffla Bastet. Ma nièce est de la Génération Suivante. Elle n'en a pas le pouvoir.

Dee fit face à la déesse des Corbeaux. S'il savait qu'il jouait à un jeu dangereux, voire mortel, il n'en laissait rien paraître.

– À une époque, cela était peut-être vrai. Mais les pouvoirs de Morrigan ont beaucoup évolué.

– Nièce, de quoi parle-t-il ?

– Méfie-toi, humani ! croassa la déesse.

– Il n'est pas question de renoncer à ma loyauté, s'empressa d'ajouter Dee. Je sers les Aînés depuis un demi-millénaire. Je cherche juste un moyen d'atteindre notre but.

Il s'approcha de Morrigan :

– Autrefois, comme Hécate, vous aviez trois visages : vous étiez Morrigan, Macha et Badb. Cependant, contrairement à Hécate, vos deux sœurs et vous occupiez trois corps différents. Vous étiez liées par votre conscience.

Individuellement, vous étiez puissantes ; ensemble, vous étiez invincibles.

Il se tut. En apparence, il prenait le temps de mettre de l'ordre dans ses pensées, mais en vérité il raffermissait sa prise sur Excalibur.

– Quand avez-vous décidé d'assassiner vos sœurs ? demanda-t-il soudain sur le ton de la conversation.

Dans un cri horrifiant, Morrigan lui sauta à la gorge.

Et s'arrêta en plein vol.

Rapide comme l'éclair, Dee avait dégainé Excalibur et pointé sa lame noire sous son cou. Une lumière bleue crépitait le long de son fil. Les serpents, ranimés une fois de plus, sifflaient leur haine.

Dee esquissa un sourire glacial :

– Je vous en prie… Je suis déjà responsable de la mort d'une Aînée aujourd'hui. Je ne souhaite pas en ajouter une seconde à mon palmarès.

Il surveillait en même temps du coin de l'œil Bastet, qui le contournait.

– Morrigan a le pouvoir d'éveiller le garçon, lui lança-t-il. Elle possède le savoir et la puissance de ses deux sœurs. Si nous parvenons à l'éveiller et l'enrôler à nos côtés, nous gagnerons un prodigieux allié. Souvenez-vous de la prophétie : « Les deux qui ne sont qu'un et celui qui est tout. » L'un est venu sauver le monde, l'autre le détruire.

– Quel est le rôle du garçon ? s'enquit Bastet.

– Nous choisirons pour lui, déclara Dee, qui ne quittait pas les déesses des yeux.

Sans crier gare, Bastet bondit sur lui et serra ses

grandes griffes autour de son cou. Elle le souleva légèrement, ce qui l'obligea à se mettre sur la pointe des pieds et à la regarder dans les yeux. Pendant un quart de seconde, il envisagea de se servir de son épée contre elle. Il y renonça, sachant que la déesse des Chats était bien plus rapide qu'il ne le serait jamais. Elle percevrait le mouvement de ses épaules et lui trancherait la gorge en un clin d'œil.

Bastet foudroya sa nièce du regard :

– C'est vrai ? Macha et Badb sont mortes ?

– Oui, répondit Morrigan en fixant Dee. Mais je ne les ai pas tuées ! Elles ont renoncé à la vie de leur plein gré et continuent d'exister en moi.

Pendant un instant, ses yeux prirent une teinte jaune, puis rouge avant de revenir au noir de jais. Les couleurs des trois déesses…

Dee faillit lui demander comment les deux déesses étaient entrées en elle, mais il décida qu'il valait mieux s'abstenir. L'instant était mal choisi pour la questionner.

– Morrigan, peux-tu éveiller ce garçon ? l'interrogea Bastet.

– Oui.

– Alors, fais-le, nièce, lui ordonna la déesse des Chats.

Elle reporta ensuite son attention sur Dee. Elle lui appuya son pouce sur le menton.

– Et toi, si tu menaces de nouveau un Aîné avec une arme, je veillerai à ce que tu passes le prochain millénaire dans un royaume des Ombres conçu par mes soins. Et, crois-moi, le séjour ne te plaira pas.

Elle desserra son étreinte et le jeta par terre, dans la poussière. Il n'avait pas lâché son épée.

– Dis-moi, poursuivit Bastet le dominant de toute sa taille. Où sont Flamel et les jumeaux à présent ? Où sont-ils allés ?

Tremblant comme une feuille, Dee se releva. Il épousseta son manteau en loques.

– Nicolas est obligé d'instruire la fille, répondit-il. Hécate l'a éveillée, mais n'a pas eu le temps de lui apprendre le moindre sortilège de protection. Elle aura besoin de leçons pour se préserver et contrôler ses pouvoirs avant que les stimuli du monde physique ne la rendent folle.

– Où sont-ils allés ? grogna Bastet.

Les bras croisés, elle tremblait elle aussi. Le nuage que Morrigan avait évoqué s'était épaissi et avait noirci au fur et à mesure qu'il descendait vers eux. À présent, il planait juste au-dessus de leurs têtes. L'air sentait l'humidité et un mélange d'épices impossibles à identifier.

– Il ne restera pas à San Francisco, poursuivit le magicien. Il sait que nous avons beaucoup d'agents dans la région.

Morrigan ferma les yeux, pivota lentement, puis leva le bras :

– Ils se dirigent vers le sud. Je distingue les traces argentées de l'aura de la fille. Elle est incroyablement forte !

– Qui est l'Aîné le plus puissant dans le sud ? s'enquit Dee en toute hâte. Un expert en magie élémentaire ?

– Endor ! s'exclama Bastet. À Ojai. La dangereuse Sorcière d'Endor.

– La Maîtresse des Airs, compléta Morrigan.

Bastet se pencha vers le visage du petit homme. Il recula machinalement, tant son haleine empestait.

– Tu sais où tu dois te rendre, fit-elle. Tu sais ce qu'il te reste à faire. Nous devons récupérer les pages du Codex.

– Et les jumeaux ? demanda-t-il, les dents serrées, incapable de respirer.

– Capture-les si tu peux. Sinon, tue-les pour empêcher Flamel d'utiliser leurs pouvoirs.

Sans perdre une seconde, la déesse des Corbeaux et Bastet grimpèrent dans le nuage et s'éclipsèrent. La grisaille humide s'envola avec eux, laissant John Dee seul sur le sentier isolé.

– Et je me rends à Ojai comment ? leur cria-t-il.

Pas de réponse.

Il plongea les mains dans les poches de son manteau lacéré et se mit en marche. Il était furieux : elles s'étaient débarrassées de lui, comme s'il n'était qu'un enfant !

Mais les choses ne tarderaient pas à changer…

Les Aînés s'imaginaient qu'il était leur marionnette, leur outil. Il avait vu Bastet abandonner Senuhet, qui la servait depuis plus d'un siècle. Sans aucun remords. Le même sort l'attendait, il le savait.

Seulement, John Dee mettrait tout en œuvre pour que cela n'arrive pas.

CHAPITRE TRENTE-TROIS

Il était tard dans l'après-midi quand Josh emprunta enfin la longue route sinueuse qui menait à la petite ville d'Ojai. Il avait conduit sur six cent cinquante kilomètres sans interruption, et la fatigue se lisait sur ses traits tirés. Alors que l'ordinateur de bord avait estimé le trajet à six heures et demie, il leur en avait fallu presque neuf. Josh avait été surpris que le Hummer soit aussi pratique sur l'autoroute. Il avait enclenché le régulateur de vitesse automatique et laissé faire. En revanche, sur les autres types de route, maîtriser cette voiture relevait du cauchemar. Cela n'avait rien à voir avec ses jeux vidéo. L'engin était si gros que Josh avait peur à tout instant d'écraser quelque chose. Par ailleurs, l'immense véhicule noir attirait l'attention : jamais il n'aurait cru être aussi content de disposer de vitres teintées. Il s'imaginait la tête des passants s'ils savaient qu'un gamin de quinze ans était au volant !

La route tourna à droite, et la rue principale d'Ojai, longue et rectiligne, s'offrit à eux. Il ralentit devant la *Boutique Psychique* et le théâtre d'Ojai. Quand le feu passa au rouge sur Signal Street, il s'arrêta et se pencha sur le volant pour examiner la ville à travers le pare-brise couvert d'insectes écrasés. Sa première impression quand il regarda la rue déserte ? Ojai était étonnamment verte. Au mois de juin en Californie, la plupart des plantes, flétries, étaient marron. Ici, les arbres omniprésents contrastaient avec les façades blanches des bâtiments. À sa droite, une petite tour blanche s'élevait au-dessus du bureau de poste dans le ciel d'un bleu limpide. À gauche, de nombreux magasins s'alignaient en retrait de la route, abrités par des arcades en pierre blanche.

Lorsqu'il jeta un coup d'œil dans le rétroviseur, il fut étonné de croiser le regard de Scatty.

– Je vous croyais endormie, murmura-t-il.

Sophie, qui s'était installée à côté de lui au bout de quelques heures de voyage, dormait, recroquevillée sur son siège. Flamel ronflait doucement, la tête appuyée sur l'épaule de Scatty.

– Je n'ai pas besoin de dormir, répondit la Guerrière.

Des centaines de questions se bousculaient dans l'esprit de Josh. Il se contenta pourtant de lui demander :

– Savez-vous où nous allons ?

Elle se pencha en avant, posa les bras sur le siège de Josh et le menton sur ses avant-bras :

– Tout droit. Tu passes la poste – le bâtiment avec

la tour –, puis tu tournes à droite après Libbey Park, sur Fox Street. Là, tu trouveras un endroit où te garer.

Elle désigna la rangée de magasins blottie sous les arcades à gauche :

– C'est ici.

– Votre grand-mère habite ici ?

– Oui.

– Elle est vraiment sorcière ?

– Ma grand-mère n'est pas une simple sorcière. C'est la Première Sorcière.

– Comment te sens-tu ? demanda Sophie.

Elle était sortie de la voiture et s'étirait, sur la pointe des pieds, le dos cambré. Sa nuque craqua.

– Ça fait du bien, soupira-t-elle, les yeux fermés, le visage caressé par les rayons du soleil, encore haut dans le ciel turquoise.

– C'est à moi de te poser la question, répliqua Josh en la rejoignant sur le trottoir.

À son tour, il bâilla et s'étira, tourna la tête de droite et de gauche :

– Jamais plus je ne conduirai !

Puis il dit tout bas :

– Je suis content que tu ailles bien… Tu vas bien, dis ?

– Euh… Je crois.

Flamel sortit de la voiture et claqua la portière. Scatty s'était déjà réfugiée sous un arbre. Elle sortit une paire de lunettes noires de sa poche et les mit aussitôt. Pendant ce temps, Josh appuya sur la clé de contact. La voiture fit « bip ! » et les lumières clignotèrent.

– Nous devons parler, chuchota Flamel en scrutant la rue transversale, pourtant déserte.

Il passa les doigts dans ses cheveux courts. Quelques-uns y restèrent accrochés. Il les examina un instant avant de frotter la main sur son jean. Une nouvelle année marquait son visage, creusait des rides autour de ses yeux, des sillons de chaque côté de sa bouche.

– La personne à qui nous rendons visite pourrait se montrer… difficile.

– À qui le dis-tu ? marmonna Scatty.

– Qu'entendez-vous par « difficile » ? s'inquiéta Josh. Ayant croisé un nombre incroyable de monstres, il se demandait ce que cet adjectif pouvait signifier.

– Excentrique, acariâtre, irritable… quand elle est bien lunée, expliqua Scatty.

– Et quand elle est mal lunée ?

– Là, tu regrettes d'être dans la même ville qu'elle !

Interloqué, Josh se tourna vers l'Alchimiste :

– Pourquoi aller la voir ?

– Parce que Pernelle me l'a suggéré, répondit-il patiemment. Parce qu'elle est la maîtresse des Airs et peut enseigner à Sophie les bases de la magie élémentaire de l'Air. Elle peut aussi lui donner des conseils sur les manières de se protéger.

– De qui ? fit Josh, surpris.

– D'elle-même, répondit Flamel, qui s'éloignait déjà en direction d'Ojai Avenue.

Scatty sortit de l'ombre et le rattrapa.

– J'aurais dû emmener de l'écran total. Je brûle sous ce soleil ! grommela-t-elle. Attendez de voir mes taches de rousseur demain matin.

Josh regarda sa sœur. Il commençait à réaliser qu'un immense gouffre le séparait à présent de sa jumelle.

– Tu as une idée de quoi il parlait ? Te protéger de toi-même ? Il voulait dire quoi ?

– Je crois savoir… Autour de moi, tout est si fort, si brillant, si aigu, si intense. Comme si quelqu'un avait monté le son au maximum. Mes sens sont tellement aiguisés ! Tu n'imagines pas ce que j'entends.

Elle désigna une Toyota rouge, toute cabossée, qui passait lentement devant eux :

– La conductrice discute au téléphone avec sa mère. Elle lui dit qu'elle ne veut pas de poisson pour dîner.

Puis elle lui montra un camion garé sur un parking, de l'autre côté de la route :

– Tu veux que je te lise l'autocollant sur la vitre arrière ?

Josh cligna des yeux : il ne parvenait même pas à lire la plaque d'immatriculation !

– Quand nous avons mangé ce matin, la nourriture avait un goût si fort que j'ai failli vomir. J'ai senti chaque grain de sel sur le sandwich.

Elle ramassa une feuille de jacaranda par terre :

– Je sens sous mes doigts la moindre veine de cette feuille. Mais tu sais le pire ? Ce sont les odeurs…

Elle le regarda avec insistance.

– Hé !

Depuis qu'il avait atteint l'âge de la puberté, il avait essayé tous les déodorants du marché.

– S'il n'y avait que toi… Entre nous, il faut vraiment que tu changes de déo. Et puis, tu me feras le plaisir de brûler tes chaussettes. Oui, toutes ces odeurs m'assaillent, continuellement. Les gaz d'échappement, l'asphalte chaud sur les routes, l'huile de friture… Même le parfum de ces fleurs me prend à la gorge.

Elle s'arrêta au milieu de la rue et changea soudain de ton. Les larmes coulaient le long de ses joues :

– C'est trop, Josh. C'est beaucoup trop. J'ai la nausée, mon cœur palpite, les yeux me brûlent, mes oreilles bourdonnent, ma bouche est sèche.

D'un geste maladroit, Josh tenta de la prendre dans ses bras, mais elle le repoussa :

– S'il te plaît, ne me touche pas ! Je ne peux pas le supporter !

Le garçon chercha les mots adéquats, mais il n'y avait rien qu'il puisse dire ou faire. Il se sentait impuissant. Sophie avait toujours été si forte ! La situation ne lui échappait jamais. Il s'adressait à elle chaque fois qu'il avait des problèmes. Elle détenait toutes les réponses.

Jusqu'à ce jour.

Flamel !

Une bouffée de colère lui serra de nouveau la gorge. C'était la faute de Flamel ! Jamais il ne pardonnerait à l'Alchimiste son attitude.

À cet instant, Flamel et Scatty se retournèrent. La Guerrière se précipita vers Sophie.

– Sèche tes larmes ! lui ordonna-t-elle. Évitons d'attirer l'attention sur nous.

– Ne parlez pas à ma sœur sur ce…, commença Josh.

Un seul regard de Scatty le réduisit au silence :

– Le magasin de ma grand-mère est de l'autre côté de la rue. Venez ! Elle va nous aider.

Obéissante, Sophie s'essuya les yeux sur sa manche et suivit la Guerrière. Elle se sentait tellement impuissante ! Elle qui ne pleurait jamais… Elle avait même ri à la fin de la projection de *Titanic*. Alors, pourquoi pleurait-elle à présent ?

L'Éveil de ses pouvoirs magiques lui avait paru une excellente idée : être capable de contrôler et de façonner sa volonté, de canaliser l'énergie de son aura, de pratiquer la magie… Mais les choses avaient mal tourné. Elle était épuisée ; elle avait l'impression d'avoir été rouée de coups lors de la stimulation. Tout son corps criait de douleur. Voilà pourquoi elle pleurait.

Elle était également terrifiée à l'idée que cette douleur pourrait ne jamais s'en aller. Dans ce cas, qu'adviendrait-il d'elle ? Comment s'en sortirait-elle ?

Sophie croisa le regard inquiet de son jumeau.

– D'après Flamel, la Sorcière saura t'aider, dit-il.

– Et si elle échouait ?

Il n'avait pas de réponse à cette question.

Sophie et Josh traversèrent Ojai Avenue et s'engagèrent sous les arcades. La température y était plus supportable.

Ils rattrapèrent Nicolas Flamel, qui s'était arrêté devant un petit magasin d'antiquités. Il avait le visage défait. Le magasin était fermé. Sans dire un mot, il tapota sur la vitre, derrière laquelle était scotchée une horloge en papier. Les aiguilles indiquaient 14 h 30 et un gribouillis avisait : *Partie déjeuner. De retour à 14 h 30.*

Or il était presque trois heures et demie.

Le nez contre la porte vitrée, Flamel et Scatty examinèrent l'intérieur pendant que les jumeaux regardaient par la devanture. Apparemment, la petite boutique ne proposait que de la verrerie – coupes, pichets, assiettes, presse-papiers, bibelots et miroirs. Beaucoup de miroirs. Il y en avait partout, de toutes les tailles, de toutes les formes, du petit rond à l'immense rectangle. La plupart étaient modernes ; seuls quelques-uns semblaient être des antiquités.

– Où peut-elle être ? demanda Flamel.

– Elle est partie déjeuner et a oublié de rentrer, suggéra Scatty en scrutant la rue. Il n'y a pas foule…

En ce vendredi après-midi, la circulation était fluide sur la rue principale et il n'y avait pas plus d'une douzaine de piétons sous les arcades.

– On passe en revue les restaurants ? proposa Flamel. Quelle cuisine préfère-t-elle ?

– Entre nous, tu n'aimerais pas le savoir…

– Si nous nous séparions ?

D'un geste machinal, Sophie appuya sur la poignée. Une clochette s'agita et la porte s'ouvrit.

– Bien joué, petite sœur !

– Je l'ai vu faire dans un film, marmonna-t-elle. Bonjour ! Il y a quelqu'un ? s'écria-t-elle sans obtenir de réponse.

Avec ces centaines de miroirs, dont certains pendaient au plafond, la petite pièce rectangulaire paraissait plus grande. Tous ces miroirs mettaient Josh mal à l'aise. Il ne cessait de croiser son reflet, et dans chaque glace son image était différente, cassée, déformée.

Sophie inspira à pleins poumons :

– Vous sentez ?

Son jumeau secoua la tête.

– Que sens-tu ? demanda Scatty.

– Comme… de la fumée de bois à l'automne.

– Elle était là.

Sophie et Josh interrogèrent la Guerrière du regard.

– C'est l'odeur de la Sorcière d'Endor. Le parfum de la magie eldritch.

Debout sur le seuil de la porte, Flamel scrutait la rue.

– Elle n'a pas dû aller bien loin, elle n'a pas fermé à clé. Je pars à sa recherche. Scatty ? Comment je la reconnaîtrai ?

Les yeux étincelants de malice, Scatty lui sourit :

– Crois-moi, dès que tu la verras tu sauras que c'est elle.

– Je reviens dès que je peux.

Au moment où Flamel sortait du magasin, une grosse moto se gara à proximité. Pendant un long moment, le motard ne bougea pas ; puis il fit vrombir son engin et partit en trombe. Le bruit était si fort que les verreries vibrèrent et tintèrent. Sophie se boucha les oreilles.

– Je ne pourrai pas supporter ça longtemps ! gémit-elle.

Josh obligea sa sœur à s'asseoir sur une chaise en bois,

et il s'accroupit à côté d'elle. Il aurait aimé lui prendre la main mais il avait peur de sa réaction. Il se sentait complètement inutile.

Scatty s'agenouilla devant Sophie :

– Quand elle t'a éveillé, Hécate n'a pas eu le temps de t'apprendre à déconnecter tes sens. Ils sont continuellement sur « On » ; mais cela ne durera pas toujours, je te le promets. Avec un peu d'entraînement et quelques incantations protectrices de base, tu apprendras à les mettre sur « Off » de temps à autre.

Josh les regarda toutes les deux. De nouveau, il était à mille lieux de sa sœur. Faux jumeaux, ils n'étaient pas génétiquement identiques. Ils ne partageaient pas ces impressions dont parlaient souvent les vrais jumeaux – avoir mal quand l'autre jumeau se blessait, sentir que l'autre courait un danger… Là, pourtant, il percevait la détresse de sa sœur. Si seulement il connaissait un moyen d'apaiser sa douleur…

Comme si elle avait lu dans ses pensées, Scatty s'exclama soudain :

– Je sais comment l'aider !

Les jumeaux détectèrent pourtant une note d'hésitation dans sa voix.

– Cela ne fera pas mal, se dépêcha-t-elle d'ajouter.

– Vu ce que je subis maintenant, cela ne peut être pire, chuchota Sophie. Scatty ?

– J'ai besoin de ta permission.

– Soph…, commença Josh.

Sophie n'y fit pas attention.

– Allez-y. Je vous en prie…, supplia la Guerrière.

– Souvenez-vous, je suis ce que vous autres, humani, appelez un vampire…

– Vous ne comptez pas boire son sang ! hurla Josh, horrifié.

– Je te répète que mon clan ne boit pas le sang.

– Je m'en fiche !

– Josh ! intervint Sophie.

Sous l'effet de la colère, son aura s'anima une seconde, remplissant le magasin d'un doux parfum de glace à la vanille. Frôlés par une brise imperceptible, des mobiles en verre tintèrent.

– Josh, calme-toi, ordonna Sophie à son frère avant d'accorder son attention à Scatty. Que voulez-vous que je fasse ?

– Donne-moi ta main droite.

Sans perdre une seconde, Sophie tendit la main. Scatty la prit entre les siennes, puis, lentement, mit les doigts de sa main gauche contre ceux de la jeune fille : pouce contre pouce, index contre index, auriculaire contre auriculaire, tout en expliquant :

– Les vampires amateurs de sang sont les plus faibles et les plus viles de notre clan. Vous êtes-vous demandé pourquoi ils en buvaient ? En vérité, ils sont morts : leur cœur ne bat pas. Comme ils n'ont pas besoin de manger, le sang ne les sustente pas.

Sophie posa la question qui brûlait aussi les lèvres de Josh :

– Vous êtes morte, vous aussi ?

– Non, pas vraiment.

Aussitôt, Josh regarda dans les miroirs, où Scathach se reflétait à l'infini. Elle sourit :

– Ne croyez pas à cette vieille légende qui prétend que les vampires n'ont pas de reflet ! Bien sûr que nous en avons un, nous sommes solides, après tout.

Ensuite, sous le regard attentif de Josh, elle écarta les doigts. Il ne semblait rien se passer. Puis il aperçut une étincelle argentée dans un miroir derrière Scatty. Peu à peu, la main de Sophie étincela d'une pâle lumière argent.

– Ma race, le clan des Vampires, continua Scatty, les yeux rivés sur la main de Sophie, fait partie de la Génération Suivante.

La lumière argent s'écoulait dans la paume de Sophie.

– Nous ne sommes pas des Aînés. Nous qui sommes nés après la disparition de Danu Talis ne ressemblons pas du tout à nos ancêtres.

– Vous nous avez déjà parlé de Danu Talis, murmura Sophie, à moitié assoupie. Quel est cet endroit ?

Une chaleur réconfortante l'envahissait : c'était comme si elle avait des fourmis dans le bras, sauf que le chatouillis était agréable.

– C'était le centre du monde au temps des Aînés. Leur race dirigeait cette planète depuis un continent insulaire appelé Danu Talis. Il s'étendait de ce qui est aujourd'hui la côte africaine aux rives d'Amérique du Nord, jusqu'au Golfe du Mexique.

– Je n'ai jamais entendu parler de Danu Talis, dit Sophie.

– Bien sûr que si ! Les Celtes le nomment De Danann Isle, et le monde moderne, l'Atlantide.

La main argentée de Sophie blanchissait à présent. On aurait dit qu'elle portait un gant. De petites spirales brillantes s'enroulaient autour des doigts de Scatty en crépitant, telles de magnifiques bagues. La Guerrière fut prise de frissons.

– Danu Talis s'est disloqué parce que les Jumeaux Souverains – le Soleil et la Lune – se sont battus au sommet de la Grande Pyramide. Les forces magiques incroyables qu'ils ont engagées ont déséquilibré la nature. Quand cette magie indomptée a été libérée dans l'atmosphère, elle a provoqué ces changements au sein de la Génération Suivante. À la naissance, certains étaient des monstres, d'autres étaient un mélange des deux formes ; quelques-uns possédaient des capacités de transformation extraordinaires et pouvaient devenir des animaux selon leur gré. D'autres, comme ceux qui ont fini par former le clan des Vampires, ont découvert qu'ils étaient privés de sentiments.

– Comment ça ? demanda Josh.

La Guerrière lui sourit. Ses canines semblaient très longues tout à coup.

– Nous ne ressentons quasiment aucune émotion. Il nous manque la capacité d'avoir peur, d'éprouver de l'amour, d'apprécier les moments de bonheur. Les plus grands guerriers sont ceux qui ne connaissent pas la peur, mais avant tout ils ne connaissent pas la colère.

Josh recula et prit une profonde inspiration. Il commençait à avoir des crampes aux jambes et des fourmillements dans les orteils. Il devait absolument s'éloigner de ce vampire ! À présent, tous les miroirs et toutes les surfaces polies du magasin reflétaient la lumière argent qui s'écoulait de la main de Sophie dans le bras de Scatty. Elle disparaissait dans sa chair sans atteindre le coude.

Scatty tourna la tête vers Josh. Le blanc des yeux de la Guerrière était lui aussi argenté.

– Les vampires n'ont pas besoin de sang. Ils ont besoin des émotions et des sensations qu'il transporte.

– Vous volez les sensations de Sophie ? chuchota Josh, horrifié. Sophie, empêche-la…

– Non ! s'écria sa jumelle. La douleur est en train de partir…

Le blanc de ses yeux était également couleur argent.

– Ta sœur a du mal à supporter ce trop-plein de sensations. C'est au-dessus de ses forces, et elle est terrifiée. Je me contente de lui ôter sa douleur et sa peur.

– Qui voudrait être accablé de douleur et de peur ? demanda Josh, à la fois intrigué et répugné par cette idée paradoxale.

– Quelqu'un qui voudrait se sentir vivant, répondit Scatty.

CHAPITRE TRENTE-QUATRE

Avant même d'ouvrir les yeux, Pernelle Flamel devina qu'elle avait été conduite dans une prison plus sûre. Un endroit reculé, sombre et sinistre. Elle sentait le mal incrusté dans les murs depuis des décennies, le respirait presque. Allongée et immobile, elle essayait de déployer ses sens, mais la couche de malveillance et de désespoir était trop épaisse. Pernelle était incapable de se servir de sa magie. Elle écouta son environnement avec attention, et quand elle fut absolument certaine qu'il n'y avait personne d'autre dans la pièce avec elle, elle ouvrit les yeux.

Elle se trouvait dans une cellule.

Trois murs en béton, le quatrième équipé de barres métalliques et, au-delà des barres, une rangée de cellules.

On l'avait enfermée dans une vraie prison !

Pernelle s'assit sur sa couchette, puis se leva lentement.

Ses habits sentaient l'eau salée ; au loin, elle crut entendre les bruits de l'océan.

La cellule vide ressemblait à une boîte de trois mètres sur deux, munie d'un lit étroit au matelas peu épais et d'un oreiller défoncé. Un plateau en carton était posé sur le sol devant les barreaux. Il y avait une carafe d'eau et une tasse en plastique, un gros morceau de pain noir sur une assiette en papier. Cette nourriture lui rappela qu'elle mourait de faim. Cependant, avant de manger, elle s'approcha des barreaux pour jeter un coup d'œil au-delà. À droite et à gauche, des cellules s'alignaient à perte de vue. Toutes vides.

Elle était seule à cet étage. Mais où…

À cet instant, une sirène de bateau, plaintive et assourdie, résonna au loin. Dans un frisson, Pernelle comprit où les hommes de Dee l'avaient emmenée : sur l'île-pénitentiaire d'Alcatraz !

Elle examina sa geôle, et en particulier la zone entourant la grille métallique. Contrairement à sa prison précédente, elle ne détecta aucun sortilège magique, aucune incantation de protection peinte sur le linteau ou le sol. Pernelle ne put s'empêcher de sourire : à quoi pensaient les créatures de Dee ? Dès qu'elle aurait recouvré ses forces, elle rechargerait son aura et tordrait ce métal comme du mastic avant de s'en aller tranquillement.

Il lui fallut un moment pour réaliser que le tapotement régulier qu'elle prenait pour celui des gouttes s'échappant d'un robinet était en fait le bruit de pas lents et déterminés. Appuyée contre les barreaux, elle scruta le couloir. Une ombre s'y déplaçait. Encore une de ces caricatures sans visage de Dee ? Elle ne pourrait pas la retenir très longtemps.

La silhouette, grande et difforme, sortit de l'obscurité et longea le couloir avant de s'arrêter devant sa cellule. Pernelle fut tout à coup heureuse que des barreaux la séparent de cet être terrifiant.

Ce monstre ne vivait plus sur Terre depuis des millénaires, c'est-à-dire bien avant la construction de la première pyramide au bord du Nil. Il s'agissait d'un sphinx, un énorme lion aux ailes d'aigle et à la tête de femme. Avec un sourire effrayant, le sphinx pencha la tête ; une longue langue noire et fourchue jaillit de sa bouche. Pernelle remarqua que ses pupilles étaient horizontales.

Ce n'était pas une création de Dee, mais une des filles d'Echidna, l'Aînée la plus déloyale qui fût. Sa propre race la craignait et l'évitait, tout comme les Ténébreux. Pernelle se demanda qui exactement Dee pouvait bien servir…

Le sphinx colla son visage aux barreaux. Sa longue langue goûta l'air ambiant, frôla presque les lèvres de la captive.

– Dois-je te rappeler, Pernelle Flamel, dit-elle dans le langage du Nil, qu'une des particularités de ma race consiste à absorber l'énergie aurique ?

Ses grandes ailes claquèrent dans son dos.

– Tu n'as aucun pouvoir magique en ma présence ! déclara le sphinx.

Un frisson glacé parcourut l'échine de Pernelle quand elle réalisa à quel point Dee était malin. Prisonnière sans pouvoirs à Alcatraz, elle savait que personne ne s'échappait jamais du rocher vivant.

CHAPITRE TRENTE-CINQ

La clochette tinta quand Nicolas Flamel ouvrit la porte de la boutique pour laisser passer une dame âgée plutôt ordinaire, vêtue d'un chemisier gris clair et d'une jupe grise. Petite et potelée, les cheveux permanentés et légèrement teintés de bleu, elle portait de grosses lunettes noires qui lui mangeaient le visage et la distinguaient du lot.

Sophie et Josh comprirent aussitôt qu'elle était aveugle.

Flamel toussota :

– Laissez-moi vous présenter…

Il s'interrompit et regarda la femme :

– Pardonnez-moi, comment doit-on vous appeler ?

– Appelez-moi Dora, comme tout le monde.

Elle parlait anglais avec un fort accent new-yorkais.

– Scathach ? s'exclama-t-elle soudain. Scathach !

Puis ses mots se fondirent en un langage fait de sons liquides... À son grand étonnement, Sophie les comprenait.

– Elle veut savoir pourquoi Scatty ne lui a pas rendu visite ces derniers trois cent soixante-douze ans, huit mois et quatre jours, traduisit-elle pour Josh.

Comme elle fixait la vieille femme, elle ne vit pas la peur mêlée d'envie qui enflamma le visage de son frère.

Dora se déplaçait d'un bout à l'autre de la pièce étroite, tournait la tête à droite et à gauche et ne s'adressait pas à Scatty. Elle parlait, parlait, sans prendre le temps de respirer.

– Elle dit qu'elle aurait pu mourir et que personne ne s'en serait aperçu. Par exemple, au siècle dernier, elle a été gravement malade, et qui a appelé, qui a écrit...

– Grand-m..., commença Scatty.

– Ah ! Pas de « grand-mère » avec moi ! s'exclama Dora en anglais. Tu aurais pu m'écrire ; n'importe quelle langue aurait fait l'affaire. Tu aurais pu téléphoner...

– Tu n'as pas le téléphone.

– Envoyer un e-mail, un fax !

– Grand-mère, as-tu un ordinateur ou un fax ?

– Non. Pourquoi en aurais-je besoin ?

D'un mouvement du poignet, Dora déploya sa canne blanche. Elle tapota la glace d'un banal miroir carré :

– En possèdes-tu un ?

– Oui, Grand-mère, murmura Scatty, penaude.

Ses joues étaient rouges d'embarras.

– Et tu n'as pas trouvé un moment pour regarder dans un miroir et me parler ? Es-tu si occupée que cela ?

Heureusement que j'ai des nouvelles par ton frère ! Au fait, à quand remonte la dernière fois où tu as été en contact avec ta mère ?

Sans lui répondre, Scathach se tourna vers les jumeaux.

– Je vous présente ma grand-mère, la légendaire sorcière d'Endor. Grand-mère, voici Sophie et Josh. Et tu as déjà rencontré Nicolas Flamel.

– Oui. Quel homme charmant !

Les narines dilatées, elle ne cessait de tourner la tête.

– Des jumeaux, déclara-t-elle.

Sophie et Josh se dévisagèrent, étonnés. Comment savait-elle ? Nicolas l'avait-il prévenue ?

La manière dont elle bougeait sans arrêt la tête intriguait Josh. Il essayait de suivre ce mouvement… et comprit pourquoi elle s'agitait ainsi : elle les voyait à travers ses miroirs ! Il effleura la main de sa sœur et désigna la glace. Sophie examina le miroir et la vieille femme, puis hocha légèrement la tête.

Dora s'approcha de Scathach, le visage tourné vers un grand miroir en pied :

– Tu as maigri. Tu te nourris assez ?

– Grand-mère, je n'ai pas changé depuis deux cent cinquante ans.

– Serais-tu en train de dire que ma vue baisse ? lança Dora en éclatant de rire. Allez, viens embrasser ta vieille mamie !

Avec précaution, Scathach la serra dans ses bras et déposa un baiser sur sa joue.

– Cela fait du bien de te revoir, Grand-mère. Tu as l'air en pleine forme.

– J'ai l'air vieux, oui ! N'est-ce pas que j'ai l'air vieux ?

– Tu ne fais pas tes dix mille ans.

La Sorcière pinça la joue à sa petite-fille :

– Sais-tu ce qui est arrivé à la dernière personne qui s'est moquée de moi ? C'était un inspecteur des impôts, et je l'ai changé en presse-papiers. Je dois encore l'avoir quelque part…

Flamel toussota discrètement :

– Madame Endor…

– Dora, le reprit la vieille femme.

– Dora, avez-vous eu connaissance de ce qu'il s'est passé dans le royaume des Ombres de Hécate ce matin ?

Il n'avait jamais rencontré la Sorcière auparavant, mais il connaissait sa réputation. Il fallait absolument ménager sa susceptibilité. C'était elle la célèbre Aînée qui avait quitté Danu Talis pour vivre parmi les humani et leur enseigner son savoir, plusieurs siècles avant que l'île ne sombre sous les vagues. La légende racontait qu'elle avait créé le premier alphabet humani dans l'ancien empire sumérien.

– J'aimerais m'asseoir, fit Dora.

Sophie se leva de sa chaise, et Scatty y installa sa grand-mère. La vieille femme se pencha en avant, les mains posées sur le pommeau de sa canne.

– Je suis au courant, répondit-elle. Je suis sûre que chaque Aîné vivant sur ce continent a ressenti sa mort.

Tous laissèrent échapper un cri de surprise.

– Vous l'ignoriez ?

Elle scruta le reflet de Scatty dans un miroir.

– Oui, Hécate est décédée. Son royaume des Ombres

n'existe plus. J'ai cru comprendre qu'une Aînée, une déesse de la Génération Suivante et un homme immortel étaient responsables de sa mort. Hécate doit être vengée. Elle était de la famille, et je lui dois bien cela. Pas maintenant, pas tout de suite, j'y veillerai.

Scatty s'inclina.

La Sorcière d'Endor venait de prononcer une sentence de mort, calmement, et Flamel songea que cette femme était mille fois plus dangereuse qu'il ne l'avait imaginé.

Dora tourna la tête dans une autre direction, laissant Flamel face à son reflet dans un miroir au cadre en argent décoré. Elle tapota la glace :

– J'ai vu les événements de ce matin il y a un mois.

– Et tu n'as pas prévenu Hécate ? s'exclama Scatty.

– J'ai vu des versions d'un futur éventuel, parmi tant d'autres. Dans l'une, Hécate tuait Bastet et Morrigan égorgeait Dee ; dans la suivante, Hécate tuait M. Flamel avant d'être assassinée par Scathach. Et ainsi de suite, toutes les variantes possibles. Aujourd'hui, j'ai découvert laquelle s'était réalisée.

Elle passa du miroir à un vase poli :

– Je sais pourquoi vous êtes là. Je sais ce que vous attendez de moi. J'ai réfléchi longuement à ma réponse. J'ai eu un mois pour la préparer.

– Et nous ? s'enquit Sophie. Étions-nous dans vos visions ?

– Oui, dans quelques-unes.

– Et que nous arrivait-il ?

La question sortit de la bouche de Josh avant qu'il

n'ait eu le temps de réfléchir. Car franchement, il ne voulait pas connaître la réponse.

– Dans la plupart des cas, vous étiez tués par Dee ou ses golems, les rats ou les oiseaux. Dans d'autres, vous mouriez dans un accident de voiture, lors de l'Éveil ou vous disparaissiez avec le royaume des Ombres.

Josh déglutit bruyamment :

– Nous… nous n'avons survécu que dans une version ?

– Une seule.

– Ce n'est pas bon signe, hein ? chuchota-t-il.

– Non, fit la Sorcière d'Endor. Pas bon signe du tout.

S'ensuivit un long silence, pendant lequel Dora sembla examiner la surface polie d'un pot en argent. Puis elle reprit la parole :

– Tout d'abord, sachez que je ne peux pas éveiller le garçon. D'autres devront s'en charger.

– Y a-t-il quelqu'un, à part vous, qui peut m'éveiller ? s'enquit Josh.

La Sorcière d'Endor ignora sa question.

– La petite a l'une des auras les plus pures que j'ai eu l'occasion de rencontrer. Elle doit apprendre des sortilèges de protection personnelle si elle veut survivre au reste du processus d'Éveil. Le fait que, plusieurs heures plus tard, elle est encore saine d'esprit et entière témoigne de sa force de caractère.

Elle pencha la tête en arrière et Sophie la surprit en train de la regarder dans le miroir suspendu au plafond :

– Cela, je m'en charge.

– Merci, lâcha Flamel dans un profond soupir. Elle vient de vivre des moments très éprouvants.

Josh n'osait pas regarder sa sœur. Ainsi, l'Éveil n'était pas terminé ? Sophie devrait endurer davantage de souffrances ? Cette nouvelle lui brisait le cœur.

Scathach s'agenouilla devant sa grand-mère et posa la main sur son bras :

– Grand-mère, Dee et ses maîtres sont à la recherche des deux pages manquantes du Codex. Je suppose qu'à cette heure ils savent, ou du moins ils se doutent, que Sophie et Josh sont les jumeaux dont parle le Livre d'Abraham.

– Dee le sait, confirma Dora.

Scathach jeta un rapide coup d'œil à Flamel :

– Alors, il sait aussi qu'il doit non seulement récupérer les pages, mais aussi capturer ou tuer les jumeaux.

– Il le sait.

– Et si Dee réussit, c'est la fin de ce monde ? demanda Scathach.

– Ce ne sera pas la première fois, répondit la Sorcière avec un sourire. Il y en aura bien d'autres avant que le soleil devienne noir.

– Es-tu au courant que Dee a l'intention de réhabiliter les Ténébreux ?

– Oui.

– D'après le Codex, seuls l'Argent et l'Or peuvent arrêter les Ténébreux, poursuivit Scatty.

– Si ma mémoire est bonne, le Codex dit aussi que les pommes sont empoisonnées et les crapauds se changent en princes ! répliqua Dora. Il ne faut pas croire tout ce qui est écrit dans ce livre.

Flamel connaissait ce passage sur les pommes. Il devait se référer aux pépins qui étaient en effet toxiques... si on en ingurgitait plusieurs kilos. Quant aux princes et aux crapauds, il n'était jamais tombé sur cette histoire, bien qu'il ait lu le Livre plusieurs fois. Il y avait des centaines de questions qu'il aurait aimé poser à la Sorcière, mais ce n'était pas le but de leur visite.

– Dora, enseignerez-vous à Sophie les principes de la magie de l'Air ? Si elle en sait suffisamment, elle sera capable de se protéger des attaques.

Dora haussa les épaules et sourit :

– Ai-je le choix ?

Flamel ne s'attendait pas à cette réponse.

– Bien sûr que oui, dit-il.

La Sorcière d'Endor secoua la tête :

– Pas cette fois-ci.

Lentement, elle enleva ses lunettes noires. Scatty ne bougea pas ; quant à Flamel, seul un léger mouvement de sa mâchoire trahit sa surprise. Les jumeaux, eux, reculèrent, horrifiés, le visage marqué par le choc. La Sorcière d'Endor n'avait pas d'yeux. À la place, ils découvrirent des cavités qui abritaient des miroirs d'un ovale parfait, braqués sur eux.

– J'ai échangé mes yeux contre la Vue, la capacité de voir le temps – le passé, le présent et un possible avenir. Ces structures sont aussi nombreuses que les versions probables de l'avenir, même s'il y en a moins que les gens ne le pensent. Ces dernières années, les structures se sont rapprochées, se sont entremêlées. À présent, les futurs possibles se comptent sur les doigts des mains. Et la plupart sont terrifiants, ajouta-t-elle sur un ton sinistre. Tous sont liés à vous deux.

D'un geste sûr, elle désigna Sophie et Josh.

– Quel choix ai-je donc ? poursuivit-elle. Ce monde est le mien aussi. J'étais là avant les humani, je leur ai donné le feu et le langage. Je ne les abandonnerai pas maintenant. J'instruirai la petite, je lui apprendrai à se protéger et je lui dévoilerai la manière de contrôler la magie de l'Air.

Il y eut un long silence, que Sophie finit par briser.

– Merci, murmura-t-elle.

– Ne me remercie pas. Ceci n'a rien d'un don. En vérité, je t'offre une malédiction.

CHAPITRE TRENTE-SIX

Quand Josh quitta le magasin d'antiquités, les joues en feu, les dernières paroles de la Sorcière résonnaient dans sa tête : « Il faut que tu sortes. Les humani n'ont pas à entendre ce que j'enseigne. »

À cet instant, Josh avait réalisé tout à coup qu'il était le seul humain à part entière de l'assemblée. À l'évidence, aux yeux de la Sorcière d'Endor, Sophie n'était plus totalement humaine.

« Pas de problème. J'attendrai… », avait-il dit, la voix chancelante.

Il avait toussoté avant de reprendre : « J'attendrai dans le parc, de l'autre côté de la rue. »

Puis, sans se retourner, il était sorti du magasin, poursuivi par le son de la clochette qui semblait le narguer.

Seulement, il y avait un problème. Un gros problème.

Sophie Newman regarda son frère s'éloigner. Elle n'avait pas besoin de ses sens éveillés pour voir qu'il était contrarié, et même en colère. Elle aurait aimé le rattraper, mais Scatty se tenait devant elle, le regard menaçant, l'index sur la bouche. Elle secoua imperceptiblement la tête pour lui indiquer de ne rien dire. La main sur l'épaule de Sophie, elle la conduisit devant la Sorcière d'Endor. Les doigts de la vieille femme qui effleurèrent le contour de son visage étaient étonnamment doux. L'aura de la jeune fille frémit et pétilla sous cette caresse.

– Quel âge as-tu ?

– Quinze ans. Et demi, ajouta Sophie, ignorant si cela faisait une différence.

– Quinze ans et demi, répéta Dora. Ah ! Si je pouvais me souvenir de cette époque !

Elle lui prit le menton et le tourna vers Scatty :

– Tu te rappelles tes quinze ans ?

– Comme si c'était hier, répondit sa petite-fille. Était-ce cette année que je t'avais rendu visite à Babylone et que tu avais convaincu le roi Nabuchodonosor de m'épouser ?

– Tu te trompes ! s'exclama Dora. Ça, c'était plus tard. Il aurait fait un excellent mari…

Elle dévisagea Sophie, qui voyait son reflet dans les miroirs remplaçant les yeux de la Sorcière :

– Je vais t'enseigner deux choses. Te protéger – ce qui est simple comme bonjour. Quant à l'apprentissage de la magie de l'Air, c'est un peu plus compliqué. La dernière fois que j'ai enseigné cet art à un humani, il lui a fallu soixante ans pour maîtriser les bases, et il est tombé du ciel lors du premier vol.

– Soixante ans ! souffla Sophie.

Cela signifiait-il qu'elle passerait sa vie à essayer de contrôler ses pouvoirs ?

– Grand-mère, nous ne disposons pas de ce temps, intervint Scatty. Je doute même que nous ayons soixante minutes.

Dora fixa sa petite-fille dans un miroir, l'air furieuse :

– Eh bien, fais-le, toi, si tu es aussi douée !

– Grand-mère..., soupira Scatty.

– Ne me parle pas sur ce ton, ma fille ! lança Dora. J'agis à ma façon.

– Nous n'avons pas le temps de passer par la manière traditionnelle.

– La tradition ! Que savent les jeunes de la tradition ? Crois-moi, quand j'en aurai terminé, Sophie saura tout ce que je sais sur la magie élémentaire de l'Air. Mais commençons par le commencement. Sophie, tes parents sont-ils toujours en vie ?

– Oui, répondit la jeune fille, surprise qu'on lui pose une telle question.

– Très bien. Et parles-tu à ta mère ?

– Oui, presque tous les jours.

Dora jeta un regard en coin à Scatty :

– Tu entends ? Presque tous les jours !

Elle prit la main de Sophie dans la sienne et la tapota :

– Peut-être pourrais-tu apprendre une chose ou deux à Scathach... As-tu une grand-mère ?

– Oui, Nana, la mère de mon père. En général, je l'appelle le vendredi.

Sophie réalisa soudain avec un sentiment de culpabilité qu'ils étaient vendredi et que Nana Newman devait attendre son appel.

– Tous les vendredis, répéta la Sorcière d'Endor en insistant sur chaque mot.

Quand elle regarda sa petite-fille, celle-ci fit semblant de s'intéresser à un presse-papiers en verre. Elle le reposa d'un geste brusque en découvrant un petit homme en costume trois-pièces pétrifié à l'intérieur. Il avait un attaché-case dans une main et une liasse de papiers dans l'autre. Il clignait des yeux, stupéfait.

La Sorcière s'adressa de nouveau à Sophie.

– Cela ne fera pas mal, la rassura-t-elle.

Sophie se dit que cela ne serait certainement pas pire que ce qu'elle venait de traverser. Elle fronça le nez quand s'éleva une odeur de bois brûlé. Quelque chose de frais lui frôla les mains. Elle baissa les yeux : un fil d'araignée blanc s'échappait des doigts de la Sorcière d'Endor et s'enroulait comme un bandage autour des siens. Il lui recouvrit la paume avant d'envelopper son poignet et de grimper le long de son bras. La Sorcière avait détourné son attention avec ses questions ! Sophie scruta les yeux-miroirs de Dora et s'aperçut qu'elle ne trouvait pas ses mots, comme si elle avait perdu l'usage de la parole. À sa grande surprise, loin d'avoir peur, elle se sentait bien. À l'instant où la Sorcière lui avait pris la main, une vague de paix et de calme l'avait submergée. Elle jeta un regard à Scatty et Flamel. L'air choqué, ils observaient l'opération.

– Grand-mère, es-tu sûre de…, commença la Guerrière, qui semblait horrifiée.

– Bien entendu ! rétorqua Dora avec impatience.

Alors que la Sorcière d'Endor s'adressait à Scathach, Sophie entendait dans sa tête sa voix qui lui parlait, lui murmurait d'anciens secrets, des sortilèges archaïques, partageait une vie entière de connaissances en l'espace d'un souffle et d'un battement de cœur.

– Ce n'est pas une toile d'araignée, expliqua Dora à un Flamel abasourdi et silencieux.

Il s'était penché vers Sophie et examinait avec attention les fils qui s'enroulaient autour de ses bras.

– Il s'agit d'air concentré mêlé à mon aura. Mon expérience, mon savoir sont rassemblés dans cette toile d'air. Dès qu'il touche la peau de Sophie, elle absorbe ces connaissances.

Sophie inspirait fort afin de faire entrer l'air boisé dans ses poumons. Des images s'enchaînaient à une vitesse vertigineuse devant ses yeux – des lieux ancestraux, des murs de pierre gigantesques, des navires recouverts d'or, des dinosaures, des dragons, une ville sculptée dans une montagne de glace, des visages par centaines, par milliers, de toutes les communautés, de toutes les époques, hommes, mi-hommes, mi-animaux, garous et monstres. Le contenu d'une vie entière lui était transmis.

– Les Égyptiens se sont trompés, continua Dora, dont les mains s'agitaient trop vite pour que Flamel les distingue. Ils enveloppaient les morts ; ils n'ont pas compris que, moi, j'enveloppais les vivants. À une époque, je plaçais une petite part de moi dans chacun de mes disciples et je les expédiais à travers le monde pour professer en mon nom. Apparemment, quelqu'un m'a observée et a essayé de me copier.

Sophie vit une dizaine de personnes enveloppées comme elle, ainsi qu'une jeune Dora qui se déplaçait parmi elles, vêtue des habits de l'ancienne Babylone. Elle comprit alors qu'il s'agissait de prêtres et de prêtresses qui vouaient un culte à la Sorcière. Dora leur transmettait une petite partie de son savoir afin qu'ils la communiquent à leurs concitoyens.

La toile aérienne glissa le long des jambes de Sophie et les lia entre elles. Inconsciemment, elle croisa les bras sur la poitrine, main droite sur l'épaule gauche, main gauche sur l'épaule droite. La Sorcière approuva d'un signe de la tête.

La jeune fille ferma les yeux et vit des nuages. Sans les avoir appris, elle connaissait leurs noms : cirrus, cirrocumulus, altostratus, stratocumulus, nimbostratus, cumulus. Tous différents, tous uniques. Soudain, elle sut comment utiliser leurs caractéristiques et leurs qualités, comment les façonner, les manier et les déplacer.

Les images tremblotaient derrière ses paupières.

Flash.

Une petite femme sous un ciel bleu clair agita la main et évoqua un nuage au-dessus de sa tête. La pluie arrosa un champ desséché.

Flash.

Vendredi 1er Juin

Un grand homme barbu, se tenant au bord d'une mer immense, leva les bras et un vent rugissant sépara les eaux.

Flash.

Une jeune femme figea un orage effroyable d'un seul geste, puis courut vers une frêle maison en bois et attrapa un enfant. Une seconde plus tard, l'orage emporta la maison.

Sophie regardait les images défiler et apprenait au fur et à mesure.

La Sorcière d'Endor lui toucha la joue. Sophie ouvrit les yeux : les blancs étaient parsemés d'étoiles argentées.

– Ceux qui prétendent que la magie du Feu, de l'Eau ou de la Terre sont les plus puissantes de toutes ont tort. La magie de l'Air surpasse les autres. L'air éteint le feu, transforme l'eau en brume, déchire la terre. L'air peut aussi raviver le feu, pousser un bateau sur les eaux, façonner la terre. L'air soigne les plaies, calme la fièvre. L'air tue.

Le dernier fil blanc s'enroula autour du visage de Sophie. Elle était à présent entièrement recouverte, telle une momie.

– C'est un cadeau effrayant que je t'offre. Une longue vie subsiste maintenant en toi. J'espère que certaines expériences que j'ai vécues te serviront dans les jours terribles qui s'annoncent.

Sophie se leva. Ce qu'elle venait de vivre ne ressemblait pas à l'Éveil ; l'opération était plus douce, plus subtile. Elle connaissait désormais des choses incroyables, se souvenait de temps immémoriaux, d'endroits extraordinaires. Ses propres pensées étaient mêlées aux souvenirs et aux émotions de la Sorcière ; il était difficile de les distinguer dans cet imbroglio.

Le cocon aérien qui l'enveloppait commença à virevolter, se disloquer peu à peu.

Dora se tourna brusquement vers Scatty :

– Viens m'embrasser, mon enfant. Nous ne nous reverrons pas.

– Grand-mère ?

Dora serra Scathach contre elle et en profita pour lui chuchoter à l'oreille :

– J'ai donné à cette fille un pouvoir rare et terrible. Veille à ce qu'il soit utilisé pour faire le bien.

Scathach hocha la tête, sans comprendre ce que sa grand-mère attendait d'elle.

– Et appelle ta mère. Elle s'inquiète à ton sujet.

– D'accord, Grand-mère.

Le cocon magique finit par se dissoudre. Au milieu de la vapeur et de la brume, l'aura de Sophie brilla d'une étincelante lumière argentée. Elle tendit les bras, écarta les doigts et une brise légère se propagea dans le magasin.

– Attention. Qui casse paie ! la prévint la Sorcière.

Scathach, Dora et Sophie regardèrent le ciel qui s'assombrissait au-dehors. Un instant plus tard, Flamel sentit une odeur soufrée d'œuf pourri.

– Dee !

Sophie ouvrit grands les yeux et s'écria :

– Josh ! Josh est dehors !

CHAPITRE TRENTE-SEPT

Le Dr John Dee arriva à Ojai quand les dernières lumières du jour commençaient à prendre de spectaculaires teintes rosées au-delà les montagnes Topa Topa. Il avait voyagé toute la journée. Fatigué, irascible, il cherchait un prétexte pour faire du mal à quelqu'un.

Le royaume des Ombres de Hécate avait vidé la batterie de son portable, et il lui avait fallu plus d'une heure avant de trouver un téléphone et appeler son bureau. Il avait perdu quatre-vingt-dix minutes supplémentaires à attendre au bord de la route, bouillonnant de rage, avant qu'un des chauffeurs envoyés à sa recherche finît par le retrouver. Il était neuf heures et demie quand il avait enfin rejoint ses bureaux d'Enoch Enterprises au cœur de la ville.

Là, on l'avait informé que Pernelle venait d'être transférée à Alcatraz. Sa compagnie avait récemment acquis l'île et l'avait fermée au public pendant les travaux de restauration. Les journaux racontaient que la prison serait transformée en musée de l'Histoire vivante. En vérité, Dee avait l'intention de la réhabiliter afin d'en faire l'un des endroits les plus sécurisés au monde. Il avait envisagé un instant de prendre un avion jusqu'à l'île pour parler à sa prisonnière, puis avait décidé de ne pas perdre davantage de temps. Retrouver les pages manquantes du Codex et neutraliser les jumeaux étaient ses priorités. Bien que Bastet lui eût demandé de tuer les deux gamins s'il ne pouvait pas les kidnapper, Dee avait d'autres projets…

Il connaissait la célèbre prophétie du Livre d'Abraham le Juif. Les Aînés savaient que des jumeaux se présenteraient, « les deux qui ne sont qu'un et celui qui est tout ». L'un pour sauver le monde, l'autre pour le détruire. Mais qui était qui ? Leurs pouvoirs pouvaient-ils être façonnés au cours de l'instruction qu'ils recevaient ? Par conséquent, il était aussi important de trouver le garçon que mettre la main sur les pages manquantes du Codex. Il lui fallait cette aura dorée !

John Dee avait vécu à Ojai quelque temps au début du XXe siècle. À l'époque, la ville s'appelait encore Nordhoff. Il pillait les cimetières chumash des environs et emportait de précieux artéfacts. Il avait détesté cette ville, trop petite, trop isolée, et surtout trop chaude en été. Dee préférait les grandes cités, où il était plus facile de passer inaperçu.

Il avait pris l'hélicoptère de son entreprise entre San Francisco et Santa Barbara, où il avait loué une petite

Ford. Il était arrivé à Ojai au moment où le soleil se couchait avec une grande théâtralité, projetant dans les rues de longues ombres élégantes. Ojai avait changé de manière spectaculaire en cent ans… ce qui ne modifiait pas le point de vue de Dee à son sujet.

Il tourna sur Ojai Avenue et ralentit. Flamel et les autres n'étaient pas loin. Il le sentait. À présent, il devait se montrer prudent. S'il était capable de les sentir, ses adversaires, et en particulier l'Alchimiste et Scathach, pouvaient eux aussi le repérer. En outre, il n'avait pas la moindre idée de l'étendue des pouvoirs de la Sorcière d'Endor. Dee était extrêmement inquiet : une très vieille Aînée vivait en Californie, et il ignorait tout d'elle, lui qui pensait connaître le lieu de résidence des Aînés et des hommes immortels les plus importants du monde. Dee aurait aussi aimé savoir pourquoi il ne parvenait pas à entrer en contact avec Morrigan. Il n'avait pas cessé de lui téléphoner, mais elle ne décrochait pas son portable. Soit elle était sur eBay, soit elle jouait à l'un de ces interminables jeux de stratégie en ligne auxquels elle était accro. Il n'avait également aucune idée où se trouvait Bastet, sans que cela l'inquiète. Elle le terrifiait, et Dee avait plutôt tendance à détruire toute personne qui lui faisait peur.

Essayant de localiser Flamel et les autres, Dee laissa un peu d'énergie s'infiltrer dans son aura. Il cligna des paupières quand des larmes lui montèrent aux yeux. Il se hâta de les chasser. Soudain, les passagers de la voiture voisine, les piétons qui traversaient la route, ceux qui longeaient le trottoir se parèrent d'auras multicolores et changeantes. Certaines prenaient la forme de volutes de fumée diaphanes et colorées, d'autres comportaient des points sombres, voire des bandes de couleurs boueuses.

Finalement, il repéra ses adversaires par hasard. Il descendait Ojai Avenue et passait devant Libbey Park quand il aperçut son Hummer noir garé dans Fox Street. Sans perdre une minute, il se gara derrière. À l'instant où il descendit de voiture, il perçut un soupçon infime d'aura en or pur qui provenait du parc. Ils étaient là ! Dee s'autorisa un sourire glacial.

Cette fois-ci, ils ne lui échapperaient pas.

Josh Newman s'assit à côté de la fontaine dans Libbey Park, en face du magasin d'antiquités, et fixa le fond de l'eau. Deux vasques en forme de fleur, l'une plus grande que l'autre, étaient disposées au milieu d'un bassin circulaire. L'eau jaillissait de la vasque supérieure, puis s'écoulait dans celle en dessous, avant de finir dans le bassin. Le clapotis couvrait les bruits de circulation. Josh se sentait seul et complètement perdu.

Quand la Sorcière lui avait ordonné de sortir de son magasin, il avait longé le passage sous les arcades. Attiré par le parfum de chocolat et de vanille, il s'était arrêté devant un marchand de glaces. Il avait lu la liste des parfums exotiques placardée sur la vitrine et s'était demandé pourquoi l'aura de sa sœur sentait la glace à la vanille et la sienne l'orange.

Il tapota la ligne indiquant « myrtille et éclats de chocolat ». Plongeant la main dans la poche arrière de son jean, il fut pris de panique : son portefeuille n'y était pas. L'avait-il oublié dans la voiture, ou… ?

Oh non ! Il savait exactement où il l'avait laissé…

La dernière fois qu'il l'avait vu, ainsi que son téléphone, son iPod et son portable, ils se trouvaient par terre à côté de son lit, dans sa chambre d'Yggdrasill. Il s'en voulait d'avoir oublié son portefeuille, mais la perte de son ordinateur était un désastre ! Il contenait tous ses e-mails, des notes prises en cours, un exposé quasiment terminé, trois années de photos – y compris celles de leur voyage à Cancún, à Noël – et au moins soixante giga de MP3. Il ne se souvenait pas de sa dernière sauvegarde. En tout cas, cela remontait à un bout de temps. Il se sentit mal, et soudain les odeurs de glaces ne le tentèrent plus du tout.

Malheureux comme les pierres, il tourna au coin de la rue, traversa au feu face à la poste, puis prit à gauche, en direction du parc.

Ses parents lui avaient offert cet iPod à Noël. Comment allait-il leur expliquer qu'il l'avait perdu ?

Mais l'objet qui lui manquerait encore plus était son téléphone. Un vrai cauchemar ! Il contenait les numéros de tous ses amis, et Josh savait qu'il ne les avait pas notés ailleurs. Comme leurs parents déménageaient sans cesse, les jumeaux restaient rarement plus de deux trimestres dans la même école. Ils se liaient facilement d'amitié – surtout Sophie –, et ils étaient encore en contact avec des amis des quatre coins de l'Amérique rencontrés au fil des années. Sans ces adresses e-mail et ces numéros de téléphone, comment prendrait-il de leurs nouvelles maintenant ? Jamais il ne pourrait les retrouver !

Il y avait une fontaine d'eau potable dans un recoin du parc, près de l'entrée. Il se pencha pour boire. Au-dessus de la tête de lion métallique une petite plaque rectangulaire indiquait *L'amour est l'eau de la vie. Buvez, buvez !* Tandis que l'eau glacée coulait dans sa gorge, il se redressa pour regarder le magasin. Que se passait-il à l'intérieur ? Il aimait sa sœur, mais elle, l'aimait-elle encore ? Pouvait-elle l'aimer, maintenant qu'il était… ordinaire ?

Libbey Park était calme. Josh entendait les enfants crier dans la cour de récréation de l'école voisine, mais leurs voix haut perchées lui parvenaient assourdies. Trois vieillards, vêtus de chemises à manches courtes, de bermudas, de chaussettes blanches et de sandales, discutaient sur un banc à l'ombre. L'un d'eux jetait des miettes de pain à quatre gros pigeons paresseux.

Josh retourna s'asseoir au bord de la fontaine à vasques et effleura l'eau du bout des doigts. Malgré la journée caniculaire elle était délicieusement fraîche. Quand il se passa la main dans les cheveux, des gouttelettes coulèrent le long de sa nuque.

Qu'allait-il devenir ?

Que pouvait-il bien faire ?

En vingt-quatre heures seulement, leur vie avait changé de manière radicale et incompréhensible. Ce qu'il croyait être de simples histoires devenaient des récits de la vérité. Les mythes se transformaient en Histoire, les légendes en réalité. Quand Scatty lui avait appris que le mystérieux Danu Talis n'était autre que l'Atlantide, il avait failli lui rire au nez. Pour lui, l'Atlantide se résumait à un conte de fées. Mais si Scathach, Hécate, Morrigan et Bastet étaient réelles, Danu Talis l'était aussi... Par conséquent, le travail de ses parents, l'archéologie à laquelle ils consacraient leur existence, parut à Josh sous un jour différent.

Au fond de lui, il savait qu'il avait perdu sa jumelle, la seule constante dans sa vie, l'unique personne sur qui il pouvait compter. Elle avait changé à un point qu'il ne parvenait pas à imaginer. Pourquoi n'avait-il pas été éveillé lui aussi ? Il aurait dû insister pour passer le premier ! Quel effet cela faisait-il d'avoir ces pouvoirs ? Devenait-on une sorte de superhéros ? Alors que les sens à présent éveillés de sa sœur la rendaient malade, il était jaloux de ses capacités.

Du coin de l'œil, Josh s'aperçut qu'un homme s'était assis un peu plus loin sur le rebord de la fontaine. Il l'ignora, plongé dans ses pensées.

Qu'allait-il devenir ?

– Tu es une victime, toi aussi ?

Il lui fallut quelques instants pour réaliser que l'inconnu assis à sa droite lui parlait. Il s'apprêtait à se lever, la règle d'or avec des types bizarres étant de ne pas répondre et de ne jamais, jamais entamer une conversation avec eux.

– Apparemment, nous sommes tous les victimes de Nicolas Flamel.

Étonné, Josh leva les yeux et... reconnut John Dee, l'homme qu'il espérait ne plus jamais rencontrer. La dernière fois qu'il l'avait vu, il brandissait Excalibur dans le royaume des Ombres. Et là, il était à côté de lui, complètement déplacé avec son impeccable costume gris fait sur mesure. Josh chercha autour de lui des golems ou des rats, voire Morrigan, qui rôderaient dans l'ombre.

– Je suis venu seul, expliqua Dee avec un sourire poli.

Josh réfléchissait à toute allure. Il devait rejoindre Flamel, le prévenir que Dee était à Ojai. Que se passerait-il s'il partait en courant ? Dee l'arrêterait-il avec sa magie devant ces gens ? Josh jeta un coup d'œil vers les trois vieillards. Si Dee le changeait en éléphant au milieu du parc, ils ne s'en apercevraient probablement pas…

– Sais-tu depuis combien de temps je pourchasse Nicolas Flamel, ou Nick Fleming, ou je ne sais plus qui, vu qu'il utilise des centaines de noms ? continua Dee sur le ton de la conversation.

Il effleura l'eau :

– Au moins cinq cents ans. Et il est toujours parvenu à m'échapper ! C'est un homme rusé et dangereux. En 1666, à Londres, alors que j'étais sur le point de l'attraper, il a déclenché un incendie qui a quasiment détruit la capitale.

– Ce n'est pas ce qu'il nous a dit, bafouilla Josh.

Sa curiosité était plus forte que sa peur. Et soudain, il se rappela l'un des premiers conseils que leur avait dispensés Flamel : « Les apparences sont souvent trompeuses. Vous devez sans cesse vous interroger. » Josh se demanda si cela s'appliquait à l'Alchimiste lui-même.

Il frissonna : le soleil s'était couché, et l'air se refroidissait. Les trois vieillards s'éloignèrent à pas lents sans lui accorder un regard, le laissant seul avec le magicien. Bizarrement, il ne se sentait pas en danger en sa présence.

Un sourire passa sur les lèvres fines de Dee :

– Flamel ne dit pas tout à ses interlocuteurs. Il ne s'en cache pas : il ment la moitié du temps, et l'autre moitié, il omet de dire la vérité.

– Nicolas prétend que vous travaillez pour les Ténébreux, et que, une fois que vous aurez le Codex complet, vous les ramènerez dans ce monde.

– Pour une fois, c'est exact, dans les moindres détails, répondit Dee, à la grande surprise de Josh. Même s'il a dû en déformer les raisons. Oui, je travaille avec les Aînés, poursuivit-il. Et, oui, je suis à la recherche des deux pages manquantes du Livre d'Abraham le Juif, communément appelé le Codex, que Flamel et sa femme ont volé à la bibliothèque du roi au Louvre.

– Volé ?

– Laisse-moi te raconter l'histoire de Nicolas Flamel. Je suis sûr qu'il t'a narré la mienne. Il a exercé de nombreux métiers au cours de sa vie : médecin, cuisinier, libraire, soldat, professeur de langues et de chimie ; il a tout fait, avocat un jour, voleur le lendemain. Mais il restera toujours un menteur, un charlatan et un escroc. Il a dérobé le grimoire au Louvre quand il a découvert qu'il contenait la recette de la potion de l'immortalité mais aussi celle de la pierre philosophale. Tous les mois, il concocte la potion afin que Pernelle et lui conservent l'âge qu'ils avaient au moment où ils l'ont bue pour la première fois. Il se sert du secret de la pierre philosophale pour changer du cuivre et du plomb en or, et des morceaux de charbon en diamants. Il utilise l'un des recueils de connaissances les plus extraordinaires au monde pour son profit personnel. Voilà la vérité.

– Mais Scatty et Hécate ? Sont-elles des Aînées ?

– Jusqu'au bout des ongles. Hécate est – ou plutôt était – une Aînée, tandis que Scathach est de la Génération Suivante. Criminelle notoire, Hécate a été bannie de Danu Talis à cause de ses expériences sur les animaux. Aujourd'hui, on la qualifierait d'ingénieur en génétique – elle a créé entre autres le clan des Garous et a répandu la malédiction des loups-garous sur l'humanité. Tu as croisé certaines de ces créatures hier : les sangliers-garous. Quant à Scathach, elle n'est rien de plus qu'une petite crapule qui loue ses services au plus offrant. En punition de ses crimes, elle est condamnée à vivre dans le corps d'une adolescente jusqu'à la fin de ses jours.

Il se tut un instant avant d'ajouter :

– Quand Flamel a découvert que c'en était fini de lui, il s'est rendu chez les deux seules personnes qui pouvaient l'accueillir.

À présent, Josh ne comprenait plus rien à rien. Qui disait la vérité. Flamel ou Dee ?

Il avait froid. La nuit n'était pas totalement tombée, mais une nappe de brume enveloppait déjà la ville. L'air sentait la terre mouillée et l'œuf pourri.

– Et vous ? Comptez-vous réhabiliter les Aînés ?

– Bien entendu ! s'exclama Dee, l'air surpris. C'est peut-être la seule chose importante que je puisse faire pour ce monde.

– D'après Flamel, les Aînés – les Ténébreux, comme

il les appelle – veulent détruire la Terre, fit remarquer Josh.

Dee haussa les épaules :

– Crois-moi, il te ment. Les Aînés ont l'intention d'améliorer la condition humaine…

Les doigts de Dee bougeaient dans l'eau. Les vaguelettes qui couraient sur la surface, hypnotisaient Josh. Tout à coup, des images s'y formèrent, illustrant les paroles apaisantes de Dee.

– Autrefois, la Terre était un paradis qui possédait une technologie extrêmement avancée. L'air était propre, l'eau pure, les mers non polluées.

Il y eut une image ondulante d'une île sous un ciel azur. Des champs de blé blonds s'étendaient à perte de vue. Les arbres ployaient sous les fruits exotiques.

– La race des Aînés a non seulement façonné ce monde, mais elle a poussé les premiers hominidés sur la route de l'évolution. Les Aînés ont été chassés de ce paradis par ce fou d'Abraham, ses superstitions ridicules et ses incantations consignées dans le Codex. Les Aînés ne sont pas morts – il en faut beaucoup pour exterminer leur race ! –, ils ont simplement attendu. Ils savaient qu'un jour l'humanité recouvrerait ses esprits et les rappellerait pour sauver la Terre.

Josh ne parvenait pas à quitter des yeux l'eau scintillante. Les paroles de Dee lui paraissaient plausibles.

– Si nous réussissons à les ramener, les Aînés pourront restructurer ce monde. Les déserts fleuriront…

Une image se forma à la surface de l'eau – d'immenses

dunes balayées par les vents se couvraient d'un épais tapis d'herbe.

Une autre image lui succéda. Josh avait l'impression d'observer la Terre de l'espace, un peu comme sur Google Earth. Un gros cyclone cachait le golfe du Mexique et se dirigeait vers le Texas.

– Ils contrôlent le temps, affirma Dee et la tempête disparut.

Sous les doigts de Dee se dessina une salle d'hôpital remplie de lits vides.

– Ils soignent aussi les maladies. Souviens-toi, grâce à leurs pouvoirs, ces êtres étaient vénérés comme des dieux. Or Flamel empêche leur retour.

Sidéré, Josh mit un long moment à demander :

– Mais pourquoi ?

– Il obéit aux ordres d'Aînés qui, comme Hécate et la Sorcière d'Endor, veulent que le monde sombre dans le chaos et l'anarchie. Ce jour-là, ils sortiront de l'ombre et se proclameront maîtres de la Terre.

L'air triste, Dee secoua la tête :

– Cela me fait de la peine de te dire ça, mais Flamel vous méprise, ta sœur et toi. Il lui a fait courir un terrible danger aujourd'hui dans le seul but d'éveiller ses pouvoirs. Sache qu'il faut trois jours aux Aînés qui m'emploient pour procéder à la cérémonie de l'Éveil.

– Trois jours, marmonna Josh. Flamel prétend que personne en Amérique du Nord ne peut m'éveiller !

Il ne voulait pas croire Dee, et pourtant les paroles de cet homme paraissaient si… sensées.

– Un autre mensonge, soupira le sorcier. Mes Aînés

peuvent t'éveiller. Dans les règles de l'art et en toute sécurité. Ils savent très bien à quel point la procédure est dangereuse.

Lentement, Dee se leva et vint s'accroupir devant Josh. Il le regarda droit dans les yeux. Autour de la fontaine, le brouillard s'épaississait et tourbillonnait. La voix de Dee avait la douceur de la soie. Son monologue était en parfaite synchronisation avec le clapotis de l'eau.

– Comment t'appelles-tu ?

– Josh.

– Josh, répéta Dee. Où se trouve Nicolas Flamel ?

Malgré l'état de somnolence dans lequel il était en train de sombrer, une sonnette d'alarme retentit, lointaine et assourdie, dans l'esprit de Josh. Il ne pouvait pas faire confiance à Dee, il ne devait pas faire confiance à Dee… Et pourtant il y avait une part de vérité dans chacune de ses déclarations.

– Où est-il, Josh ? insista le sorcier.

Josh secoua la tête. Même s'il croyait cet homme, il voulait d'abord s'entretenir avec Sophie, connaître son opinion.

– Dis-moi…

Dee s'empara de la main molle de Josh et la plongea dans l'eau. Des vaguelettes qu'elle y fit courir créèrent l'image d'un petit magasin d'antiquités rempli de verreries. Un sourire de triomphe aux lèvres, Dee se releva et fit volte-face, tous ses sens en alerte.

Il localisa sur-le-champ leurs auras : la verte de Flamel, la grise de Scathach, la marron de la Sorcière et l'argent pur de la fille. Il les tenait ! Cette fois-ci, il n'y aurait pas d'erreur, pas d'échappatoire.

– Reste ici et admire les jolies images, murmura-t-il en tapotant l'épaule de Josh.

L'eau se para de dessins kaléidoscopiques qui hypnotisèrent le garçon.

– Je reviens tout de suite.

D'un geste à peine perceptible, il appela son armée, embusquée dans les parages.

D'un coup, le brouillard s'épaissit, s'obscurcit. Il empestait l'œuf pourri, ainsi qu'un mélange de moisi et de terre sèche.

L'horreur s'abattit sur Ojai.

CHAPITRE TRENTE-HUIT

Les mains de Nicolas Flamel émettaient déjà une lumière verte quand il ouvrit la porte de la boutique. Il ne put cacher son agacement quand la clochette tinta joyeusement.

Le soleil avait plongé derrière l'horizon pendant que la Sorcière travaillait avec Sophie. Un brouillard glacial enveloppait la vallée. Il tourbillonnait le long d'Ojai Avenue, s'enroulait autour des arbres, recouvrait tout ce qu'il touchait de perles d'humidité. Les voitures avançaient au pas, guidées par leurs faibles halos de lumière qui pénétraient à peine la pénombre. Les trottoirs étaient déserts, les passants en tenue d'été ayant fui devant ce brusque changement de temps.

Sa courte épée dans une main, un nunchaku dans l'autre, Scatty rejoignit Flamel sous les arcades.

– Ce n'est pas bon signe…

Elle inspira à pleins poumons :

– Tu sens ça ?

– Du soufre ! L'odeur de Dee.

Scatty agita son nunchaku.

– Il commence franchement à m'énerver ! s'exclama-t-elle.

Au loin, un « bang ! » métallique leur signala une collision entre deux véhicules. Une alarme de voiture, lancinante, résonnait, quelque part. Puis il y eut un cri, aigu et terrifié, suivi d'un autre, et d'un autre encore.

– Il arrive, et il n'est pas seul, déclara Flamel.

– Pas question qu'il nous piège ici, lança Scatty. Allons chercher Josh et retournons à la voiture.

– D'accord. Qui sait partir à temps vit plus longtemps.

Il retourna dans le magasin, où la Sorcière d'Endor tenait Sophie par le bras et lui parlait à toute allure. Des volutes de fumée blanche s'élevaient encore au-dessus de la jeune fille et des fils aériens pendaient de ses doigts comme autant de bandages desserrés.

Sophie embrassa la vieille femme sur la joue, puis s'élança vers la sortie.

– Nous devons partir, annonça-t-elle, hors d'haleine. Nous devons nous éloigner d'ici.

Elle n'avait aucune idée de ce qui les attendait à l'extérieur, mais, grâce à son savoir tout neuf, son imagination peuplait le brouillard de créatures monstrueuses.

– Et fermez la porte derrière vous ! leur cria la Sorcière.

À cet instant, toutes les lumières de la ville clignotèrent et s'éteignirent. Ojai fut plongé dans l'obscurité.

La sonnette retentit de nouveau quand le trio sortit dans la rue déserte. Le brouillard était à présent si dense que les conducteurs s'étaient garés sur le bas-côté. Plus une seule voiture ne roulait dans la rue principale. Un silence peu naturel plombait l'atmosphère.

Flamel se tourna vers Sophie :

– Peux-tu localiser Josh ?

– Il a dit qu'il nous attendait dans le parc.

Elle plissa les yeux pour mieux percer le brouillard, mais il était si épais qu'elle n'y voyait pas à un mètre. Flanquée de Flamel et Scatty, elle descendit du trottoir et avança à pas lents.

– Josh ?

Le brouillard avalait ses mots, les rendait à peine plus audibles qu'un chuchotement.

– Josh ? insista-t-elle.

Pas de réponse.

Une idée soudaine lui traversa l'esprit. Elle tendit le bras droit, écarta les doigts. Une bouffée d'air jaillit de sa main, mais n'eut aucun effet sur le brouillard qui dansait devant eux. Elle persista, et finit par créer une rafale de vent glacée qui ouvrit un couloir au milieu de la rue. Au passage, elle arracha le pare-chocs d'une voiture abandonnée.

– Oups… On dirait que j'ai besoin d'entraînement, marmonna-t-elle.

Une silhouette s'avança dans le tunnel, puis une deuxième, une troisième. Aucune n'était vivante.

Devant Sophie, Flamel et Scatty se tenait un squelette, droit comme un I, vêtu d'un uniforme bleu en lambeaux, comme ceux des officiers de la cavalerie américaine. Il tenait la moitié d'une épée rouillée entre ses doigts osseux. Quand il tourna la tête vers eux, les os à la base de son crâne craquèrent.

– De la nécromancie ! lâcha Flamel. Dee a ressuscité les morts.

Une autre silhouette sortit du brouillard – le corps en partie momifié d'un employé des chemins de fer brandissant une énorme masse. Derrière lui surgit un troisième mort, dont la peau tannée avait l'apparence du cuir. Une paire d'étuis à pistolet usés pendait à sa taille. Dès qu'il vit le petit groupe, il plaqua ses doigts squelettiques sur ses hanches, à la recherche de ses pistolets absents.

Les trois premiers furent suivis par un cortège de morts vivants.

Sous le choc, Sophie fut frappée de paralysie, si bien que le vent cessa de jaillir de ses doigts.

– Ce sont des morts. Ce sont tous des morts, chuchota-t-elle.

– Ouaip, dit Scathach sur un ton badin. Squelettes ou momies, cela dépend du sol dans lequel ils ont été enterrés. Si c'est un sol humide, on obtient des squelettes.

Elle fit un pas en avant et frappa avec son nunchaku un soldat qui les visait avec sa carabine rouillée. Sa tête roula sur le sol.

– Un sol sec, et on obtient des momies. Elles n'en sont pas moins agressives.

Le squelette de l'officier de cavalerie à l'épée brisée se rua sur elle mais elle para son coup. Sa lame rouillée tomba en poussière. D'un geste ample, Scatty sépara sa tête de son corps, et le tout se désagrégea à ses pieds.

Tandis que les silhouettes vacillantes se déplaçaient en silence, des hurlements retentissaient de toutes parts. Bien qu'assourdis par le brouillard, ils charriaient la terreur à l'état pur. Les citoyens ordinaires d'Ojai s'apercevaient peu à peu que les morts marchaient dans leurs rues.

Le brouillard était rempli de ces créatures qui surgissaient de partout, se dirigeaient vers le trio, l'encerclaient au milieu de la route. Au rythme des mouvements des nappes de brume, les trois compagnons entrapercevaient des dizaines et des dizaines de squelettes et de restes momifiés – soldats en uniforme bleu ou gris lacéré de la guerre de Sécession, fermiers en lambeaux de salopette démodée, cow-boys en jambières de cuir rapé et en jeans déchirés, femmes vêtues de grandes jupes, à présent moisies et en loques, mineurs en bleu de travail usé jusqu'à la trame.

– Il a vidé la fosse commune d'une des vieilles villes abandonnées ! s'exclama Scatty, qui s'était mise dos à dos avec Sophie pour la protéger. Aucun ne porte de vêtements fabriqués après 1880.

Deux squelettes de femme, vêtus de leur robe de dimanche et petit bonnet assorti, se frayaient un chemin jusqu'à elles, les bras tendus, leurs jambes osseuses cliquetant sur Ojai Avenue. L'épée de Scatty leur trancha les bras, mais ne les ralentit pas. Rangeant son nunchaku, elle dégaina sa seconde épée. Quand elle frappa, ses deux lames formèrent un X dans les airs et leur tranchèrent la tête. À peine s'étaient-elles effondrées dans le brouillard que d'autres squelettes surgirent, piétinant leurs ossements.

– Josh ! appela Sophie, au bord du désespoir. Josh ! Où es-tu ?

Et si les momies s'en étaient prises à lui en premier ? Et s'il apparaissait dans le brouillard, les yeux vides, la tête formant un angle impossible avec son corps ? Sophie secoua la tête pour chasser ces pensées macabres.

Les mains de Flamel brûlaient d'un feu vert et froid qui répandait une forte odeur de menthe. Dans un claquement de doigts, il envoya une décharge de feu métallique vers le brouillard. Les nappes se parèrent d'émeraude et d'aigue-marine sans plus d'effet. Flamel jeta une petite boule verte incandescente sur deux squelettes titubants en face de lui. Le feu enroba les créatures, grilla ce qu'il restait de leurs uniformes gris de Confédérés. Mais la chaleur n'empêcha pas leurs vieux os d'avancer en claquant sur la chaussée. Ils ouvraient la voie à des centaines d'autres soldats.

– Sophie, va chercher la Sorcière ! cria Flamel. Nous avons besoin de son aide.

– Mais elle ne peut pas nous aider, lâcha Sophie dans un soupir. Il n'y a rien qu'elle puisse faire pour nous. Elle n'a plus de pouvoirs : elle me les a tous donnés.

– Tous ? répéta Flamel, qui évita de justesse un crochet du droit d'un zombi.

Il posa la main à plat sur la cage thoracique du mort

et le poussa au milieu de la foule, où il tomba dans un enchevêtrement d'os.

– À toi d'agir alors !

– Pardon ? s'exclama Sophie.

Agir contre une armée de morts vivants ? Elle n'avait que quinze ans !

– Trouve quelque chose !

Un bras momifié surgit du brouillard et s'écrasa sur l'épaule de Sophie, la faisant sursauter.

Le mélange de peur, de répulsion et de colère qu'elle ressentit à cet instant lui fournit l'énergie dont elle avait besoin. Elle ne se souvenait d'aucun enseignement de la Sorcière, mais son instinct – ou le savoir transmis par Dora – prit le dessus. Elle laissa sa rage investir son aura. Et soudain, l'air s'emplit d'une riche odeur de vanille crémeuse tandis que son aura argentée s'embrasait. Sophie porta sa main droite à ses lèvres et souffla dans sa paume ; puis elle expédia le souffle emprisonné au milieu des morts. Un tourbillon haut de deux mètres se forma et engloutit leurs assaillants, les moulut, leur fracassa les os avant d'en recracher les débris. Sophie jeta deux autres tornades miniatures ; elles dansèrent avec la première parmi les squelettes et les momies, créant des dégâts impressionnants. Elle découvrit qu'elle pouvait les diriger d'un simple regard.

Soudain, la voix de Dee résonna dans la brume :

– Alors, tu aimes mon armée, Nicolas ?

Le brouillard déformait le son, les empêchait de localiser le sorcier.

– La dernière fois que je suis venu à Ojai, il y a une

bonne centaine d'années, j'ai déniché un merveilleux petit cimetière en contrebas de Three Sisters Peaks. La ville à laquelle il appartenait a depuis longtemps disparu, mais les tombes et leur contenu sont restés intacts.

Tout en écoutant Dee, Flamel essayait d'esquiver les coups de poing et de pied qui pleuvaient sur lui, les ongles qui le griffaient… Les squelettes et les momies ne frappaient pas avec beaucoup de force, mais leur manque de puissance était compensé par leur nombre. Un bleu commençait à noircir sous son œil ; il avait une longue éraflure sur le dos de la main. De son côté, Scatty tournait autour de Sophie, la protégeait pendant qu'elle contrôlait ses tourbillons.

– J'ignore pendant combien de temps ce cimetière a servi, poursuivit Dee. Deux cents ans, je pense… Je n'ai aucune idée du nombre de corps qu'il contient. Des centaines, peut-être des milliers. Et tu sais quoi, Nicolas ? Je les ai tous appelés !

– Où est-il ? marmonna Flamel. Il ne doit pas être loin, pour pouvoir manipuler autant de cadavres ! J'ai besoin de savoir où il se cache pour agir.

Sophie fut soudain submergée par la fatigue ; l'une des tornades chancela avant de disparaître. Les deux autres vacillaient au fur et à mesure que la jeune éveillée perdait des forces. La deuxième se volatilisa, et la troisième faiblissait. Elle comprit que l'épuisement était le prix à payer pour faire de la magie. Cependant il fallait qu'elle résiste encore si elle voulait revoir son frère.

– Partons ! s'exclama Scathach.

Elle prit Sophie par le bras et la releva. Dès qu'un

squelette se précipitait sur elles, elle le repoussait d'un coup d'épée avec une précision implacable.

– Josh, murmura Sophie, épuisée. Où est Josh ? Nous devons retrouver Josh !

Dee continuait à parler. Malgré le brouillard qui assourdissait sa voix, sa jubilation était palpable :

– Tu ne devineras pas ce que j'ai découvert aussi ! Ce dernier millénaire, les montagnes environnantes ont attiré toutes sortes de créatures. La terre est remplie d'ossements. Des milliers d'ossements. Et comme tu sais, Nicolas, je suis nécromancien…

À cet instant, un ours sortit de la nappe de brouillard grise. Il mesurait plus de deux mètres. Même si des morceaux de fourrure couvraient encore une partie de son squelette, il était évident que sa mort ne remontait pas à hier. Les os blancs comme neige de ses pattes étaient terminés par de longues griffes acérées.

Derrière l'ours apparut le squelette d'un tigre à dents de sabre. Suivirent un couguar et un autre ours, plus petit et dans un état de décomposition moins avancé.

– Un mot de moi, et ils s'arrêteront ! tonitrua Dee. Je veux les pages du Codex.

– Pas question, dit Flamel tout bas. Où est-il ? Où se cache-t-il ?

– Où est mon frère ? cria Sophie sur un ton désespéré.

Elle hurla quand une main de zombi s'enfouit dans sa chevelure. Scathach la trancha au niveau du poignet, mais elle demeura dans les cheveux de Sophie telle une pince macabre.

– Qu'avez-vous fait de mon frère ?

– Ton frère pèse le pour et le contre. Votre camp n'est pas le seul dans cette bataille ! Maintenant que j'ai le garçon, il ne me manque plus que les pages.

– Jamais !

L'ours et le tigre chargèrent à travers la foule de cadavres, les poussant sur le côté, les piétinant dans leur hâte d'atteindre le trio. Le tigre le rejoignit le premier. Son crâne luisant était énorme, et ses deux dents pointant vers le bas mesuraient au moins vingt centimètres. En un bond, Flamel se plaça entre Sophie et la créature.

– Donne-moi ces pages, Nicolas, ou je lâche tous les animaux morts sur la ville, menaça Dee.

Nicolas chercha avec frénésie dans sa mémoire une incantation qui arrêterait la créature. Il regretta amèrement de ne pas avoir étudié davantage la magie. Il claqua des doigts ; une petite bulle de lumière bondit sur le sol devant le tigre.

– Tu n'es pas capable de faire mieux, Nicolas ? Ma parole, tu vieillis !

La bulle éclata, et une tache émeraude s'étala sur le bitume.

– Il est assez près pour nous voir, chuchota l'Alchimiste.

Le squelette de tigre avança son immense patte avant droite dans la lumière verte. Elle y resta collée. Il eut beau se débattre, les filaments verts et poisseux le maintenaient au sol. Puis sa patte gauche entra dans la lumière. Collée !

– Pas si vieux que ça, hein, Dee ? triompha Flamel.

Les cadavres s'accumulaient derrière le tigre aux dents

de sabre et le poussaient en avant, si bien qu'à la fin ses membres osseux rompirent sous la pression. Flamel leva *in extremis* le bras pour se protéger… Déjà le monstre s'écrasait sur lui, gueule ouverte, crocs voraces.

– Au revoir, Nicolas Flamel ! s'écria Dee. Je n'aurai plus qu'à prendre les pages sur ton corps.

– Non ! lâcha Sophie.

Non, cela n'allait pas se terminer ainsi. Elle avait été éveillée, la Sorcière d'Endor lui avait transmis tout son savoir. Il fallait qu'elle trouve une solution.

Elle ouvrit la bouche et hurla à pleins poumons. Son aura brûla d'une incandescence argentée.

CHAPITRE TRENTE-NEUF

Quand Josh se réveilla, le hurlement de sa sœur résonnait encore dans ses oreilles.

Il lui fallut plusieurs secondes pour réaliser qu'il était toujours assis au bord de la fontaine du Libbey Park. Il vit autour de lui d'épaisses nappes de brouillard nauséabond qui grouillaient de squelettes et de corps momifiés vêtus de haillons.

Sophie !

Il devait rejoindre sa sœur. À sa droite, au centre de la foule macabre plongée dans la brume grisâtre, une lumière verte étincelait. Parfois, une lumière argentée en jaillissait qui illuminait brièvement la scène, projetant des ombres monstrueuses. Sophie, Flamel et Scathach se battaient contre ces monstres. Pourquoi n'était-il pas à leurs côtés ?

Groggy, il se leva. Il aperçut alors John Dee qui lui tournait le dos. Ses contours étaient dessinés par son aura d'un jaune malsain. Elle jetait des étincelles, crachait et sifflait telle une marmite de graisse brûlante et dégageait une odeur rance d'œuf pourri. Il avait les avant-bras appuyés sur le muret en pierre près de la source dont Josh avait bu l'eau. L'attention de Dee était accaparée par les événements survenant dans la rue. Concentré à l'extrême, il tremblait à force de contrôler son armée de morts vivants. À présent, Josh entraperçut d'autres créatures dans le brouillard : des squelettes de tigres, de chats sauvages et de loups.

Il entendit Sophie hurler de nouveau. Sa première pensée fut de bondir sur Dee, mais il se douta que cela ne servirait à rien. Qu'était-il face à ce puissant magicien ? Contrairement à sa jumelle, il n'avait aucun pouvoir.

À moins que…

Le hurlement de Sophie projeta une bouffée d'air glacé qui réduisit en poussière le tigre aux dents de sabre et renversa les squelettes à proximité. L'énorme ours s'écrasa sur le sol, disloquant une dizaine de zombis au passage. Le courant d'air chassa un instant le brouillard, et Sophie comprit la gravité de la situation. Ils n'avaient pas affaire à des dizaines, ni même à des centaines d'assaillants ; des milliers de morts vivants du Far West défilaient le long d'Ojai Avenue. Au milieu d'eux déambulaient les restes osseux des animaux qui avaient vécu dans les montagnes environnantes des siècles plus tôt. Que pouvait-elle contre eux ? Son dernier recours à la magie l'avait vidée de toutes ses forces ; elle était affalée contre Scathach qui la soutenait avec un bras pendant que l'autre maniait une épée.

Flamel se releva péniblement. La magie avait épuisé ses réserves d'énergie. Ces dernières minutes, il avait beaucoup vieilli. Les rides s'étaient creusées autour de ses yeux, son front s'était dégarni. Scathach savait qu'il ne survivrait pas à un nouvel assaut.

– Donne-lui ces pages, Nicolas, dit-elle.

Il secoua la tête, obstiné.

– Pas question ! J'ai protégé ce livre toute ma vie. Je ne peux pas.

– Qui part à temps vit plus longtemps, lui rappela-t-elle.

Il fit non de la tête. Plié en deux, inspirant de grandes bouffées d'air, l'Alchimiste était pâle comme la mort. Seules deux taches vermillon coloraient ses joues.

– Ce jeu n'a aucune règle, Scathach. Si je lui donne les pages, je nous condamne tous les quatre, ainsi que Perry et le monde entier, à une destruction certaine.

Il se redressa et se tourna pour toiser les créatures une dernière fois.

– Peux-tu emmener Sophie loin d'ici ? demanda-t-il.

– Non. Je suis incapable de les combattre et de la porter.

– Pourrais-tu te frayer un chemin seule ?

– Oui, c'est faisable, répondit-elle, sur ses gardes.

– Alors, pars, Scatty. Va-t'en. Réfugie-toi chez d'autres Aînés, contacte des hommes immortels, dis-leur ce qu'il se passe ici. Commencez à éliminer les Ténébreux avant qu'il ne soit trop tard.

– Je ne vous laisserai pas ici, Sophie et toi, déclara Scathach avec fermeté. Nous lutterons ensemble jusqu'à la fin. Quoi qu'il arrive.

– L'heure de mourir est venue, Nicolas Flamel ! cria Dee dans l'obscurité. Compte sur moi pour raconter cet instant à Pernelle dans les moindres détails.

Un frémissement parcourut la masse de squelettes humains et animaux ; puis, ils se ruèrent tous sur le trio.

Au même instant, un monstre émergea du brouillard, poussant des mugissements sauvages.

Grand et noir, muni de deux grands yeux blancs, il fit voler en éclats la fontaine de Libbey Park, brisa les vasques ornementales et se rua sur John Dee.

Le nécromancien eut à peine le temps de se jeter sur le côté. L'avant du Hummer noir percuta le mur et resta coincé dans les pierres effondrées, tandis que les roues arrière tournaient dans le vide et le moteur ronflait. La portière s'ouvrit sur Josh qui s'agenouilla par terre en se tenant la poitrine, meurtrie par la ceinture de sécurité.

Ojai Avenue était jonchée de squelettes centenaires. Sans Dee pour les contrôler, ils n'étaient plus qu'un tas d'os.

Josh longea la route en titubant. Il trébuchait sur les ossements et les lambeaux d'habits. Il ne baissa pas les yeux pour voir ce qui craquait sous chacun de ses pas.

Soudain, plus de zombis.

Sophie regardait autour d'elle, essayant de comprendre ce qui s'était passé. Il y avait eu un rugissement épouvantable, un bruit de tôle froissé et d'éboulement, suivi par un grand silence. Les morts vivants s'étaient tous couchés telles de grandes herbes sous le vent. Elle se demanda ce que leur réservait Dee maintenant.

Une silhouette s'avança dans le brouillard mouvant.

Flamel rassembla le peu d'énergie qui lui restait en une sphère de cristal vert. Sophie se redressa et s'efforça elle aussi de se concentrer sur son aura. Scathach se mit en position. Comme on lui avait prédit qu'elle mourrait dans un endroit exotique, elle se demanda si l'on pouvait qualifier ainsi la petite ville d'Ojai, dans le comté de Ventura.

La silhouette s'approchait toujours.

Flamel leva la main, Sophie invoqua les vents, et Scathach brandit son épée crantée. Soudain, Josh apparut en pleine lumière.

– J'ai bousillé la voiture, dit-il.

Sophie poussa un cri de joie et courut se jeter dans les bras de son frère. Sa joie se transforma en horreur quand le squelette de l'ours se dressa derrière lui, les pattes prêtes à s'abattre sur ses épaules.

Scathach fonça sur Josh, qu'elle envoya sans ménagement sur un tas d'ossements. Les deux épées de Guerrière parèrent les coups de l'ours ; le brouillard absorba les étincelles qui en jaillirent. Scatty frappa de nouveau, et une griffe aussi longue que sa main vola dans les airs.

Les uns après les autres, les squelettes d'animaux se

remettaient sur leurs pattes. Deux loups immenses – tas d'os recouverts de lambeaux de chair ratatinés – rôdaient à la lisière du brouillard.

– Par ici ! Venez ! Vite !

La voix de la Sorcière résonnait faiblement de l'autre côté de la rue. Le rectangle de lumière à l'entrée de sa boutique éclairait à peine la nuit. Scatty soutenant Flamel, et Josh portant quasiment sa sœur, ils se précipitèrent dans cette direction. Une vieille lampe à huile à la main, la Sorcière d'Endor les attendait sur le seuil. Ses yeux aveugles scrutaient la nuit.

– Je dois vous sortir d'ici !

Elle s'empressa de fermer la porte derrière eux et de la verrouiller à double tour.

– Cela ne les retiendra pas longtemps, marmonna-t-elle.

– Vous disiez… vous disiez qu'il ne vous restait plus aucun pouvoir, balbutia Sophie.

– C'est vrai.

Dora sourit de toutes ses dents. Elles étaient d'une blancheur parfaites :

– En revanche, cet endroit en a encore, lui.

Elle les conduisit à la hâte jusqu'à une petite pièce à l'arrière.

– Savez-vous ce qui rend cette ville si spéciale ? demanda-t-elle.

Quelque chose heurta la porte ; toutes les verreries du magasin tintèrent.

– Elle est construite à la croisée de lignes de force.

Alors que Josh ouvrait la bouche pour se renseigner, Sophie se pencha à son oreille.

– Des lignes d'énergie qui sillonnent le globe, chuchota-t-elle.

– Comment le sais-tu ?

– Aucune idée. Cela doit venir des enseignements de la Sorcière. La plupart des bâtiments célèbres et des sites anciens du monde sont construits à l'intersection de lignes de force.

– Exactement. Je ne l'aurais pas formulé mieux, la félicita Dora.

La réserve ne contenait qu'un grand cadre posé contre un mur, recouvert de numéros jaunis du *Ojai Valley Times*.

D'autres coups ébranlèrent la vitrine. Les fugitifs n'en menaient pas large. Le bruit des os contre le verre leur mettait les nerfs à vif.

Dora ôta les vieux journaux pour révéler un miroir. Il mesurait deux mètres de haut sur un mètre vingt de large. La glace, sale, tachetée et voilée, renvoyait des images déformées et floues.

– Et vous savez ce qui m'a attirée à Ojai ? demanda-t-elle. Sept lignes de force majeures se croisent ici. Elles forment un nexus.

– Ici ? chuchota Flamel.

Il avait entendu parler des lignes de force et des nexus. Les Aînés se servaient de tels portails pour voyager instantanément à travers le monde. Il ignorait qu'il en existait encore.

Dora tapa du pied :

– Ici même ! Savez-vous vous servir d'un nexus ?

Flamel fit non de la tête.

Dora s'approcha de Sophie :

– Donne-moi la main, mon enfant.

La Sorcière posa la paume de Sophie contre la psyché.

– On utilise un miroir, dit-elle.

Aussitôt, l'objet s'anima, le verre prit une teinte argentée avant de s'éclaircir. Quand ils se regardèrent à nouveau dedans, le miroir ne leur montra plus leur reflet, mais l'image d'une pièce vide qui ressemblait à une cellule.

– Où est-ce ? demanda Flamel.

– À Paris, répondit Dora.

L'Alchimiste sourit :

– En France. Chez moi !

Sans hésiter une seconde, il traversa le miroir. Une fois de l'autre côté, il leur fit signe de le rejoindre.

– Je déteste les nexus, grommela Scatty. Ils me donnent la nausée.

Elle bondit à son tour. Une roulade plus tard, elle se tenait près de Flamel. Quand elle pivota vers les jumeaux, elle semblait sur le point de vomir.

*
**

Le squelette d'ours marcha d'un pas lourd jusqu'à la porte du magasin et la dégonda. Les loups et couguars s'engouffrèrent dans la boutique, renversant la verrerie, brisant au passage les miroirs et les bibelots.

Couvert d'ecchymoses et de coupures, Dee se fraya un

chemin entre les animaux de cauchemar. Rapide comme l'éclair, il frappa sur le museau un couguar qui essayait de le mordre. Si la pauvre bête en avait eu, elle aurait cligné des yeux de surprise.

– Piégés ! jubila Dee. Ils n'ont nulle part où aller.

Au moment où il pénétra dans la réserve, il sut qu'ils lui avaient échappé une fois de plus. Il ne lui fallut pas plus d'une seconde pour voir le grand miroir, les deux silhouettes derrière le verre, la vieille femme au côté de la jeune fille, appuyant la main de celle-ci contre la surface. Le garçon était là aussi.

– Un nexus ! lâcha-t-il dans un murmure horrifié.

Les miroirs avaient toujours servi de portails. Quelque part, à l'autre bout de la ligne de forces, se dressait un autre miroir.

Soudain, la vieille femme poussa la fillette à travers la glace. Sophie s'affala aux pieds de Flamel, puis s'accroupit et se retourna. Ses lèvres remuaient, et même si aucun son ne parvenait dans la boutique, on pouvait lire : Josh.

– Josh ! s'exclama Dee. Reste où tu es.

Le garçon se tourna vers la psyché. L'image devenait de plus en plus floue.

– Je t'ai dit la vérité au sujet de Flamel, poursuivit le magicien.

Dee savait qu'il lui suffirait de distraire son attention encore quelques secondes, et le miroir se refermerait.

– Reste avec moi. Je peux t'éveiller. Te rendre puissant. Tu vas m'aider à changer le monde, Josh. Le rendre meilleur.

– Je ne sais pas…

Vendredi 1er Juin

L'offre était très alléchante... Seulement, s'il s'alliait à Dee, il perdait sa sœur pour toujours. À moins que... Si Dee l'éveillait, Sophie et lui se ressembleraient de nouveau. La connexion avec sa jumelle serait rétablie.

– Regarde ! lança Dee sur un ton triomphant.

Il désigna l'image brumeuse dans le miroir :

– Ils t'ont laissé ici. Ils t'ont fait faux bond, parce que tu n'es pas comme eux. Tu ne comptes plus pour eux.

Soudain, le miroir se teinta d'argent... et Sophie réapparut dans la réserve.

– Josh ! Dépêche-toi, le pressa-t-elle sans regarder Dee.

– Je... commença-t-il. Tu es revenue me chercher ?

– Bien sûr, idiot ! Tu es mon frère. Jamais je ne t'abandonnerai !

Elle le prit par la main, glissa ses doigts entre les siens et l'attira à travers le miroir.

Aussitôt, Dora poussa la psyché, qui se brisa en mille morceaux sur le sol.

– Oups !

Puis elle fit face à Dee et ôta ses lunettes noires pour révéler le miroir de ses yeux :

– Je vous conseille de partir. Il vous reste environ trois secondes.

Dee atteignait le seuil de la boutique quand le magasin explosa.

CHAPITRE QUARANTE

L'INDUSTRIE DU FILM SÈME LA PANIQUE À OJAI

Le dernier opus d'une longue série de films d'horreur produits par les studios Enoch a perturbé hier la circulation à Ojai et affolé une grande partie de la population. Les effets spéciaux étaient un peu trop réalistes aux yeux de nombreux citoyens qui ont submergé d'appels les services d'urgences.

John Dee, président d'Enoch Films, une branche d'Enoch Enterprises, a présenté ses excuses pour le trouble occasionné, évoquant une coupure de courant et un brouillard inhabituel pour la saison qui sont survenus au moment où ils tournaient une scène de leur nouveau film. « Ces imprévus ont rendu la scène où les morts vivants marchaient dans les rues encore plus effrayante », a déclaré le porte-parole des studios.

Au même moment, un chauffard ivre a renversé la fontaine historique de Libbey Park et défoncé la pergola récemment restaurée. M. Dee a promis de reconstruire les deux à l'identique.

La Gazette d'Ojai Valley

MAGASIN D'ANTIQUITÉS DÉVASTÉ PAR UNE EXPLOSION

La nuit dernière, une explosion de gaz a entièrement détruit la boutique de Dora Witcherly, une résidente d'Ojai de longue date. Les solvants utilisés par la commerçante pour nettoyer et restaurer ses antiquités ont pris feu à cause d'une défaillance de l'installation électrique. Mme Witcherly se trouvait dans la réserve quand l'explosion s'est produite. Chose extraordinaire, elle s'en sort sans aucune égratignure et déclare avec philosophie : « Quand on a vécu aussi longtemps que moi, rien ne vous surprend plus. » Elle a promis de rouvrir son magasin avant les vacances.

www.ojai.com

CHAPITRE QUARANTE ET UN

Dans les profondeurs d'Alcatraz, Pernelle Flamel était couchée sur un matelas étroit, le dos tourné à l'entrée de sa cellule. Elle entendait les griffes du sphinx cliqueter sur les dalles du couloir. L'air empestait l'odeur musquée du serpent et du lion. Pernelle frissonna. Elle gelait dans cette cellule, où de l'eau verdâtre suintait sur le mur, à quelques centimètres de son visage.

Où était Nicolas ?

Que se passait-il ?

Pernelle n'avait pas peur pour elle. Le fait qu'elle était encore en vie signifiait que Dee avait besoin d'elle pour une tâche précise. Tôt ou tard, elle devrait lui faire face. Or, si Dee avait un défaut, c'était bien l'arrogance. Il ne manquerait pas de la sous-estimer, et là… elle frapperait. Elle gardait dans sa manche un sortilège particulièrement désagréable qu'elle avait appris lors de son séjour dans les contreforts des Carpates, en Transylvanie. Elle le réservait pour lui.

Mais où était Nicolas ?

Elle était très inquiète pour son mari et les enfants. Elle avait des difficultés à compter le temps passé en prison ; après avoir examiné les rides qui se dessinaient sur le dos de ses mains, elle estima qu'elle avait vieilli de deux ans, donc deux jours s'étaient écoulés depuis qu'on l'avait enfermée ici. Sans l'élixir d'immortalité, Nicolas et elle vieillissaient d'un an par jour. Dans moins d'un mois, ils auraient un âge très très avancé, et ils mourraient.

Sans personne pour contrecarrer leurs plans, Dee et ses semblables laisseraient les Ténébreux régner de nouveau sur le monde. Ce serait le chaos ; la civilisation disparaîtrait.

Où donc était Nicolas ?

Pernelle chassa ses larmes. Elle ne donnerait pas au sphinx la satisfaction de la voir pleurer ! Les Aînés n'avaient que du mépris pour les émotions humaines, leur plus grande faiblesse selon eux. Pernelle ne doutait pas qu'il s'agissait au contraire de leur plus grande force.

Elle cligna des yeux. Il lui fallut un moment pour saisir ce qu'elle voyait.

Dans l'eau fétide qui coulait sur les murs s'était brièvement formée une image. Pernelle se concentra sur cette vision.

Le liquide frémit avant de révéler un visage : celui de Jefferson Miller, le fantôme du vigile. Les gouttes d'eau se métamorphosèrent en lettres sur le mur couvert de mousse :

Flamel. Enfants.

Les mots disparurent en un clin d'œil.

Sains et saufs.

À présent, les larmes de Pernelle étaient si abondantes qu'elles lui brouillaient la vue. Flamel et les enfants étaient sains et saufs !

Ojai. Nexus. Paris.

Pernelle remercia Jefferson Miller discrètement tandis que le visage du fantôme se dissolvait sur le mur. Elle aurait aimé lui poser mille questions, mais au moins elle avait la réponse la plus importante : Nicolas et les enfants étaient sains et saufs. Ils s'étaient rendus à Ojai et avaient rencontré la Sorcière d'Endor. Celle-ci avait dû leur ouvrir le nexus et les avait envoyés à Paris. Ainsi, la Sorcière leur avait apporté son aide, et avait sûrement enseigné la magie de l'Air à Sophie.

Pernelle savait que la Sorcière était incapable d'éveiller les pouvoirs de Josh. À Paris et ailleurs en Europe, ils croiseraient des Aînés et des hommes immortels qui les aideraient. Ils éveilleraient Josh et enseigneraient aux jumeaux les cinq magies élémentaires.

Elle roula sur le dos et dévisagea le sphinx, à présent couché devant sa cellule. Les ailes pliées dans le dos, sa tête humaine posée sur ses énormes pattes de lion, la créature souriait paresseusement et agitait de temps en temps sa longue langue noire et fourchue.

– C'est la fin, Immortelle, chuchota le sphinx.

Pernelle lui décocha un sourire terrifiant :

– Au contraire, répliqua-t-elle, ce n'est que le début.

FIN DU LIVRE I

NOTE DE L'AUTEUR

Nicolas et Pernelle Flamel ont vraiment existé, ainsi que le Dr John Dee. En vérité, tous les personnages de *L'Alchimiste*, à l'exception des jumeaux, ont pour modèle des personnages historiques réels ou des êtres mythologiques.

Quand l'idée m'est venue d'écrire ce livre, j'ai décidé que le héros en serait le Dr John Dee.

John Dee m'a toujours fasciné. Vivant à l'époque élisabéthaine, l'ère de l'extraordinaire, Dee était un être hors du commun. Il faisait partie des hommes les plus brillants de son temps. Tous les détails le concernant rapportés dans *L'Alchimiste* sont vrais : il était alchimiste, mathématicien, géographe, astronome et astrologue. Il a fixé la date du couronnement de la reine Élisabeth Ire, et quand il était membre de son réseau d'espions, il signait ses messages codés « 007 ». Les deux « 0 » représentaient les yeux de la reine, et le symbole ressemblant à un « 7 » était la marque personnelle de Dee. Selon certains témoignages, Shakespeare aurait créé le personnage de Prospero de *La Tempête* à son image.

La série de livres ayant pour héros un alchimiste a trotté dans ma tête et a évolué dans des carnets pendant plusieurs années. Il me semblait parfaitement naturel que cette épopée ait pour pivot John Dee. Pendant que j'écrivais d'autres livres, je ne cessais de revenir à cette idée, ajoutant des thèmes, reliant entre elles les mythologies du monde, créant un environnement complexe pour les histoires. Je cherchais des décors, je visitais, photographiais, puis revisitais tous les lieux où j'avais l'intention de situer l'intrigue.

Chaque histoire commence par une idée, mais ce sont les personnages qui font avancer cette idée. Ceux des jumeaux me sont venus en premier. Mon histoire a dès le départ comporté un frère et une sœur ; dans la mythologie, les jumeaux sont des êtres spéciaux. On les retrouve dans toutes les légendes, de tous les peuples. Peu à peu sont apparus les personnages secondaires, comme Scathach et Morrigan ; et, plus tard, Hécate et la Sorcière d'Endor. Toutefois, je ne parvenais pas à trouver le héros, le mentor, le professeur des jumeaux. Bien qu'appartenant au merveilleux, le Dr John Dee n'était pas le candidat adéquat.

Un jour à la fin de l'automne 2000, j'étais à Paris pour affaires. Il est difficile de se perdre à Paris, tant qu'on sait où se trouve la Seine ou qu'on aperçoit quelques fameux points de repère comme la tour Eiffel, le Sacré-Cœur ou Notre-Dame. Néanmoins, j'ai réussi à m'égarer. J'avais dépassé Notre-Dame, traversé la Seine par le pont d'Arcole pour aller au centre Pompidou et, quelque part entre le boulevard de Sébastopol et la rue Beaubourg, je me suis perdu. Enfin, pas complètement – je savais plus ou moins où j'étais, mais la nuit commençait à tomber, et je me demandais où aller. J'ai quitté la rue Beaubourg pour m'engager dans l'étroite rue de Montmorency. Lorsque j'ai levé la tête, j'ai découvert une enseigne qui indiquait : *Auberge Nicolas Flamel.* Sur la façade du bâtiment était apposée une plaque disant que cette maison, ancienne demeure de Flamel et de son épouse, datait de 1407. Il s'agissait donc là d'une des plus vieilles maisons de Paris.

En y entrant, je suis tombé sur un charmant restaurant. J'ai dîné là-bas ce soir-là. Quelle étrange expérience : manger dans la pièce où le légendaire Nicolas Flamel avait vécu et travaillé ! Les poutres apparentes du plafond semblaient d'origine ; Nicolas Flamel les avait vues, certainement. Dans la cave, sous mes pieds, Nicolas et Pernelle avaient dû entreposer leur nourriture et leur vin. La petite pièce au-dessus de ma tête devait leur servir de chambre à coucher.

Nicolas Flamel ne m'était pas inconnu, loin de là. Dee, détenteur de l'une des plus grandes bibliothèques d'Angleterre, possédait ses livres et avait sûrement étudié ses travaux.

Nicolas Flamel était l'un des plus célèbres alchimistes de son temps. L'alchimie est une combinaison particulière de chimie, botanique, médecine, astronomie et astrologie. Connue dans la Grèce antique et en Chine, elle a une longue et remarquable histoire. Certains prétendent qu'elle est à la base de la chimie moderne. Comme pour Dee, les détails se rapportant à Nicolas Flamel contenus dans *L'Alchimiste* sont vrais. Nous en savons un peu sur lui grâce à l'existence de ses propres textes, mais aussi aux livres écrits par ses contemporains.

Né en 1330, il vivotait, travaillant comme libraire, écrivain public, copiste… Un jour, il a acheté un manuscrit très spécial : le Livre d'Abraham. Lui aussi a existé et Nicolas Flamel nous a laissé une description très détaillée du livre à la reliure de cuivre, écrit sur ce qui ressemblait à de l'écorce.

Accompagné de Pernelle, il a voyagé à travers l'Europe pendant plus de vingt ans, afin de traduire le message du Livre, rédigé dans une langue étrange.

Nul ne sait ce qui est arrivé à Nicolas Flamel pendant ce périple. Une chose est avérée cependant : à son retour à Paris, à la fin du XIVe siècle, il était extraordinairement riche. La rumeur a vite circulé selon laquelle il avait découvert les deux grands secrets de l'alchimie dans le *Livre d'Abraham le Juif* – comment créer une pierre philosophale qui change le métal ordinaire en or et comment devenir immortel. Nicolas et Pernelle n'ont pas confirmé les rumeurs, et ils n'ont jamais expliqué l'origine de leur richesse.

Ils ont continué à vivre simplement et discrètement. Ils ont donné beaucoup d'argent aux œuvres de charité et fondé des hôpitaux, des églises et des orphelinats.

Les archives indiquent que Pernelle est décédée la première. Peu après, en 1418, ce fut au tour de Nicolas Flamel de disparaître. Leur maison a été vendue, et les acquéreurs l'ont mise à sac dans l'espoir de s'approprier la fabuleuse richesse des Flamel. En vain.

Plus tard, au milieu de la nuit, la tombe de Nicolas et Pernelle Flamel a été ouverte… mais elle était vide ! Avaient-ils été enterrés dans un lieu tenu secret ou étaient-ils toujours en vie ? La rumeur a enflé à Paris au point de donner naissance à la légende du couple immortel.

Pendant les années qui ont suivi, nombreux sont ceux qui ont prétendu avoir vu les Flamel aux quatre coins de l'Europe.

Quand je suis sorti de l'*Auberge Nicolas Flamel* ce soir-là, j'ai contemplé la vieille maison. Six cents ans plus tôt, l'un des plus célèbres alchimistes au monde avait vécu et travaillé là ! Un homme qui avait dédié sa vie à la science, gagné et dépensé des fortunes, dont la demeure avait été préservée pendant la Révolution par le peuple reconnaissant de Paris, qui avait une rue à son nom – la rue Nicolas-Flamel dans le IVe arrondissement, traversée par la rue Pernelle.

Un immortel.

À cet instant précis, j'ai su que le mentor des jumeaux ne serait pas Dee : Sophie et Josh auraient pour professeurs Nicolas et Pernelle Flamel. Tandis que je me tenais devant leur maison en cette soirée d'automne humide, toutes les pièces du livre se sont assemblées, et *Les secrets de l'immortel Nicolas Flamel* ont pris forme.

L'Alchimiste

*Entrée principale de l'*Auberge Nicolas Flamel,
rue de Montmorency à Paris.

Découvrez un extrait du livre II :

LE MAGICIEN

Les secrets de l'immortel
NICOLAS FLAMEL

Je meurs.

Ma femme, Pernelle, et moi vieillissons d'un an chaque jour qui passe. Selon mes estimations, il nous reste moins d'un mois à vivre.

Or beaucoup de choses peuvent se produire en un mois.

Dee et ses sombres maîtres retiennent Pernelle prisonnière. Ils se sont finalement emparés du Codex, le Livre d'Abraham le Juif, et ils se doutent que sans lui Pernelle et moi ne survivrons pas très longtemps.

Néanmoins, je leur conseille de ne pas s'endormir sur leurs lauriers.

À ce jour, ils savent que Sophie et Josh sont les jumeaux mentionnés dans l'ancien manuscrit. Les jumeaux légendaires de la prophétie, à l'aura d'or et d'argent, le frère et la sœur qui devaient sauver le monde – ou bien le détruire. Les pouvoirs de Sophie ont été éveillés ; pas ceux de Josh, malheureusement.

En ce moment, nous sommes à Paris, ma ville natale,

la ville où j'ai découvert le Codex et commencé la longue tâche de le traduire. Ce voyage m'a fait connaître la race des Aînés, m'a révélé le mystère de la pierre philosophale et, enfin, le secret ultime de l'immortalité.

J'adore cette ville. Elle détient de nombreux secrets et abrite plus d'un homme immortel et plus d'un Aîné. Ici, je trouverai le moyen d'éveiller les pouvoirs de Josh et de continuer l'éducation de Sophie.

Il le faut.

Pour leur salut et pour la survie de la race humaine.

Extrait du journal de Nicolas Flamel, alchimiste
Rédigé en ce vendredi 1er juin,
à Paris, la ville de ma jeunesse

SAMEDI 2 Juin

CHAPITRE PREMIER

La vente de charité avait commencé bien après minuit, une fois le dîner de gala terminé. À presque quatre heures du matin, les enchères tiraient à leur fin. Le cadran numérique disposé derrière le célèbre commissaire-priseur – un acteur qui avait incarné James Bond à l'écran pendant plusieurs années – affichait un total dépassant le million d'euros.

– Lot numéro deux cent dix : une paire de masques kabuki japonais du début du XIXe siècle.

Un murmure d'excitation parcourut la salle bondée. Sculptés dans le jade, les masques étaient le clou de la soirée : selon les estimations, ils devaient partir à un demi-million d'euros.

Le grand homme mince aux cheveux blancs et crépus

coupés court debout au fond de la salle était prêt à débourser le double de cette somme.

Nicolas Machiavel demeurait en retrait de la foule, les bras croisés sur la poitrine, prenant soin de ne pas froisser son smoking en soie noire taillé sur mesure. Ses yeux gris pierre balayèrent les autres enchérisseurs, les scrutèrent, les évaluèrent. Cinq sortaient du lot : deux collectionneurs privés, comme lui, un membre d'une famille royale d'Europe sans importance, un acteur américain qui avait été brièvement célèbre dans les années quatre-vingt et un antiquaire agissant à coup sûr pour le compte d'un client. Le reste de l'assistance – un mélange de célébrités du monde du spectacle et du sport, une poignée d'hommes politiques et les habitués qui ne manquaient aucune manifestation caritative – était fatigué, avait dépensé son budget ou ne souhaitait pas acheter des masques aux expressions déroutantes.

Machiavel collectionnait les masques depuis très longtemps, et il désirait acquérir cette paire afin de compléter sa série de costumes de théâtre japonais. Leur dernière mise en vente datait de 1898 ; c'était à Vienne, et ils avaient été emportés par un prince Romanov. Machiavel avait patiemment attendu son heure, sachant qu'ils réapparaîtraient sur le marché à la mort du prince et de ses descendants. Il ne doutait pas qu'il serait encore de ce monde pour les acheter, l'un des nombreux avantages qu'apportait l'immortalité.

– Pouvons-nous commencer les enchères à cent mille euros ?

Machiavel leva les yeux, capta l'attention du commissaire-priseur et lui fit un signe discret.

Le commissaire-priseur hocha à son tour la tête.

– Cent mille euros pour M. Machiavel, l'un des participants et sponsors les plus généreux de cette vente de charité.

Des applaudissements fusèrent ; plusieurs personnes se tournèrent vers Nicolas et lui portèrent un toast. Il baissa les yeux avec modestie.

– Qui pour cent dix ? demanda le commissaire-priseur.

Un collectionneur privé leva la main.

– Cent vingt ?

Le commissaire-priseur s'adressait à Machiavel, qui fit oui.

En trois petites minutes, les enchères grimpèrent à deux cent cinquante mille euros. Il ne restait plus en lice que trois enchérisseurs sérieux : Machiavel, l'acteur américain et l'antiquaire.

Les fines lèvres de Machiavel esquissèrent un sourire : les masques lui appartiendraient. Son sourire s'effaça quand son portable vibra dans la poche de son pantalon. Un instant, il fut tenté de l'ignorer. En effet, il avait donné à ses assistants des instructions strictes : il ne devait pas être dérangé à moins d'une urgence absolue. Il sortit donc son appareil ultracompact.

Une épée clignotait sur le grand écran LCD. À cet instant, Nicolas sut qu'il n'achèterait pas les masques kabuki ce siècle-ci. Il sortit de la salle à grands pas, le téléphone collé à l'oreille. Dans son dos, le marteau du commissaire-priseur heurta le socle.

– Adjugé, vendu. Deux cent soixante mille euros.

– C'est moi, déclara Machiavel dans la langue italienne de sa jeunesse.

Il y eut des crachotements sur la ligne ; puis à l'autre extrémité de la Terre, et plus précisément dans la ville d'Ojai, au nord de Los Angeles, une voix à l'accent anglais lui répondit dans la même langue. Le dialecte que son correspondant utilisait n'avait pas été entendu en Europe depuis plus de quatre cents ans.

– J'ai besoin de ton aide, lança son interlocuteur sans se présenter.

Cette formalité était inutile. Machiavel savait qu'il s'agissait du Dr John Dee, le célèbre nécromancien et magicien immortel, l'un des hommes les plus puissants et les plus dangereux au monde.

Nicolas Machiavel sortit en courant du petit hôtel et émergea sur la place du Tertre. Il s'arrêta sur les larges pavés et inspira l'air frais de la nuit.

– Que puis-je pour toi ? demanda-t-il prudemment.

Il détestait Dee, et il n'ignorait pas que le sentiment était réciproque. Cependant, tous deux servaient les Ténébreux, et ils étaient obligés de travailler ensemble depuis des siècles. Machiavel enviait à Dee les années qui les séparaient, car la différence d'âge était visible. Machiavel était né à Florence en 1469 ; il avait donc cinquante-huit ans de plus que le magicien anglais.

– Flamel est de retour à Paris, annonça celui-ci.

Machiavel se raidit :

– Depuis quand ?

– Il arrive à l'instant. Il est passé par un nexus. J'ignore où il a abouti. Scathach l'accompagne.

Machiavel fit une horrible grimace. La dernière fois qu'il avait rencontré la Guerrière, elle l'avait poussé à travers une porte. Fermée, bien entendu. Il avait passé un mois à enlever les échardes de son torse et de ses épaules. Il n'avait pas pu s'asseoir pendant une semaine.

– Ils sont avec deux enfants humani. Des Américains, ajouta Dee, dont la voix faiblissait par moments sur la ligne transatlantique. Des jumeaux.

– Pardon ?

– Des jumeaux ! cria Dee. Aux auras pures d'or et d'argent. Tu sais ce que cela veut dire.

– Oui, marmonna Machiavel.

Cela voulait dire des ennuis en perspective.

– Les pouvoirs de la fille ont été éveillés par Hécate avant que la déesse et son royaume des Ombres n'aient sombré dans le néant. Je crois que la Sorcière d'Endor a ensuite enseigné à la fille la magie de l'Air.

– Qu'attends-tu de moi ? demanda Machiavel, qui se doutait très bien de la réponse.

– Retrouve-les ! aboya Dee. Capture-les ! Je suis en route pour Paris, mais je ne serai pas là avant quatorze ou quinze heures.

– Qu'est-il arrivé au nexus ?

– Il a été détruit par la Sorcière d'Endor, répondit Dee, amer. Et elle a bien failli avoir ma peau. J'ai eu de la chance de m'en tirer avec de simples coupures et quelques égratignures.

Là, il raccrocha.

Nicolas Machiavel examina longuement son téléphone, puis se tapota la lèvre inférieure. De la chance ? Si la Sorcière d'Endor avait voulu la mort du légendaire Dr Dee, jamais elle ne l'aurait laissé s'échapper vivant. Machiavel traversa la place. Son chauffeur l'attendait patiemment de l'autre côté de la voiture.

Nicolas réfléchit : Si Flamel, Scathach et les jumeaux américains étaient venus à Paris *via* un nexus, il existait peu d'endroits en ville où ils avaient pu atterrir. Il serait donc relativement facile de les retrouver et de les capturer.

S'il réussissait à le faire dès ce soir, il pourrait interroger ses prisonniers avec quinze heures d'avance sur Dee. Cela lui suffirait largement pour leur arracher des aveux. Un demi-millénaire sur la Terre avait appris à Nicolas Machiavel l'art de la persuasion.

– Où sommes-nous exactement ? demanda Josh Newman.

Il examina les alentours, essayant de comprendre ce qui lui arrivait. Tout s'était passé si vite ! En une seconde, il avait quitté le magasin d'antiquités, attiré par Sophie dans un miroir. Désorienté, il avait fermé les yeux ; quand il les avait rouverts, il se trouvait dans une sorte de réserve remplie de pots de peinture, d'escabeaux entassés et de débris de poterie. Il vit un tas de chiffons sales empilés autour d'un grand miroir crasseux d'apparence ordinaire, fixé au mur. Une ampoule de faible puissance projetait une lumière jaunâtre sur la pièce.

– Nous sommes à Paris, s'exclama Nicolas Flamel, ravi. Ma ville natale.

– Comment est-ce possible ? souffla Josh.

Il se tourna vers sa sœur, qui avait collé l'oreille à la porte et écoutait avec attention. Elle le chassa d'un geste impatient. Il chercha donc une réponse auprès de Scathach, mais elle se contenta de secouer la tête, les deux mains sur la bouche, en proie à une nausée violente.

– Comment sommes-nous arrivés ici ? insista-t-il.

– Sur cette planète s'enchevêtrent des lignes de force invisibles, appelées parfois axes sacrés, lui expliqua Flamel. À l'intersection de deux ou plusieurs lignes sont disposés des portails. Il n'y en a pas beaucoup. Dans l'ancien temps, la race des Aînés les utilisait pour voyager d'un point de la Terre à un autre en un clin d'œil, exactement comme nous venons de le faire. La Sorcière a ouvert un nexus à Ojai, et nous voilà à Paris.

– Je hais les nexus, marmonna Scatty.

Sous la lumière lugubre de la réserve, elle avait le teint vert.

– Vous avez déjà eu le mal de mer ? demanda-t-elle aux jumeaux.

– Jamais, lui répondit Josh.

Sophie se releva :

– Josh est malade à la piscine…

Un grand sourire aux lèvres, elle colla de nouveau la joue contre la porte.

– Eh bien, lâcha Scatty, j'ai le mal de mer, sauf que c'est pire.

Sophie tourna la tête vers l'Alchimiste :

– Avez-vous une idée de l'endroit où nous nous trouvons dans Paris ?

– Hum… C'est un bâtiment ancien.

Il la rejoignit près de la porte. La jeune fille secoua la tête avant de reculer :

– Je n'en suis pas si sûre.

Grâce à ses pouvoirs éveillés et aux connaissances de la Sorcière d'Endor, elle essayait de donner un sens à ses innombrables émotions et aux impressions qui bouillonnaient en elle. Ce bâtiment ne paraissait pas vieux ; cependant, si elle tendait l'oreille, elle entendait le murmure d'un nombre incroyable de fantômes. Dès qu'elle posa la main à plat sur le mur, elle distingua des filets de voix, des chansons fredonnées, le son d'un orgue au loin. Quand elle enleva sa main, tout se tut.

– Une église, déclara-t-elle, les sourcils froncés. Elle est récente, et moderne… Elle date de la fin du XIXe siècle, ou du début du XXe, mais elle est construite sur un site bien plus ancien.

Flamel regarda par-dessus son épaule. Sous le faible éclairage, ses traits creusés par des ombres et ses yeux perdus dans l'obscurité lui donnaient une apparence cadavérique.

– Paris compte de nombreuses églises. Je n'en connais qu'une qui corresponde à ta description, dit-il, la main sur la poignée.

– Une seconde ! s'exclama Josh, inquiet. Et s'il y avait une alarme ?

– Une alarme ? s'étonna Flamel. Qui voudrait cambrioler une église ?

Confiant, il ouvrit la porte.

[…]

REMERCIEMENTS

En général, un seul nom apparaît sur la couverture d'un livre. Or derrière ce nom se cachent des dizaines de personnes impliquées dans la création de cette œuvre. Sans aucun ordre particulier, je souhaiterais remercier, d'importance égale :

Krista Marino, la plus patiente des éditrices, qui m'a dit : « Un peu plus de perspective… »

Frank Weimann, du Literary Group, qui m'a dit : « Je peux le vendre », et a tenu parole.

Michael Carroll, qui l'a lu le premier, le dernier et m'a dit : « Il faut qu'on parle… »

O. R. Melling, qui n'a pas cessé de me dire : « Tu n'as pas encore fini ? »

Claudette Sutherland, qui m'a dit : « Tu devrais vraiment envisager de… »

Et pour finir, bien entendu, Barry Krost de BKM, qui est certainement le grand-père de *L'Alchimiste*, ce qui fait de John Sobanski son… neveu !

Ouvrage composé par
PCA - 44400 Rezé

Cet ouvrage a été imprimé
en Espagne par

Liberdúplex
Sant Llorenç d'Hortons

Dépôt légal : janvier 2011
Suite du premier tirage : novembre 2017

MIXTE
Papier issu de
sources responsables
FSC® C003309
FSC
www.fsc.org

Pocket Jeunesse, une marque d'Univers Poche,
est un éditeur qui s'engage pour
la préservation de son environnement
et qui utilise du papier fabriqué à partir
de bois provenant de forêts gérées
de manière responsable.

PKJ• www.pocketjeunesse.fr
POCKET JEUNESSE

12, avenue d'Italie – 75627 PARIS Cedex 13